KB162998

Sloth
Devil

타락의 왕

II

「검은 사도」
리제 블러드크로스

……하, 하오나 하드 로더는 장군급 악마입니다.

「대마왕」
카논 이라로드

「레이지 오라버님의 군에는

패배를 용납하지 않는 남자가 있다

단지 그뿐이다.」

「환상마영」
미디어 룩스리아하트

「……레이지 님을 범하겠어요.」

「지금부터 저는

「글~쎄~요?
목적 같은 건 없어요.
미디아 씨, 어차피 곧 죽을 테니까

마지막 정도는 마음을 전하고 싶지 않을까 싶어서요.」

「로나의 여동생」
히이로 ♡

―무릎을 꿇는 일은 있을 수 없다.

그것이야말로 내가,

오만독존의 하드 로더가,

아버님께 해드릴 수 있는 유일한 보답이다.

「오만독존」
하드 로더

「고생하셨습니다. 끝을 내도록 하지요.

외람되지만, 제가 임종을 지키겠습니다」

「……그러냐」

「나태의 왕」
레이지 슬로더돌즈

—그러니까 하다못해 지존으로서 사라져라.

타락의 레이지.

『레이지 전속 메이드』
로나

레이지 님,
머리가 헝클어졌어요.

타락의 왕 Sloth Devil

Author 츠키카게
TSUKIKAGE
Illust. 에렉트 사와무

He does everything in a slovenly way.

Index

일러스트 : 에렉트 사와루

표지 · 본문 일러스트
에렉트 사와루

모든 것은 되는 대로

"레이지, 틀림없이 너는—— 최강의 나태가 될 수 있어."

흐린 등불 아래 어렴풋한 순백과 검은색의 대비가 떠올라 있다.

커뮤니케이션은 딱히 잘하는 편이 못 됐다. 하지만 인간관계는 운이 좋았다. 악마로 환생하고 나서도 인간이었던 시절에도 거기에 관해 불평했던 적은 없었고, 틀림없이 불평할 처지도 아니다.

나태한 생활을 바랐던 내가 악마로 환생한 건 틀림없이 요행이었지만, 그중에서도 특히 운이 좋았던 점을 꼽자면 환생한 이세계에 대해 이것저것 가르쳐 주는 존재가 있었던 점이리라. 그 덕분에 최저한의 지식을 얻을 수 있었다.

듣기만 해도 기분이 나빠질 것만 같은 대사를 날린 상대는 여행 가방을 내밀었다.

잠금쇠가 풀려서 열려 있는 가방 안으로는 체스의 말이 질서정연하게 늘어서 있는 것이 보였다.

그것을 보고 내가 느낀 것은 이세계에도 체스가 있었구나~ 하는 쓸데없는 감상뿐. 오락에 흥미를 품은 적도 없다. 지금도 옛날에도 내게는 우선도가 떨어지는 것이었다.

상대는 마치 예언하듯 말을 건다.

"타락과 포기, 도피와 열화, 정지와 쇠퇴, 타성. 네가 담당하는 것들은 분명 강하지 않지만, 너를 죽이지 않아."

"……재미있군."

"큭큭큭, 그렇지?"

여행 가방을 들고 온 남자 악마가 입술을 살짝 일그러트리며 웃었다.

인간의 형태를 한 악마다. 재로 더러워진 것만 같은 칙칙한 금발을 한 남자. 사람과 다른 특징은 머리 꼭대기에서 뻗은 두 개의 칠흑 같은 나선뿔에 보라색 입술과 은색 눈뿐. 그 분위기는 내가 지금까지 만난 자들 중에서 가장 악마라는 표현이 걸맞다.

무지한 상태로 마계로 내던져진 나에게 다양한 지식을 전해 준 남자다. 이름은 모르지만 오랫동안 함께 있다는 것은 알고 있다. 그것은 능동적으로 움직일 줄을 모르는 나에게 어느샌가 생긴, 몇 안 되는 친구였을지도 모른다.

접근한 목직은 몰랐지만, 딱히 아무래도 좋았나.

타락과 포기, 도피와 열화, 정지와 쇠퇴, 타성.

지위도 명예도 힘도, 그 모든 것이 아무래도 좋다.

최강의 칭호를 바랐던 적도 없다. 지금까지도, 그리고 앞으로도. 나에게는 번거로울 뿐이다.

그러니까 재미있겠다는 건, 그것을 전부 알고 있을 터인 이 남자가 나에게 그런 행동을 취한 사실에 대한 감상이었다.

내 내심을 아는지 모르는지, 악마는 말을 이어 갔다.

"레이지, 나태를 담당하는 너에게 가장 필요한 것은…… 근면

한 부하야. 분명 그것이 너의 나태를 확고하게 만들어 주겠지."

"귀찮아."

"그렇게 말하지 말고."

"귀찮아."

인간관계는 운이 좋았다. 하지만 내가 능동적으로 그것을 바랐던 적은 없다.

제행무상. 아무리 노력하든 좋은 인간관계를 맺지 못하는 자가 있는가 하면, 나처럼 편한 쪽으로 편한 쪽으로 흘러가기만 했는데도 좋은 인간관계가 만들어지는 자도 있다.

악마가 창백한 양초 같은 손가락 끝으로 체스 말을 잡아, 내 눈앞으로 들어 올린다.

흰색 폰을 마치 보물이라도 되는 것처럼 공손하게.

"이건 네 부하야. 네 스킬은, 갈망은 강력해. 사용법을 틀리지 않으면 체스라도 두는 것 같은 감각으로 세계를 취할 수 있어."

"세계 따윈 필요 없어."

"유례가 드문 나태의 재능. 나태가 지닌 무수한 스킬 중에서도 한층 강력한 학살인형의 힘. 가끔 나는 네가 부러워져."

말을 듣지 않는군, 이 녀석.

뭐, 악마라는 건 대체로 그런가. 이 녀석들은 어차피 타인의 일 따윈 아무래도 좋은 거다. 나와 마찬가지로.

내팽개친 손바닥에 체스 말이 떨어졌다. 매끄러운 감촉에도 아무것도 느끼지 않는다.

시야에 들어온 남자의 은색 눈동자. 그 안쪽 깊숙한 곳에서 일렁이는 파도는 욕망의 감정이다.

"너의 힘이 영혼을 부여해. 나태에서 만들어지는 슬로터돌즈가 너를 최강으로 만들어."

"그러냐."

어느샌가 나태한 나날을 보내는 사이에 얻은 스킬

크리에이트 슬로터돌즈
학살인형 생성.

무기물에 영혼을, 의지를, 권리를 부여하는 스킬. 그 존재가 이 악마에게 알려진 것은 분명한 실책이었다.

스킬의 사용 방법은 본능적으로 알 수 있었다. 하지만 그것에 대해서조차 흥미가 일지 않는다.

힘을 뺀 그대로 손바닥이 벌어지고, 영혼이 들어 있지 않은 체스 말이 가벼운 소리를 내며 바닥을 굴렀다.

악마가 입 끝을 끌어 올리고 웃으며 물었다.

"최강에 흥미는?"

"딱히 없어."

"신이 아닌 몸으로 생명을 부여하는 기분은?"

"딱히 없어."

"세계에 흥미는?"

"딱히."

귀찮다. 아아, 그저 모든 것이 귀찮다.

철이 들었을 무렵부터 지금 이 순간까지 계속 함께해 왔던 감정.

모든 게 무의미하다. 누가 무슨 소리를 한다 해도 나에게는 아무런 영향도 주지 못한다.

설령 악마가 어떤 감언으로 꼬드겨 나를 조종하려 한다 해도. 그것이 예를 들어 친구였다고 해도.

그 말은 그저 내 귀를 지나쳐 갈 뿐이다.

"하지만 너에게는 운명이 있어. 운명과 재능이 있어. 지금은 아직 쓰지 않더라도, 틀림없이 너는 언젠가 그 스킬을 쓸 거야. 그 타고난 나태를 이루기 위해."

"그러냐."

그 악마는 영리했다. 영리하고, 나보다도 상당히 많은 일을 알고 있었다.

따라서 그 말을 들었을 때 내가 느낀 감정은 반발이 아니라, 이 녀석이 그렇다면 그런 것일지도 모른다는 생각이었다.

만약 운명이라는 것이 존재한다면, 거기에 반발할 생각도 없다.

나는 그저 말없이 악마의 예언을 받아들였다.

"자율적으로 사고해 그 의지와 욕망으로 타인을 학살하는 인형술사. 레이지 슬로터돌즈. 틀림없이 너는 언젠가 그렇게 자신을 지칭할 거야."

"그러냐."

아무래도 좋다. 세상만사 모든 것이 아무래도 좋다.

그렇게 되면 그렇게 된 대로, 그저 되는 대로 살아갈 뿐인 이야기다.

《분노의 화염》
레이지 플레임
자신의 분노를 불꽃으로 변환해, 불기둥으로 변한다.

Chapter.1

분
노

Ira

제1화 패배를 용납하지 않는 남자

"이상으로 보고를 마치겠습니다."

"그래……. 고생이 많았구나."

카논 님이 눈썹을 찌푸리며 노고를 치하하는 말을 던지고는, 내가 정리한 보고서를 시종 악마에게 넘겼다. 시종은 그것을 공손하게 받아 들고는 조용히 알현실을 떠났다.

악식의 왕, 제블 굴라코스의 이반은 최근 대마왕군에서 발생한 사안 중에서는 최대급이었다. 두 명의 마왕을 사멸시켰다는 사실도 문제지만, 직접 눈으로 본 결과를 말해 보자면 그 바닥을 알 수 없는 갈망이야말로 가장 큰 문제였으리라.

그리고 지금에 와서는 레이지 님에게 그 임무가 내려진 이유도 실감하고 있다.

아무리 진행 방향이 암옥(暗獄)의 땅이었다고 해도…… 낮은 위계의 마왕으로는 그자에게 대적할 수 없다.

그저 태연하게 옥좌에 앉아 있는 카논 님께 신경 쓰였던 것을 물었다.

"카논 님은…… 레이지의 힘을 알고 계셨던 것입니까?"

내 기억으로는 레이지 슬로터돌즈의 서열이 높은 것은 그 군이 우수하고 강했기 때문이다.

힘은 힘이 있는 사람의 곁에 모여든다. 악마가 지닌 그 본능은 알고 있지만, 나태를 담당하는 레이지 님이 싸웠던 기록은 상당히 과거로 거슬러 올라가지 않으면 찾을 수 없다.

내가 알고 있는 한, 카논 님이 대마왕에 취임하고 나서 레이지 님이 싸운 것은 이번이 처음이었을 터다.

카논 님이 그 질문에 한 번 한숨을 쉬고 이쪽을 빤히 바라봤다.

"나태의 레이지의 힘은 의심할 여지가 없다. 그것은 리제, 네 놈도 알고 있을 터인데."

"그것은……."

말문이 막혔다.

곁에 있으면 느껴지는 끝 모를 마력. 마왕보다 격이 훨씬 떨어진다고 해도 내 공격을 받고도 상처 하나 나지 않는 단단함에 시간마저 되돌리는 강력하기 그지없는 스킬.

내가 레이지 님의 곁으로 파견되고 나서 본 그것들은, 나태의 왕이 가진 힘을 분명히 드러내고 있다. 하지만 내가 하고 싶은 말은 그런 것이 아니다.

말로 꺼낼지 망설였지만, 여기까지 이야기를 나누고 입을 다무는 짓은 할 수 없다.

"확실히 레이지의 힘은 강력합니다. 하지만…… 그것은 VIT^{완강성}에 의지하고 있다고 생각됩니다……."

그것은 레이지 님에게만 한정되지 않고, 나태가 지닌 가장 널리 알려진 특성이다.

오로지 단단하기만 하고, 공격 수단을 거의 지니지 않고 있다. 싸움의 승패, 악마의 죽음이 그 심장—— 혼핵(魂核)의 파괴에 있는 이상, VIT만이 장기라면 패배는 하지 않더라도 승리에는 다다를 수 없다. 그것이 나태의 악마가 색욕 다음으로 약하다고 평가되는 이유이기도 했다.

　"무슨 소리를 하고 싶은 것이냐?"

　"……카논 님은 레이지의 승리를 확신하셨습니까?"

　"당연하다. 하지만……그렇구나."

　카논 님이 무언가를 경계하는 것처럼 주변을 둘러보았다. 알현실에는 카논 님과 나를 제외하고 아무도 없다. 몇 초의 침묵 뒤, 카논 님이 마침내 무겁게 입을 열었다.

　"확실히 나는 레이지의 전투를 본 적이 없다. 다소의 정보는 자료로 존재하지만 말이지……. 하지만 나는 레이지의 승리를 확신하고 있었다. 어째서인지 알겠느냐?"

　"……아니요."

　카논 님께 나태의 레이지가 특별한 의미를 지녔음은 알고 있었다. 하지만 그런 탓에, 카논 님이 레이지를 맞붙이는 결정을 한 이유를 전혀 알 수 없었다.

　솔직히 대답한 나에게 카논 님이 마치 아이에게 도리를 가르치듯이 한마디 고했다.

　"레이지 오라버님의 군에는 패배를 용납하지 않는 남자가 있다. 단지 그뿐이다."

　카논 님의 눈에 농담을 말하는 기색은 없다.

——패배를 용납하지 않는 남자. 그 단어에 합치하는 자는 단 한 명밖에 존재하지 않는다.

나태의 레이지에게 속한 군, 그 전부를 총괄하는 남자.

오만독존의 하드 로더. 패배의 기록을 지니지 않은 오만의 악마이자, 레이지 님의 한 팔. ^{Superbia}

스스로 움직이지 않는 타락의 악마군을 통솔해 총 세력 수천의 대군을 만들어 낸 핵심 인물.

입을 열고 순간적으로 나온 것은 변명 같은 말.

"……하, 하지만, 하드 로더는 장군급 악마입니다."

같은 위계인 데지와 미디아가 군을 이끌고 토멸에 나서, 천 명 이상의 악마가 죽었다는 것을 알고 있다. 레이지 님이 시간에 맞추지 못했다면 데지와 미디아도 잡아먹혔을 것이다.

담당하는 갈망으로 말하자면 탐욕이나 색욕보다도 오만이 전투에 적합한 것은 틀림없지만, 그 정도 차이로 전세를 뒤집을 수 있으리라고는 생각되지 않는다.

하지만 내가 올려다본 대마왕님의 표정은 그러하다고 말하고 있지 않았다.

대마왕님은 웃음 하나 짓지 않고 진지한 표정으로 고했다.

"위계에 따른 구별 따위 그 남자에게는 의미가 없는 일. 만약 레이지 오라버님이 나서지 않았다고 하더라도, 그 남자의 오만은 반드시 제블을 토멸했을 것이다."

그 말에는 확신이 있었다.

무언가 정체를 알 수 없는 오한이 흠칫 등줄기를 타고 올라갔다.

<ruby>장군급<rt>제 너 럴 데 몬</rt></ruby> 악마. 계급만이라면 나와 같은 악마. 하지만 나에게는 그 제블 굴라코스와 일대일로 상대해 이길 힘이 없다.

하드 로더. 나태의 왕을 따르는 고참 악마. 원래라면 마왕에 이르러도 이상하지 않을 정도로 오래전부터 존재가 알려졌던 그 악마에 대해, 나는 거의 주의를 돌리고 있지 않았다. 하지만 그건 잘못이었을지도 모른다.

계속 힘을 갈고닦아 왔다. '검은 사도'로 임명될 때까지 거쳐 온 훈련. 레이지 님의 곁으로 파견된 뒤에 높아진 힘. 적어도 같은 클래스의 악마에게 질 리는 없었다. 하지만 어쩌면 내 인식은 크게 어긋나 있던 것일지도 모른다.

아니, 그보다 쓰러트릴 수 있다면 데지나 미디아를 쓰지 말고 자기가 가라고! 빌어먹을, 짜증이 난다. 그 탓에 나는 로나에게 심문을 받게 되었거든?!

색욕을 화나게 하면 그렇게나 무서울 줄이야……. 지금 떠올려도 꼬리 끝이 떨린다.

대마왕님은 한동안 턱에 손을 대고 무엇인가 홀로 생각에 잠겼지만, 이윽고 포기한 것처럼 시선을 이쪽으로 돌렸다.

"……뭐, 좋다. 레이지가 움직인 것은 예상 밖이었지만, 결과적으로 제블을 쳐부쉈다면 됐다. 그 녀석은 내버려 두기에는 갈망이 너무 강했지. 피해가 둘로 끝난 것은 운이 좋았다."

"……옙."

"하지만……."

대마왕님이 팔꿈치를 괴고, 어딘가 수상쩍다는 듯이 눈썹을

찌푸렸다. 드문 표정.

움직임을 멈추고 다음에 나올 말을 기다렸다. 시곗바늘 소리가 귓속에서 울린다. 몇 분인지 혹은 몇십 분인지 모를 정적 뒤, 대마왕님이 한숨을 내쉬었다.

"……아니, 아무것도 아니다. 리제 블러드크로스. 레이지의 곁으로 돌아가도록 해라."

"……분부에 따르겠습니다."

질문으로 답할 권리는 나에게 없다.

그저 주군 앞에서 충성을 보이는 나에게, 카논 님이 전에는 들어 본 적이 없는 말을 추가했다.

"……한층 더 주의를 기울여 동향을 확인하여라."

"한층 더 주의를……."

열화와 같이 타오르는 눈동자, 강한 시선이 전신을 꿰뚫었다. 절대로 분노는 아닌 감정. 그것은 많은 마왕을 다스리는 대마왕이 두른 패기라고 부를 수 있는 것.

하지만 그 입에서 나온 말은 그 시선만큼 강하지 않았다.

"너도 알고 있겠지. 레이지 오라버님의 군에는 다른 마왕군과는 다른 상하 관계가 있다."

"……."

"3천이 넘어 내 휘하 악마 중에서도 굴지의 규모와 정예를 자랑하는 레이지 군의 본질은…… 고작 둘이다. 내가 오라버님의 곁에 있던 시절에도. 그리고…… 아마 현재에도."

말의 의미를 이해하고자 머리를 굴렸지만 정보가 부족하다.

내가 유일하게 이해한 것은, 하드 로더가 레이지 군 안에서 특별하다는 것과——카논 님께서도 주목해야만 하는 남자라는 사실 정도였다. 그리고 그건 틀림없이 군을 총괄하고 있기 때문이라는 단순한 이유 따위가 아니다.

　조사해 볼 필요가 있을지도 모른다.

　불손을 드러내는 어둠 같은 칠흑의 눈동자. 레이지 님과는 정반대의 성질을 지닌 그 남자에 대해.

제2화 분노를 품게 할 정도의 나태

영침전(影寢殿)은 그 이름 그대로, 항상 그 성 자체가 잠든 것처럼 정적에 휩싸여 있다.

다른 마왕이 거주하는 성과 비교해도 월등히 넓고, 그곳에 사는 악마의 수도 막대하지만, 그것들은 절대로 그 성주의 잠을 방해하지 않는다. 마계 굴지의 넓이를 자랑하는 암옥의 땅을 전부 집어삼키고도 넘쳐 흐르는 정밀한 나태의 마력은, 정적으로써 그 땅의 주민에게 알려 준다.

그 땅의 주인이——누구인가를.

레이지 슬로터돌즈. 마계에서 가장 거대한 세력, 대마왕 카논의 세력에 속해 있던 열아홉의 마왕 중 제3위이자 나태를 담당하는 대악마. 학살인형의 레이지.

마계 전토에 이름이 알려질 정도로 명성을 지닌 마왕님은, 오늘도 나른한 기색으로 침대 속에서 굴러다니고 있었다. 바로 얼마 전에 제블 토멸이라는 쾌거를 이뤘으니 어쩔 수 없을까. 이런 생각이 드는 건 내가 레이지 님에게 익숙해지고 말았기 때문이겠지. 파견되었을 당시였다면 후려쳐 줬으리라.

설령 하루의 거의 전부를 침대에서 지내고 있다 하더라도 레이지 님은 틀림없이 마왕이고, 경외 받아 마땅한 힘을 지니고 있다는 사실을 알고 있으니까.

평소대로 침대 곁에 서서 보고를 시작했다.

"카논 님께 보고를 올렸습니다."

"그러냐."

"잘했다며 치하의 말씀을 내려 주셨습니다."

"……그래."

의욕이 없는 응대에도 익숙해졌다.

듣기만 해도 기분이 가라앉을 것만 같은 울적하고 답답한 목소리도 더는 신경 쓰이지 않는다.

거대한 베개에 아래턱을 파묻고 8할은 감긴 눈동자를 이쪽으로 돌리고 있다. 그 모습은 악마가 아니라 한 마리의 짐승으로밖에는 보이지 않고, 그 일거수일투족은 이쪽에 아무런 흥미를 품고 있지 않다고 말하고 있다.

"제블 굴라코스는 이땠습니까?"

"딱히……."

내 질문에 돌아온 짧은 대답.

하지만 이것도 오늘은 상당히 좋은 편이다. 왜냐면 제대로 대답이 돌아오고 있으니까.

체감상 레이지 님에게 건넨 말 중 9할은 답변이 돌아오지 않는다. 그리고 남은 1할도 마지막에는 귀찮아진 레이지 님이 잠이 든다는 형태로 끊기게 된다. 뭐야, 이게.

대답의 유무에 대한 규칙성을 찾을 수가 없는데, 기분이 좋을 때만 대답해 주는 걸까? 혹은 졸리지 않을 때만 대답해 주는 걸까? 기분은 그렇다 치고, 이 마왕님에 한해서 졸리지 않을 때가 있다고는 생각되지 않는데…….

끊임없이 번쩍번쩍 불이 붙는 머릿속의 불씨를 한숨으로 억누르고 보고를 이어 갔다.

"포상에 관해서는 후일 다시 통달하겠다고 합니다."

"그러냐."

"뭔가 바라는 것이 있다면 들어주겠다고 하십니다만……."

틀림없이 레이지 님에게 물욕이나 명예욕 따윈 존재하지 않을 것이다. 담당하는 것이 나태인 이상 색욕이나 식욕도 있을 것 같지 않다.

하지만 반쯤 체념하는 마음으로 물어본 나에게, 레이지 님은 드물게 대답을 보내 왔다.

"뭐든지 괜찮은 건가?"

"……둘이나 잡아먹은 제5위를 토멸한 이상, 상식의 범주라면 대부분의 포상은 이루어질 것입니다."

카논 님은 역대 대마왕 중에서도 분노를 담당한다고는 생각되지 않을 정도로 총명하신 분이다.

하물며 상대는 무언가 관계가 깊어 보이는 레이지 님. 불손한 부탁을 올린다고 해서 그리 쉽사리 분노를 자극하거나 하는 일은 없을 것이다.

물론 위험할 것 같으면 내 쪽에서 스톱을 걸겠지만…….

레이지 님은 한동안 잠이 든 것 같은 고른 숨소리를 흘리고 있었지만, 이윽고 딱 한마디를 흘렸다.

"장기 휴가."

"……예?"

저도 모르게 되물은 나에게, 레이지 님은 한 번 더 확실하게 말했다.

"장기 휴가를 원해."

"무슨 소릴 하는 거야, 이 남자가."

저도 모르게 본심이 나오고 말았다. 다른 마왕에게 이런 식으로 말했다가는 토벌당할지도 모르지만, 레이지 님은 딱히 아무런 반응도 보이지 않는다.

장기 휴가? 이 자식, 지금 장기 휴가를 원한다고 말한 건가?

최근 며칠은 가라앉았던 두통이 되살아난다. 스트레스 탓인가, 혹은 화를 억누르고 있던 반동이 온 것인가?

이쪽의 착각이면 좋겠다는 바람을 담아 자세한 내용을 물었다.

"장기 휴가라고 한다면?"

"……긴 휴가야."

안 되겠다, 내가 묻고 싶은 것을 이해하지 못했다.

대마왕군 휘하에 마왕 클래스의 악마는 스무 명 가까이 존재하지만 그 성격은 천차만별이다.

카논 님께서 내리신 칙령에 받아 군을 움직인 자. 스스로 움직이는 자. 무시해서 노여움을 초래하기 직전까지 갔던 자. 다스리는 영지에 대한 대응도 아무것도 하지 않은 자. 엄한 규칙으로 속박해 세금을 쥐어짜는 자. 나는 레이지 님 쪽에만 있었기에 소문

정도로만 들어 봤지만, 마계의 규칙이 약육강식인 이상 그 내용은 혼돈 그 자체다.

그중 학살인형의 레이지 슬로터돌즈는 나태를 담당하는 만큼 딱히 아무것도 하지 않는 마왕이었다. 레이지 님 본인이 지시를 내리지 않아도 그 군이 모든 칙령을 모조리 완수한다.

영지 통치에서도 레이지 님은 손가락 하나 까딱하지 않는다. 레이지 님 휘하의 악마들 중에서 레이지 님의 모습을 한 번이라도 본 적이 있는 자가 몇 명이나 있을까.

나마저도 레이지 님이 제대로 일하는 모습을 본 것은 요전의 대 제블 전이 처음이었다.

헛소리를 지껄인 남자를 빤히 내려다봤다. 하지만 그 표정에 농담을 하고 있는 듯한 기색은 없었다.

레이지 님과 나…… 사고 회로가 너무 다르다. 분명히 담당하는 것이 나태와 분노라서 다르다든가 하는 그런 이유가 아니겠지. 다른 악마들과는 그럭저럭 잘 지내고 있으니까…… 나는.

약간 시선의 온도를 떨구고, 나태한 나태의 왕에게 물었다.

"……휴가 따위 없어도 충분히 쉬고 있는 것 아닙니까?"

"여름 휴가를 원해."

"……지금은 겨울입니다."

"겨울 휴가를 원해."

뒹굴뒹굴 침대 위를 굴러다니며 딱히 원하는 것 같지도 않은 목소리로 휴가를 요구하는 나태의 대악마.

이 자식, 안 그래도 일을 안 하면서 여기서 더 휴가를 받아서 어쩌려는 작정이지?!

애초에 이거, 이 자식 머릿속에서는 자기가 항상 일하고 있다고 인식하고 있는 건가?! 그런 건가?! 어디서 어떤 노동을 하고 있다고 지껄일 작정이지?!

주마등처럼 흐르는, 이곳에 배속된 뒤의 기억 안에서 마왕님은 빠짐없이 침대 안에서 굴러다니고 있었다. 일단 존재하긴 하는 알현실의 옥좌에 앉은 모습조차 본 적이 없고, 일단 존재하긴 하는 마왕님 전용 집무실도 항상 비어 있었다. 로나가 매일 빼먹지 않고 청소하고 있으니까 먼지 하나 없지만.

부글부글 끓어오르는 사고를 억누르기 위해, 오른쪽 손바닥을 있는 힘껏 쥐었다. 완전히 짓누르지 못했던 분노가 약간의 불꽃이 되어 손바닥에서 뿜어나와 하늘을 불태웠다.

안다. 알고 있다. 나태의 레이지에게 화로 대응하는 짓은 바보 같은 일이다.

악식마저 상대가 되지 않았던 미욍에게 내가 싱처를 입힐 수 있을 리도 없으니, 그저 지치기만 할 뿐이다.

이곳에 배속되고 나서 상당히 얌전해진 나는, 한 번 심호흡을 하고 더 이상 흘러나오지 않도록 화를 영혼 속 깊숙한 곳에 가두었다.

화를 참기 위해 안면에 힘을 넣고, 눈을 크게 부릅떠 레이지 님을 위압했다.

"……일단, 휴가 신청은 무리입니다."

"어째서지?"

"우리 군에는 휴가 개념이 없습니다."

정확히 말한다면, 애초에 노동의 개념조차 희박하다.

현재 마왕급 악마들은 전부 쉬고 싶을 때 제멋대로 쉬고 있고, 지령이 있을 때만 그것에 따르고 있다. 휴가를 원한다고 신청해 봐야 비웃음당할 것이 뻔하다. 아니 그보다, 휴가를 원한다는 마왕의 이야기를 들어 본 적이 없어.

레이지 님은 다크서클이 드리워진 얼굴을 일그러트리고, 대단히 언짢은 표정을 지었다.

"터무니없는 악덕 기업이로군. 노동법 지키라고."

"……대체 무슨 소리를 하시는 겁니까……."

되묻는 나에게 레이지 님이 내뱉는 것처럼 말했다.

"어느 세계에든 있는 건가……. 꿈도 희망도 없구나."

"……대체 무슨 소리를 하시는 겁니까……."

악덕 기업?

노동법?

레이지 님이 갑자기 의미를 알 수 없는 소리를 하는 데는 익숙해졌다고 생각했지만, 대체 어디의 말인가.

분명 내 몇 배, 몇십 배는 살아오고 있는 대악마. 그 쌓아 왔던 역사는 의심할 여지가 없지만, 가끔 그 일거수일투족에서 이 마계와는 다른 섭리가 느껴진다.

기록에 남아 있는 대로라면, 세력도는 빈번하게 바뀌었어도 마계의 기본적인 부분은 몇만 년도 더 되는 옛날부터 전혀 바뀌지 않았으니까.

뒹굴뒹굴 평소 이상으로 이불 위에서 구르고, 레이지 님이 작게 중얼거렸다.

"이제 그만 마왕 그만둘까……."

"……레이지 님은 혹시 저를 괴롭히고 있는 겁니까?"

"모든 게 다 귀찮아졌어."

그런 이유로 마왕을 그만두려고 하지 마!

대마왕군을 이탈한다. 그것은 카논 님에 대한 반역이다. 나는 카논 님의 눈으로써 그것을 구체적으로 대마왕님께 전해야만 한다.

대마왕군에도 체면이 있다. 카논 님이 그것을 용납할 리 없다.

제블 토벌에 레이지 님이 선택된 것처럼, 카논 님의 칙명을 받은 마왕 누군가가 레이지 님을 토벌하기 위해 움직일 것이다. 나태의 악마가 보유한 특성이 VIT인 이상, 두 명 이상의 마왕이 그것을 맡게 될 가능성마저 있다.

어디까지나 가정이긴 해도, 제블이 마왕 둘을 잡아먹고 배반한 이상 더 이상 대마왕군의 힘이 약해지는 건 앉아서 지켜볼 수는 없다.

……애초에 레이지 님의 말을 진지하게 받아들일 정도로 나는 어리석지 않다. 그의 말을 진지하게 받아들였다면 레이지 군은 진작에 몇 번이나 해체되었다.

역시나 레이지 님의 모습은 지금 막 반역으로도 받아들일 수 있는 발언을 했다고는 생각되지 않을 정도로 온화했다. 바꿔 말하자면 평소대로였다. 그 용모에서는 반골 정신의 반자도 보이지 않는다. 솔직히 조금 더 위엄이 있어도 좋을 텐데 싶다.

"……실은 나, 평화주의야."

"그, 그렇습니까……."

그래서 어쩌라는 거냐.

그런 말을 삼켰다.

명령의 결과라고는 해도, 주저 없이 제블을 죽인 남자가 할 말이 아니다. 애초에 평화주의 악마 따위가 존재하나?! 약육강식의 마계에서 살아가는 이상, 그런 어수룩한 소리를 하고 있다가는 순식간에 죽고 말 것이다.

애초에 너 마왕이잖아!

더는 뭐가 뭔지 모르겠다.

레이지 님이 추가로 나에게 연료를 투하한다.

"싸우는 거, 싫어."

"……어째서입니까?"

"귀찮으니까."

…… '나태니까 어쩔 수 없어' 라고 속삭이는 이성과 '헛소리 마라, 마왕' 이라고 고함치는 감정이 치열하게 맞붙어 머릿속이 근질거린다.

게다가 말하고 있는 마왕님의 표정에 갈등은 없고, 뒹굴뒹굴 굴러다니고 있을 뿐이다. 어떻게 이것을 진지하게 받아들이라는 것인가. 가능한 자가 있다면 나와 위치를 교환해 줘!

……귀찮으니까 싸우는 것이 싫다, 인가.

악마에게는 그 근간에 타인을 해하는 본능이 있다. 가장 오래된 기록에마저 그 이름을 새긴 레이지 슬로터돌즈. 그 몸이 죽여

왔던 수는 아마도, 가장 공격적인 갈망 중 하나로 손꼽히는 분노 Ira
를 품고 있는 나라도 비교조차 안 되겠지. 쌓아 왔던 세월이 너무
차이 나는 것이다.

이마를 짚고, 숨을 가다듬으며 레이지 님에게 질문했다.

"……레이지 님, 지금까지 해치운 악마의 숫자를 기억하고 계
십니까?"

"0이다."

0……?

방심했다.

예상 밖의 그 대답에 내 사고에 자리 잡아 연기를 피우고 있던
불꽃이 타올랐다. 머릿속이 새빨갛게 물들고, 안 된다고 알고 있
으면서도 생각이 포효가 되어 불꽃과 함께 넘쳐 흘렀다.

"거, 거짓말하지 마아아아아아아아아아! 너, 너, 바로 얼마 전
에, 제블을 해치웠잖아!"

"하나다."

"아아아아아아아아아아아아아아아! 부, 부탁이니까, 진지하
게 해 줘!"

"이제 마왕 그만두겠어."

이야기가…… 이야기가 되돌아갔어…….

놀리고 있는 것인지, 천성인 건지. 아마도 후자. 애초에 제대로
커뮤니케이션을 취할 마음이 없을 것이다.

여기서 분노를 폭발시켜도 소용없다. 침대를 불태우든 부하를
불태우든 약간의 영향도 줄 수 없음을 이미 안다.

파도치는 감정에 비례해 타오르는 불꽃.

벽에 쾅쾅 머리를 박아 통증으로 화를 흐트러트린다. 내가 최근에 알게 된, 화를 가라앉히는 몇 안 되는 방법이다.

레이지 님은 이쪽에 흥미를 품지 않으니까, 레이지 님과 단둘이 있을 때면 남의 시선을 신경 쓰지 않고 써먹을 수 있다.

오랜 시간을 들여 어찌어찌 화를 가라앉혔다.

레이지 님은 그러는 사이에 아무것도 말하지 않았다. 그건 혹시 상냥함일까, 아니면 우연일까. 어차피 화를 품게 된 것도 레이지 님의 탓이지만.

내가 머리 박기를 그만두는 것을 기다리고 있었던 것처럼, 레이지 님이 한숨을 쉬었다.

"……애초에, 나는 어째서 마왕이지."

"제, 제가 묻고 싶습니다……."

분노를 품게 할 정도의 나태.

근본적인 이유는 아마 그것이겠지만, 악마의 위계 상승에는 수수께끼가 많아 아직 완전한 조건은 해명되지 않았다. 기본적으로는 갈망이 깊어지면 마왕에 이르게 된다고 한다. 하지만 몇만 년의 시간이 경과하고, 카논 님이 인정할 정도로 강대한 힘을 지니고 있어도 마왕이 될 수 없는 하드 로터 같은 남자도 있는가 하면, 고작 몇백 년 지나지 않았는데 마왕에 이르는 천재도 존재한다.

레이지 님이 마왕에 이르게 된 경위는 모르지만, 접해 본 느낌상 그는 천재형이다. 보통 사람은 헤아릴 수 없는 깊은 나락을 느낄 수 있다.

어디까지 이야기를 했는지, 어디까지 진심으로 듣고 있는지.

애초에 이미 악마의 최고위인 마왕에 이른 레이지 님에게는 의미가 없는 일이다. 한 번 올라간 위계는 떨어지지 않는다.

드러누운 레이지 님의 눈이 나를 올려다보고 있었다.

"카논 휘하가 아닌 마왕도 있잖아."

"……뭐, 있지요."

"……어째서 나는 휘하인 거지?"

"…… ."

그것이야말로 내가 알 바가 아니다.

레이지 님 휘하로 배속이 결정되었을 때 마왕의 정보를 어느정도 조사했지만, 알게 된 것은 레이지 님이 몇만 년도 이전의 옛날부터 대마왕군에 이름을 올리고 있었다는 사실뿐이다. 그 역사는 현 서열 1위나 2위보다도 오래되었다.

나는 물론, 카논 님도 들림없이 그 실정은 모를 것이다. 레이지님은 아무튼 너무 오래되었다. 대마왕군의 본부——카논 님께서 기거하시는 성, 파염전(破炎殿)의 서고를 뒤져도 정보는 나오지 않을 것이다.

대마왕군이라고 해도, 무작정 마왕을 휘하로 거두는 건 아니다. 그중에는 밑으로 들어갈 바에는 차라리 싸우겠다며, 철저 항전을 부르짖는 마왕도 있다. 그리고 대마왕군은 그런 자들을 토멸해 왔다.

만약 대마왕군에 편입되었다면 거기에 반드시 본인의 의지가 뒤따랐을 것이다.

"……레이지 님이 따르려는 의지를 보이지 않았을까요……."

"……내가?"

"당신이."

"……."

의아하다는 표정으로 고개를 갸우뚱하는 마왕님.

그 반응은 예상했지만, 나보고 어쩌라고?!

어차피 반항하는 것이 귀찮다든가 하는 이유로 따르기로 했겠지. 아무리 그래도 레이지 님은 기억력이 지나치게 없다.

레이지 님이 귀찮다는 듯이 입을 열었다. 거기에서 나온 말도 내 예상대로였다.

"기억에 없군."

"레이지 님, 어제 저녁 식사를 기억하고 계십니까?"

"……."

침묵으로 대답하는 레이지 님.

어제 저녁 식사마저 기억하지 못하는데 어떻게 옛날 일을 기억하고 있을까. 그에게 있어 과거란 기억에 담아 두는 것이 아닐 것이다. 유구한 시간을 살아가는 대악마 중에는 때때로 이런 자가 존재한다.

내가 할 수 있는 것은 레이지 님이 이상한 마음을 먹지 않도록 말을 고르는 것뿐이다. 나태의 왕이 진심으로 무언가를 하려고 했다가는 나에게 막을 수단은 없으니까.

"……어차피 대마왕군에서 빠져나가게 되면, 그때야말로 하급 마왕들이 쳐들어올 겁니다."

"진짜냐."

"진짜입니다."

왜냐면 나태의 레이지라는 이름은 다른 마왕과 비교해 무용이 뒤따르지 않으니까. 대마왕의 비호 아래에 있는 지금마저도 레이지 님 쪽으로 쳐들어오는 존재는 끝을 보이지 않는다. 비호에서 벗어나면 어떻게 될지는 어린아이라도 알 수 있다.

……영지를 버리고 순간 이동의 스킬로 도망쳐 버리면 적이 쫓아오지 못하리라는 사실은 입 다물고 있자. 틀림없이 말하지 않으면 알아채지 못할 테니.

레이지 님은 내 말을 곱씹는 것처럼 입을 다문 채로 이불 안에서 꾸물꾸물하고 있었지만, 이윽고 살짝 얼굴을 들었다.

"베개다."

"……예?"

갑자스러운 화제 전환에 눈을 동그랗게 뜬 나에게, 레이지 님이 한 번 더 말했다.

"포상은 베개로 하자."

"……"

어느 세계에 전과를 올린 보수로 침구를 바라는 자가 있단 말인가. 아니, 여기에 있었나.

잘못 들은 것이 아닌가 하고, 한 가닥 희망을 담아 되물었다.

"……베, 개?"

"그래……. 베개다."

……역시 잘못 들은 것이 아니었나.

……베개? 대마왕님의 보물고에는 고금동서의 무구와 진귀한 재보가 산더미처럼 쌓여 있지만, 과연 그중에 베개 같은 것이 존재할까. 확인해 보지 않으면 확실히는 알 수 없지만, 분명 없을 텐데.

장기 휴가보다야 차라리 낫지만…….

"……베개, 입니까…….."

솔직히 힘이 빠진다. 어깨를 떨구는 나에게, 레이지 님이 추가 요망을 꺼냈다.

"불타거나 찢어지거나 하지 않는 베개가 좋겠군."

"……."

아아아아아아아아아아아아아아아아아. 내가 불태웠던 탓인가아 아아아아아아아아아!!

아니, 그치만, 분노의 악마를 화나게 하면 그야 불태우지!

빌어먹을……. 카논 님께 포상으로 베개를 달라고 말해야만 하나!!

카논 님은 웃으며 윤허해 주시겠지만, 이건 대체 무슨 벌칙 게임인가…….

머리를 부여잡는 나를 제쳐 놓고, 레이지 님이 중얼거렸다.

"뭔가 이젠 지쳤네…….."

제3화 과보호에도 정도가 있어

영침전 안의 분위기는 어딘가 날카로웠다.

제블과의 싸움에서 큰 피해가 나온 탓인지, 남은 제1군과 2군에 소속된 자는 물론이고, 지나치는 미디아와 데지도 어딘가 긴박감을 드러내고 있다.

평소대로인 것은 눈앞에 있는 두 사람 정도다.

"무슨 일이 있어?"

"쿡쿡쿡, 대마왕님께 혼이 났다든지요?"

성안의 분위기도 신경 쓰지 않는 로나에, 뭐가 재미있는지 평소처럼 속을 뒤집는 웃음소리를 내는 히이로.

그녀들은 엄밀하게 말하자면 군속(軍屬)이 아니라, 영침전 내부를 하우스키핑하는 고용인이다. 풍기는 분위기가 미디아나 데지와는 다른 건 그래서일까.

아무래도 지금은 언니가 동생에게 침대를 정리하는 방법을 가르치고 있는 모양인지, 객실의 침대 시트를 익숙한 손놀림으로 펼치고 있다.

언니는 진지하게 일하고 있는 한편, 히이로는 그런 부류의 참을성이 없어서인지 이쪽에 흥미진진한 기색이었다. 그녀에게는 집중력이나 레이지 님에 대한 경의가 부족하지 않나 싶다. 아마도 근본적인 성격 문제라서 고치기 힘들겠지.

히이로가 이제 막 시트를 깐 침대 위로 폴짝 뛰어오르자 로나가 짧은 비명을 터트렸다. 로나는 슬슬 히이로에게 하는 교육을 포기해야 한다고 본다.

나는 한숨을 쉬고 대답했다.

"아니, 혼나지 않았어."

애초에 카논 님은 레이지 님의 주변 일에 대해서는 대체로 관대한 기색이다. 이건 내 견해인데, 설령 레이지 님을 남기고 군이 전멸했다고 해도 그다지 화를 내지 않을 것이다. 틀림없이 약점을 잡힌 것이다. 언젠가 기회가 있다면 레이지 님을 불태워 주고 싶다.

히이로가 시시하다는 듯이 다리를 흔들거리며 약삭빠른 표정으로 고개를 갸우뚱했다. 일거수일투족이 내가 화를 내는 지점을 찾고 있는 것 같아서 완전히 불태워 주고 싶어지지만, 레이지 님보다는 상당히 낫다.

"그럼 하드 씨에게라도 혼이 났어요?"

"……어째서 하드에게 혼이 나는 거야."

큰 피해를 낸 데지나 미디아라면 모를까, 내가 혼이 날 이유는 없다.

히이로가 간지럽다는 듯이 웃고, 말을 이어 갔다.

"쿡쿡쿡, 아닌가~. 애초에 지금 하드 씨는 밖에 나가 있으니까요."

"어째서 히이로가 그런 걸 알고 있는 거야."

확실히 이곳에 돌아왔을 때부터 하드 로더의 모습을 보지 못했다.

하지만 견습 메이드인 히이로와 하드 사이에 관련성이 보이질 않는다. 아니, 그보다도 하드와 히이로라니 내가 아는 한 가장 먼 관계인데…… 공통점은 둘 다 오만을 담당하고 있다는 정도일까. 하지만 틀림없이 하드는 히이로의 성격을 싫어할 것 같다.

완전히 의욕을 잃고 금발을 하늘하늘 흔드는 히이로를 보고, 로나는 한숨을 쉬었다.

어딘가 지친 듯한 한숨. 로나의 고생은 둘을 보고 있으면 어렴풋이 알 수 있다.

로나가 한숨을 쉰 김에 믿을 수 없는 소리를 했다.

"히이로는 하드 로더의 제자야."

"……뭐?"

제자?

로나의 말을 반추했다.

그 단어가 히이로와는 지나치게 어울리지 않아 이해가 되질 않는다. 이성으로는 이해해도 감정이 거부한다.

게다가 침대에 앉은 장본인도 고개를 크게 흔들며 부정했다.

"아니 아니, 언니! 나에게 스승 따위는 없어요! 하드 씨에게는 오만의 자세를 배우고 있을 뿐이에요!"

그렇군, 스승으로는 인정하지 않는 것인가.

오만의 악마는 그 특성 탓에 주인이나 선생을 인정하기 힘들다고 들었다. 모든 것을 내려다보는 것이 오만의 근본이라고 하는데, 담당하는 갈망이 다른 나도 그건 이해가 된다. 하지만——.

"……배우고 있는 것만으로도 뭔가 이미 의외인데."

"쿡쿡쿡, 하드 씨는 영침전의 2인자니까요."

"……."

아아, 그렇구나. 강한 것에 알랑거리고 있을 뿐인가.

차가운 시선으로 히이로를 내려다봤다. 그렇게 말하고 보니 대단히 그럴듯하다. 만나고 아직 기간이 오래되지는 않았지만, 히이로의 특성은 왠지 모르게 이해가 되고 있다.

하지만 그녀의 오만은 그것으로 충족되는 것일까? 그리고 무엇을 배우고 있는 것일까. 배운 결과 지금의 히이로가 있는 것일까. 의문이 끊이질 않는다.

아니, 음…… 대단히 아무래도 좋은 일이지만.

그런 내 내심을 읽어냈는지 히이로가 입술을 삐죽였다. 움직임 하나하나가 교태를 부리는 것처럼 보이니, 정말이지 그녀의 오만은 흔들림이 없구나.

히이로는 이제 막 세팅한 베개를 껴안고 침대 위로 드러누워 뒹굴었다. 뒹굴뒹굴하며 믿을 수 없는 소리를 꺼냈다.

"레이지 님을 전투에 내보내는 일은 전대미문이었으니까 혼이 나려나 싶었는데."

"전대미문……. 후우. 너희는 왜 이상하다고 생각하질 않는 거야?"

대마왕군에 소속된 마왕의 역할은 일군의 장이다.

적대 세력——다른 세력의 마왕이나, 천계에서 때때로 날아오는 천적, 천사와 관련된 자, 혹은 드물게 인간계에서 마계로 내려오는 영웅들——을 상대하는 게 일이다. 절대로 게으름 피우며 침대에서 굴러다니는 일을 하는 게 아니다.

 레이지 님의 응석을 받아주는 로나는 그렇다 치고, 마왕을 상대해도 도움을 요청하지 않았던 데지와 미디아, 하물며 카논 님마저도 그것을 착각하고 있는 경향이 있다.

 레이지 님은 니트가 아니다. 마왕인 것이다. 그것도 대마왕군에서 3위의 서열에 위치한 지극히 강력한.

 가능하면 하나부터 열까지 전부 설명해 주고 싶었지만, 아마 설명해도 소용없다고 생각했기 때문에 크게 심호흡을 하는 것으로 끝냈다.

 로나와 히이로는 얼굴을 마주 보고, 예상대로 내가 이상하다는 듯이 한마디만을 했다.

 "레이지 님이니까."

 그 한마디가 내 참을성을 꿰뚫었다.

 "아…… 아아…… 아아아아아아아아아아아아아아아아아아아아아아아아!!"

 어쩌면 내가 가장 레이지 님을 일하게 하는데 필사적인 것이 아닐까.

 머리를 벽에 쾅쾅 박아 대는 나를 보고, 히이로가 깔깔 웃었다.

 그것이 다시 화를 타오르게 하는 연료가 된다. 일부러 저러는 것일 테니까 레이지 님보다도 질이 나쁘다. 아니…… 그렇다면 레이지 님보다 나은가?

영혼에서 터져 나오는 포효를 딱 멈췄다. 뚝뚝 떨어지는 피를 손으로 누르고 천천히 얼굴을 들었다.

로나가 약간 질린 듯한 목소리로 말했다.

"리제…… 무표정인데……."

"……그런데?"

"……아니."

그렇게 심한 표정을 짓고 있었을까. 로나는 말없이 눈을 돌렸다.

머리를 쾅쾅 부딪치고, 통증으로 화를 억누르는 것과 동시에 머리에 솟구친 피를 물리적으로 흘린다! 이것이 내 화를 억누르는 방법이야! 외야는 닥쳐!

이렇게 하지 않으면 또 숯덩이로 만들어 버릴 것만 같아. 카논 님을 봐서는 언젠가 어느 정도는 컨트롤 할 수 있게 되겠지만, 지금의 나에게는 이것이 최선.

문득, 로나가 화제를 바꾸려는 것처럼 입을 열었다. 눈을 돌린 채로.

"그, 그러고 보니까 레이지 님, 지치신 것 같아."

"……뭐?"

예상도 하지 못했던 그 말에 화가 단숨에 잦아들었다.

레이지 님이…… 지쳐? 카논 님께 보고를 올렸던 결과를 전했을 때 대화를 나눴지만 평소대로였다고 생각한다. 평소대로 침대에서 뒹굴며, 평소대로 다크서클이 생긴 얼굴로 대단히 나른해 보였다.

조금 전에 본 레이지 님의 모습에 변한 점은 없다.

조금 생각하고 로나에게 자신의 생각을 전했다.

"……아니, 평소대로잖아."

입버릇은 '지쳤다'와 '귀찮아'. 오히려 기력이 넘치는 중이라면 그쪽이 무서워!

어디를 어떻게 봐도 평소대로다.

하지만 로나에게는 뭔가 집히는 점이 있었는지, 그녀의 표정은 어딘가 밝지 못했다.

"……제블과 싸운 대미지가 남아 있을 가능성도……."

"제블과 싸울 때, 레이지 님은 찰과상밖에 안 생겼는데."

내가 아는 한 공격을 받았던 것은 첫 공격인 촉수에 찔렸던 한 번 정도로, 그것도 곧바로 재생되었다.

그 순간 이동 스킬은 너무 비겁하다. 얼핏 봐서는 제한도 상당히 느슨한 것 같았으니까, 그런 것을 맞힐 방법이 없다. 첫 일격이 맞았지만, 그것도 피하려고 했으면 피할 수 있었을 테니까, 결론적으로는 자업자득이라고밖에는 말할 수가 없었다.

차라리 레이지 님보다도, 몇 시간이나 상대하고 있었던 데지와 미디아 쪽이 대미지가 깊을 것이다.

몇 번이나 말하지만, 그것은 완벽하다고밖에 말할 수 없는 승리였다.

하지만 아직 근심이 있는지, 로나의 눈썹은 팔자를 그리고 있었다.

"마력의 소모가 심했다든지……."

"스킬은 몇 번인가 썼지만, 소모한 듯한 기색은 보이지 않았어."

애초에 레이지 님의 기초 능력은 터무니없이 높다. 특히 높은 마력은 광대한 암옥의 땅을 집어삼킨 '혼돈의 왕령(어비스 존)'으로 표현되고 있다. 마력의 총량으로 말한다면, 레이지 님을 제외한 레이지 군 소속의 악마가 마력을 전부 합쳐도 레이지 님에게는 상대가 되지 않겠지.

그런 레이지 님이 소모? 어처구니가 없다.

하지만 코웃음 치는 나에게 히이로가 덧붙였다.

"뭐, 레이지 님의 특성은 '나태(Acedia)'이니까요~. 그야, 움직였다가는 소모하겠죠."

"그 잠깐 싸운 걸로?"

싸운다고 결정하고 제블의 토멸을 마칠 때까지 고작 십여 분이었다. 원래 전장까지 비룡으로 한 시간은 걸릴 것을 고려하면, 빠르다는 수준이 아니다. 모든 것이 끝난 뒤에는 꿈이라도 꾸고 있었나 싶었으니까.

확실히 갈망에 반하는 일이라 능력이 떨어지는 건 이해되지만, 아무리 그래도 십여 분 정도로 떨어진다니 연비가 너무 나쁘다.

"조금 전 레이지 님은 아무런 말도 하지 않았는데……."

"레이지 님은 우리가 걱정하겠다 싶어서 아무 말도 하지 않았던 거야."

"그건 아니야."

그건 아니다.

말을 걸어도 쉽게 대답을 해 주지 않을 정도로 이쪽에 관심을 두지 않는 레이지 님이 이쪽의 감정을 고려할 리가 없다. 카논 님이 화를 잊는 것보다도 있을 수 없는 일이다 싶다.

하지만 로나 안에서는 레이지 님에게 어떤 필터가 걸려서 보이고 있는 것일까. 얼마 전까지 이름조차 기억되지 못했던 주제에.

로나는 나의 확연한 부정을 듣고도 표정을 바꾸지 않았다.

"아무튼 레이지 님의 힘이 떨어져 있으니까…… 대마왕 님께 보고를."

"……너, 과보호에도 정도가 있어."

상태가 나빠 보이지도 않았고, 애초에 마왕의 능력 증감은 개개인의 문제다. 그것을 굳이 보고할 이유도 없고 의미도 없다. 어린아이의 걱정을 하는 부모도 아니고.

그리고 덤으로 지금은 적도 없다.

"애초에 다소 떨어졌다고 해서 무슨 영향이 있다는 거야."

"그건……."

세븐 전에서 본 레이지 님의 능력은 거의 무적이다.

뭐가 강하냐면, 순간 이동이 지나치게 강하다. 킬로 단위의 거리를 순식간에 이동가능한 그 스킬.

공격에도 효과적이지만, 무엇보다도 그것으로 도망치면 쫓아갈 방법이 없다. 어느 방향으로 몇 킬로를 도망쳤는지도 모르는 마왕을 쫓아가는 것은 아무리 마왕이라고 해도 불가능하다. 있는 장소를 탐지하려고 해도 레이지 님의 '혼돈의 왕령'에는 밀려나 버릴 테고.

적어도 나에게는 승산이 보이지 않는다. 유일하게 가능성이 있다고 한다면 등 뒤에서 기습으로 한 방에 보내 버린다든지…….
아아, 그래! 무리야!

"뭐, 저도 걱정은 필요 없다 싶지만요……."

말문이 막힌 로나의 의견을 부정하듯이 히이로도 동의했다.

제4화 ······없습니다.

악마의 외견은 그 영혼의 본질을 드러낸다.

여섯 개의 팔에 여섯 개의 빛나는 눈. 그 형태는 그 악마가 지닌 괴물 같은 갈망을 드러낸다.

팔에는 한 자루의 거대한 태도를 쥐고 있었다. 2미터를 넘는 신장을 지닌 데지 블라인다크. 두꺼운 근육으로 뒤덮인 그 육체 옆에 있어도 거대하다고밖에 표현할 수 없는 상아색 칼은 제블 굴라코스가 보유했던 무구다.

초승달처럼 휘어진 도의 칼날이 허공을 가르고, 바닥을 찢기 직전에 멈춘다.

칼을 통해 느껴지는 운동 에너지와 그것을 휘두르는 기운. 탐욕[Avaritia]이 지닌 능력의 본질은 탈취다. 그럼에도 불구하고 그 몸놀림에서는 분명하게 연마된 무가 느껴졌다. 그것이야말로 데지 블라인다크라는 악마가 장군급에까지 이르게 된 이유일 것이다.

갈망을 이루기 위해 들어간 노력은, 스킬에 완전히 의지한 레이지 님과는 정반대의 것. 마왕과 비교하면 격은 아득히 떨어진다고 해도, 한 명의 악마로서 존경할 수 있다.

"킥킥킥, 나쁘지 않지만, 역시 수지가 맞지 않아······."

날카로움을 확인하듯 칼을 뒤집은 데지가 신음했다.

탐욕과 질투를 담당하는 악마는 개인차가 심하다. 무엇을 원하는가, 무엇에 질투하고 있는가. 욕심의 대상이 개개인에 따라 다르고, 그 차이에 의해 스킬의 작동 방법이 변화하기 때문이다.

데지 블라인다크는 그중에서도 무구나 보구의 종류를 욕심의 대상으로 삼는, 대중적인 탐욕의 악마였다. 동시에 모든 전장에 모습을 드러내 무공을 쌓은 악마이기도 했다. 레이지 군의 용명(勇名) 중 일부는 그의 힘에 의한 것이다.

데지가 한숨을 쉬고, 그 용모를 일그러트리며 쓴웃음을 지었다.

"무구는 목숨을 맡기는 것이야. 좀 더 신경을 썼어야지. 안 그래, 리제 아가씨?"

"……뭐, 제블의 진가는 그 스킬로 만들어 낸 칠흑의 도일 테니까요."

아마도 제블에게는 그 칼이 대단한 무기가 아니었겠지. 사실, 스킬로 만들어서 보여 준 그 칼과 비교하면 장난감 같은 것이다.

그저 악마를 희롱하기만을 위해서만 쓰는 그런 무기.

"아무리 그래도 스킬로 만들어 낸 칼은 '찬탈'할 수 없으니까 말이야. 빼앗더라도 보관해 둘 수가 없어."

모아 둔 무구를 지난번 제블과의 싸움에서 거의 먹혀 버렸다고 들었지만 데지의 표정에 회한은 없다.

목숨이 우선이라고 납득한 걸까? 자세한 사항은 모르겠지만 탐욕의 대상을 빼앗기 위해 목숨을 잃는 악마도 적지 않으니, 이것도 일종의 강함이라고 말할 수 있을지도 모른다.

제블과의 싸움을 마친 지 얼마 지나지 않았는데도 새롭게 얻은 무기를 사용한 훈련을 하는 데지에게 물었다.

"제3군은 괴멸입니까."

"킥킥킥, 장군인 나만 살아남은 건 얄궂다고 말할 수밖에 없겠지."

"대마왕님께서는 책망하지 않겠다고 말씀하셨습니다."

"그러냐."

대화를 나누면서도 칼이 흰 호를 그리며 회오리바람처럼 춤을 춘다.

갈라진 하늘에서 발생한 굉음이 몇 미터 떨어진 이쪽까지 확실하게 전해져온다.

악마의 스킬은 일격필살이라고 불러도 손색이 없을 정도로 강력하다. 내 분노라면 몇십 미터 떨어진 장소에서 악마를 불태워버리는 일마저 가능할 것이다. 하지만 스킬을 쓰지 않는 '무술'도 허투루 할 수 없다. 강력한 스킬만을 지닌 악마와 강력한 스킬과 갈고닦은 무술을 보유한 악마라면 후자 쪽이 유리한 것은 명백한 이치다.

그리고 무술은 악마의 존재 밑바탕에 뿌리를 박은 스킬과는 반대로, 후천적으로 몸에 익혀야만 하는 것이기도 했다. 그런 탓에 그것을 익힌 악마의 수는 적고, 무술을 수련한 악마는 군인으로서 우수한 평가를 받는다.

수많은 전장을 넘어 온 자일수록 자신의 육체를 다루는 기술이 탁월하다. 예외는 레이지 님처럼 스킬에 특화한 괴물뿐이다.

결국 제3군이 괴멸했다고는 해도, 데지의 동작은 장군이자 제블을 상대로 끈질기게 버텼던 자다운 역량을 보여 주고 있었다.

"기뻐 보이지 않는군요."

"패배하고 기뻐하는 녀석 따위가 있을 리 없잖아."

마치 울분을 푸는 것처럼 칼이 굉음을 울리며 바닥을 파낸다. 훈련실의 바닥과 벽 전면에 펼쳐진 결계가 여력만으로 강하게 일렁였다.

패배. 제블 토멸을 달성했다고는 해도, 군이 전멸한 이상 그에게는 패배가 되는 것인가.

악마란 욕망의 화신. 격이 높아지면 높아질수록 자아가 강해진다. 그 훈련하는 모습은 평범한 훈련이라고 생각되지 않을 정도로 귀기가 흐르고 있었다.

훈련실에는 데지와 나를 제외하고 아무도 없다.

이전에도 생각했던 것을 데지에게 전했다. 병사를 이끄는 자로서, 1만 년 이상의 시간을 사는 악마로서 모를 리가 없는 사실.

"……애초에 마왕을 상대로 마왕 미만의 악마를 배치하는 것은 잘못된 용병입니다."

마왕이란 돌출된 악마다. 악마 중의 악마. 강력무비한 스킬, 거기에 뒷받침된 높은 신체 능력. 특히 상대가 폭식이라면 이쪽에서 수를 갖추었다고 해도 순식간에 잡아먹히는 것이 정해진 결말이고, 실제로 그렇게 될 뻔했다.

만약 데지가 처음부터 레이지 님을 데리고 갔더라면 결과는 다르게 나왔을 것이다.

데지는 뭐가 재미있는지 내 말을 듣고 소리 내 웃었다.

"킥킥킥, 리제 아가씨. 갈망을 채우기 위해선, 때로는 멍청해 보이는 일도 해야만 할 때가 있어."

역시 알고 있었나. 당연한 이야기다. 데지는 분명 나보다도 오랜 세월 전장에 있었으니까.

패배가 당연한 전쟁에 나서서 필연적으로 패배했다. 하지만 데지의 표정에 후회는 없다.

그것은 군속이라 하더라도 병사가 아닌 나에게는 이해할 수 없는 감정인 것인가.

"지난번 전투가 그런 경우였다고요?"

"결과는 패배지만 살아남았어. 동료를 잡아먹히고, 친구를 잡아먹히고, 무구를 잡아먹혔어. 손에 넣은 것은 적고, 잃은 것은 많았지만 그건 또 다른 이야기야. 오래 살면 그런 경우도 있어."

"달관하고 있군요."

"욕망대로 살다가 죽는다면 바라는 바야……. 킥킥킥, 대마왕님의 손발, '검은 사도'인 아가씨도 언젠가 알 수 있겠지."

단언하는 것과 동시에 상완근에 힘을 담아, 크게 칼을 휘두르고 마지막에 딱 멈춘다. 그 상아색 검신, 날카롭게 갈린 칼끝은 하늘을 향해 있었다.

괴물이 내뱉는 지독하게 진지한 목소리가 훈련장에 울려 퍼진다.

"그건 '악마^{데 몬}'의 본능이야. 나도 미디아 아가씨도, 그리고 하드로더도 다르지 않아."

"……."

그 눈에는 그저 무언가를 결의하고 있는 낌새가 있었다.

카논 님께 충성을 다하는 몸으로서는 납득하기 어려운 말. 하지만 동시에 나도 과거에——카논 님께 죽을 것을 각오하고 레이지 님을 벌할 것을 진언한 적도 있다. 반론 따위는 할 수 있을 리가 없다.

데지는 칼을 들어 올린 그대로 탐욕의 스킬을 써서 이공간에 수납했다. 전투 훈련은 끝인가. 아니, 새롭게 얻은 무구의 사용감을 확인했을 뿐인가.

제3군의 생존자는 존재하지 않았을 터다. 1군이나 2군에서 멤버를 모아 새롭게 3군을 편성하게 될 터이지만, 재편성에는 긴 시간이 걸릴 것이다.

'검은 사도'의 임무는 어디까지나 마왕의 감시와 보좌.

내 임무는 어디까지나 레이지 님의 감시이므로 그 휘하 군의 동향 감시는 우선도가 한 단계 떨어진다. 하지만 그 데지의 말에 어딘가 위화감을 느낄 수 있었다.

딱히 주의하지 않았을 뿐이지, 이러니저러니 해도 데지와도 몇 년을 함께 지내 온 세월이 있다. 그 정도 감정의 기묘한 변화를 느낄 수 있을 정도 만큼은.

"제3군의 재편은 언제 하는 겁니까?"

"킥킥킥, 재편은——."

데지가 팔짱을 꼈다. 그 전신에서 풍기는 두려움이 느껴질 정도의 기척.

악의라고도 적의라고도 부를 수 없는 그 기척에 한 걸음 뒷걸음질 쳤다.

데지는 칼날 같은 이빨이 늘어선 구강을 일그러트리고 씨익 웃었다.

"하지 않아."

"어, 어째서?!"

"'우리'는—— 패배했어."

데지가 다시금 패배라는 단어를 사용했다.

결과적으로 제블의 토멸을 성취했을 텐데.

"리제, 너, 나태의 레이지 군이 지금까지 몇 번 졌는지…… 알고 있어?"

"몇 번…… 졌는지?"

배속되었을 때 조사는 하고 왔다. 그 정보 안에는 선석노 들어 있다.

입술이 떨린다. 목소리가 떨린다. 나는 눈썹을 찌푸리고, 데지를 올려다봤다.

"……없습니다."

"맞아. 절대무패의 레이지 군. 대마왕군에 소속된 다른 마왕의 군에서 이렇게까지 강한 군은 없어. 그야 왕인 레이지 나리도 어지간히 괴물이지만 무엇보다—— 소속된 악마의 각오가 달라."

수많은 전장을 돌파하며 무패.

약육강식, 욕망이 소용돌이치는 마계에 있으면서도 패배한 기록이 전무.

각오라고 말했다. 새로 막 배속되었을 무렵부터 깨닫고 있었다. 이 군은 무엇보다도 정강하다. 장군은 물론, 일반 군속 악마의 질이 애초에 다르다. 글란자 에스터드의 군을 손쉽게 물리친 데지의 맹공은 지금도 기억에 선명하다.

마왕 본인이 움직이지 않고 서열 3위를 달성한, 무엇보다도 강한 마왕의 군세.

데지가 더듬더듬 말을 이어 갔다. 그 눈에는 광기와 욕망이 뒤섞인 빛이 깃들어 있다.

"하지만 무패 기록은 깨졌어. 적이 약하고 강한 것 따위는 상관없고, 레이지 나리가 토멸했다는 사실도 관계없어. 레이지 나리가 강한 것은 레이지 나리의 갈망이 강한 탓이지만, 레이지 군이 무패를 자랑했던 것은 틀림없이──그 총사령관이 괴물이었기 때문이야."

레이지 군의 총사령관. 오만독존이란 이명을 지닌 오만의 악마.

하드 로더.

단련된 마른 몸에 영리하다 느끼게 하는 칠흑의 눈동자. 그리고 거기에 소용돌이치는 정체를 알 수 없는 욕망을 떠올렸다. 모든 것을 내려다보는 그 시선을.

"최강의 군은 하드 로더의 오만이 현현한 결과야. 나도 미디아 아가씨도 그럭저럭 할 줄 아는 악마지만, 하드 총사령관은 정말이지…… 차원이 달라. 킥킥킥, 어째서 아직 마왕에 이르지 않았던 것인지 의심이 드는, 그런 차원의 남자야."

보고를 하러 갔을 때 카논 님이 말했던 말을 떠올렸다.

'레이지 오라버님의 군에는 패배를 용납하지 않는 남자가 있다.'

하드 로더는 총사령관. 애초에 직접 전장에 나설 기회는 많지 않다. 내가 이곳에 배속되고 나서도 하드 로더가 싸우는 모습을 본 적이 없다.

그럼에도 불구하고 모두가 속삭이는 그 이름에는 확신에 가까운 평가가 따라다니고 있다.

"내가 아는 한, 오만독존의 하드 로더는 계속 레이지 나리의 한 팔이었어. 레이지 나리에게는 항상 그 남자의 이름이 따라다녔다. 오만을 담당하고 있음에도 불구하고──. 만물을 내려다보는 오만을 담당하고 있음에도 불구하고──."

장렬한 웃음을 지은 채로 혼잣말을 하듯이 말을 잇던 데지의 목소리가 거기서 멈췄다.

그 내용은 지리멸렬하고, 제3군을 재편하지 않는 이유가 되지 못한다.

"……킥킥킥, 말이 너무 많았구먼."

"……아니요."

"뭐, 어차피 모든 것은 하드 사령관이 돌아오고 나서야."

"……그렇네요."

군의 대미지는 심각하다.

딱히 그것 때문에 방위나 진격이 불가능해지는 것은 아니지

만, 앞으로의 대응에 대해서는 장군급 세 사람을 모아 이야기를
나눌 필요가 있으리라.

　한동안 영침전을 비웠던 하드 로더도 곧 있으면 돌아오겠지.

　어수룩한 어둠 속에서 이글이글 빛나는 데지의 여섯 눈에, 나
는 흠칫 어깨를 떨었다.

〈모방〉
이미테이트
질투한 타인의 스킬을 복제한다. 복제한 스킬은 오리지널과 같은 레벨로 사용할 수 있지만, 성장시킬 수는 없다. 모방 가능한 스킬은 사용자의 갈망 깊이에 비례한다. 스킬의 발동 조건은 손으로 건드리는 것.

Chapter. 2

질투
Invidia

제1화 누군가가 될 수 있다

그것은 해악이었다.

태어나서 무엇도 얻은 적이 없고, 아무것도 바라지 않고, 아무것도 모른다.

누구에게서도 기대받지 않고, 알려지지 않고, 생에 대한 갈망조차도 없이.

대부분의 악마가 품는 원죄마저 품을 수 없는 생활.

나태도 탐욕도 색욕도 분노도 폭식도 오만도 아무것도 없고, 살아가는데 필요한 의미조차 없고, 의지도 없다.

플러스를 바라기 이전에, 우선은 제로(0)가 될 필요가 있었을 것이다.

나는, 그저 마이너스인 존재였다.

약육강식의 마계에서 지혜도 힘도 없는 악마에게는 그저 앉아서 죽음을 기다리는 운명이 주어진다.

그리고 그런 악마는 절대로 드물지 않고, 왕도는 물론 지방 도시에서도 흘러넘칠 정도로 존재했다.

그러니까 그곳에서 빠져나올 수 있었던 것은 틀림없이 우연에 지나지 않았다.

타인에게 빼앗길 가치조차 없는 악마는 많지만, 굳이 말하자면 나는 운이 좋았을 것이다.

그때부터 성장해 지금에 이르러도, 그 광경을 잊을 수는 없다.

끌려다니는 남자가 있었다. 나른한 표정으로 아무 말도 하지 않고 그저 잡아끌리는 대로 끌려다니는 남자가 있었다. 고급스러운 벨벳처럼 보이는 검은 망토가 바닥에 끌려, 하얗게 더럽혀져 있었다.

잡아끄는 여자가 있었다. 길을 가는 사람의 몸이 떨릴 정도로 불꽃 같은 분노를 뿌려 대며, 바닥을 발자국 모양으로 파내며 걷는 여자가 있었다. 긴 지팡이가 쿵쿵 땅을 파는 소리는 입을 다물고 있는 여자 대신 그 분노를 외치는 것 같았다.

내가 있었다. 의지도 없이, 의미도 없이, 그서 길가에서 우연히 그것을 바라보는 내가 있었다. 그리고 내 옆에서 마찬가지로 그것을 그저 바라보는 동료들이 있었다.

남자도 여자도 나와 동료에게는 단 한 번도 시선을 주지 않고 그냥 지나치기 직전에, 남자가 왼손을 뻗어 내 몸──먹을 것도 제대로 먹지 못해 같은 세대 중에서도 빈약해서 작고 가벼운 몸──을 껴안았다.

지나치다가 사과라도 따는 듯 깔끔한 손놀림으로.

동료들은 내가 끌려가는데도 아무런 말도 하지 못했고, 나도 목소리를 낼 수 없었다.

나중에 이야기를 들어 보니, 베개를 원했다고 한다. 뭐야 그게.

그런 느낌으로 우연에 우연이 거듭되어, 단지 그곳에 있었던 적당한 크기의 베개를 바랐다는 나태의 왕에게 주워져, 무슨 인과인지 '살육인형' 레이지 슬로터돌즈의 군에 편입되게 된 것이다.

참고로 말할 것도 없는 일이지만, 나를 껴안은 시점에 레이지 님은 이미 잠들어 있었다.

그 뒤의 이야기는 그렇게 재미있지 않다.

영침전으로 돌아온 뒤, 나는 항상 사용하고 있는 침소에 있는 베개와의 생존 경쟁에서 패배해 그 지위에서 쫓겨났다. 그리고 당시의 레이지 님을 감시하고 있던 감찰관이자 '검은 사도' 의 필두이기도 했던 카논 이라로드에게 '어느새 그런 더러운 것을 들고 왔던 거야!' 라는 너무나도 심한 말을 듣고 소각 처분당할 뻔했다. 다행히 레이지 님의 '짐은…….' 을 더할 나위 없이 호의적으로 착각했던 메이드 로나에게 구조를 받게 되었다.

깨닫고 보니 인형이나 입을 법한 예쁜 옷이 입혀지고, 절대로 '추가' 같은 귀찮은 짓을 하지 않는 레이지 님이 만에 하나 '추가' 를 했을 때를 위해 만들어진 식사가 억지로 입에 들어온 다음에야 내 머리는 마침내 현재 상황을 따라잡았다.

어라? 뭐야 이건, 하고.

악마의 갈망은 스스로 결정하는 것이 아니다. 강한 욕망에 의해 자동으로 얻게 되고 마는 것이다.

여러 개를 얻으면 욕망이 탁해져 악마의 클래스 성장이 늦어진다. 그러니까 악마는 대부분의 경우, 자신이 추구하는 욕망 이외의 갈망을 품지 않도록 무의식적으로 조정하고 있다.

쓸데없는 욕구를 추구할 여유가 없고 살아 있는 것만으로 기적이었던 가장 밑바닥의 악마가, 생존하는데 충분한 환경이 주어지고 마침내 생각을 할 여유를 얻고 난 뒤에 제일 먼저 품은 강한 갈망은 무엇이었을까.

강한 감정은 무엇이었을까.

그것은 구해 준 것에 대한 안도도, 행복을 감사하는 정숙한 기도도, 남겨진 동료들을 걱정하는 자기 만족 같은 마음도 아니다.

당연한 이야기지만, 결코 '색욕' 따위도 아니다.

그것은 즉── 질투.

지금까지 당연한 생활을 낭연하게 누려 왔던 일반적인 악마에 대한, 강한 질투심.

마왕에 근접한 강력한 마력과 맹렬하게 타오르는 불로 빚어낸 듯한 미모, 대마왕의 딸로 태어나 엘리트인 '검은 사도'의 필두를 맡고 있는 카논에 대한 질투.

대대로 레이지 님을 모시는 집에서 태어나 고도의 교육을 받고, 오직 그것을 위해서만 기술과 힘을 갈고닦아 왔던 로나에 대한 질투.

나태의 왕의 한 팔로 군을 통솔하고 모든 우월한 힘을 구사해,

왕의 위광을 지고한 것으로 만든 하드 로더에 대한 질투.

이 세상의 모든 것을 부러워하며 질투하고, 생각한다.

'할 수 있다면 대신하고 싶다'고.

그것이야말로 내가 담당하는 '질투'의 원죄이자 존재 이유.

아무것도 주어지지 않았던 탓에 세상 모든 것을 질투해 대신하려 하는,

'폭식'보다도 어둡고

'탐욕'보다도 욕심 많고

'분노'보다도 격렬하고

'색욕'보다도 변덕스럽고

'나태'보다도 의미가 없고

'오만'보다도 질이 나쁜

그저 추한 '질투'에 지나지 않는다.

하지만 나는 그것을 얻은 순간에 생각했던 것이다.

아아, 이것으로 겨우 살아갈 의미가 생겼다고.

이것이라면 누군가가 될 수 있다고.

제2화 환상마영

몸이 무겁다. 소모한 마력은 어느 정도 회복되었지만, 몸 상태는 최악이었다.

추라도 매단 것처럼 묵직한 팔을 끌어안았다.

안 좋은 꿈을 꿨다. 이미 몇백 년이나 전의 꿈. 아직 가끔 꾸는 그 꿈은 내 갈망 그 자체를 가리키고 있다고 할 수 있겠지.

손을 무심코 쥐었다 펴며 감각을 확인했다.

몸만이 아니라, 머리도 무겁다. 이제 막 잠에서 깨어났는데, 당장에라도 의식이 어둠 속으로 빨려 들어갈 것만 같다.

머릿곳에서 지끈지끈 느껴지는 둔한 이픔에 순간적으로 이마를 짚었다.

제블과 싸운 여파가 아직 진하게 남아 있었다. 마력과 체력만이 아니라, 무엇보다도 정신의 소모가 심각하다.

등에서 생겨난 무서운 보라색 촉수와 그 가지런히 자라난 날카로운 상아색 이빨. 그리고 무엇보다―― 마지막에 사용한, 그 무시무시할 정도의 식욕과 그 이명인 악식을 현현한 듯 대지에 생겨난 거대한 입.

지극히 강력하고 기피해야 할 그 갈망은, 너무나도 선명하고 강렬해 자극이 너무 강했다. 떠올리는 것만으로 몸이 떨린다.

어떻게 그것 앞에 서 있을 수 있었던 것인지, 지금에 와서는 살아남았다는 사실이 기적으로밖에 생각되지 않는다.

"장군급이라고 해도…… 아직, 멀었나."

나 말고는 아무도 없는 침실에서, 자신의 것이라고는 믿을 수 없을 정도로 쉬고 가냘픈 목소리가 목에서 나왔다.

주워지고 나서 지금까지 농땡이를 피운 적은 없다.

영혼을 연마했다. 무술도 갈고닦았다. 군인이 되겠다는 의지는 누군가가 강요한 것이 아니라 분명히 자신의 것이다. 하지만 그래도 따라잡지 못한다. 따라잡을 수 없다.

제블이 보여 준 가혹하고 격렬하기까지 한 식욕과 레이지 님이 보여 준 나락 같은 그 눈. 자신과는 올라선 스테이지가 다르다고까지 생각되고 만다.

그들은 나와 같은 악마가 아니다.

노력이나 훈련 등으로는 절대로 채울 수가 없는 차이. 처음에 발생한 시점부터 존재하는 격의 차이.

상대에게서 느껴지는 차이는 내가 앞으로 수만 년을 산다고 해도 채워질 리가 없다고, 그렇게 실감하게 만들 정도의 것이었다.

'지금대로' 라면.

안 좋은 꿈을 꿨다. 이곳에 오기 직전의 꿈. 모든 것이 시작될 때의 꿈. 세상 모든 것이 부럽고 질투가 났던, 마이너스 시절의 꿈.

악마로서 위계가 올라가게 되면서 꾸지 않게 되었던 꿈. 지금에 와서 다시 그 꿈을 꾼 것은, 그것이 다시금 나에게 필요하게 되었기 때문일지도 모른다. 그것은 실로 내 갈망 그 자체이니까.

아직 몸은 수면을 바라고 있었다. 그것을 밀어내고 침대 위에서 상반신만 일으켰다. 창문이 없고 좋게 말하자면 고요한, 나쁘게 말하자면 폐쇄적인 침실.

캐노피가 있는 침대에 고급 목재로 만들어진 시크한 가구. 레이지 군에서도 세 명밖에 없는 장군인 나에게는 나름의 봉급이 약속되어 있다.

데지 쪽은 마도구 종류를 사 모으고 있다는 모양이지만, 출신이 출신인 탓인지 물욕이 희박한 나는 무언가를 사는 일이 거의 없고, 방 안에는 쓸데없는 물건도 없어 한산했다. 금욕적이라고 평가되고 있다는 사실은 알고 있다. 하지만 정확히는 다르다. 나는 진심으로 모를 뿐이다. 풍족하다는 것의 의미를.

차가운 공기가 콧구멍으로 들어가, 탁해져 있던 사고를 식힌다. 한숨이 나왔다.

옛날부터 정적은 친구였다. 길가 한쪽 구석에서 살았던 시절에도 그랬다. 주위에 동료는 있어도 나에게 도움을 주지 않았고, 나 또한 그들에게 도움을 주거나 한 적도 없다. 욕망이 소용돌이치는 마계의 낙오자란, 돈도 힘도 없고 무엇보다도 욕심이 없는 길거리의 돌멩이와 아무런 차이가 없다. 다수 속에서 느끼는 고독만큼 정적을 느끼게 하는 것은 없다.

전신을 뒤덮는 고요하고 무거운 공기는 레이지 님이 펼친 '혼돈의 왕령'의 마력에 의한 것이다. 나태의 마왕의 마력은 나에게 아주 친숙하다. 그리고 그 공기는 아무리 시간이 흘러도 무엇 하나 바뀌지 않았다.

벽에 걸려 있는 거울 속의 나는 초췌한 표정을 짓고 있었다. 나를 모르는 사람의 눈으로 봐도 확실하게 알 수 있을 정도로.

뺨이 옅은 먹처럼 검게 더러워져 있었다. 오른손을 뺨에 대고 그것을 천천히 엄지로 닦았다.

엄지의 끝에 검은 얼룩이 묻어 있었다. 코를 찌르는 듯한 독특하고 자극적인 냄새.

"……후우."

악마나 천사는 영혼으로 구성된 존재. 정신의 흔들림이 직접 육체에 반영된다. 기분은 나쁘지만 불평을 하고 있을 때도 아니다.

아직 지끈지끈 아픈 머리를 좌우로 흔들고, 얼룩이 묻은 엄지를 아무렇게나 입안에 넣었다.

혀끝에 느껴지는 손가락에선 피 맛이 났다.

* * * * *

미디아 룩스리아하트는 행복하다.

그렇게 생각해 보려고 했던 적이 있다. 적어도 나와 같은 입장이었지만 굴러갔던 위치가 살짝 어긋났던 것만으로 구원받지 못했던 동료들과 비교하면 상당히 좋은 편이라고.

하지만 생각할 수 없었다. 실감이 나지 않았다.

레이지 님의 위광을 빌려 색욕의 마왕을 배알해 그 이름의 일부인 '룩스리아하트'를 받는 영광이 주어졌을 때도, 악마 중에서도 마왕 다음가는 장군급의 힘을 손에 넣었을 때도 충족되지 않았다.

질투는 바닥이 없는 갈망.

깨닫고 보니 당시에는 그 존재조차 몰랐던 아득히 높은 곳에 서 있었지만, 위를 보면 피아의 차이조차 상상할 수 없는 지고의 존재가 있다.

부, 명예, 힘, 아무리 얻어도 충족되지 않는, 충족될 기색조차 없는 갈망.

잊고 있었다.

아니, 다르다. 잊으려고 했다. 이 몸 안에 숨어 있는 질척질척하고 추한 감정을.

자신 내부에 존재하는 질투의 스킬 트리. 그 갈망과 연을 끊을 수 있을 리가 없는데도.

전신 거울 안에 있는 것은 무뚝뚝한, 마치 가면 같은 표정을 하고 있는 자신.

여위어 있던 뺨은 적절한 영양을 섭취하는 것으로 회복하고, 푸석푸석했던 머리카락도 정돈되어 있지만, 팔다리와 목에서 어깨에 걸친 라인은 당장에라도 부러질 것만 같이 가냘프다. 로나처럼 근본부터 타고난 색욕과 비교하면 굴곡이 부족한 몸은 아무리 '질투' 해 봐야 바뀔 수 없다며 나에게 속삭이고 있는 것만 같다.

몸을 감싼 분홍색 베이비돌은 반쯤 비쳐 보여, 풍만한 것과는 거리가 먼 자신의 몸매를 분명하게 드러내고 있다. 틀림없이 로나 같은 사람이 입으면 선정적인 모습으로 비쳤을 것이라고 생각한다.

매일 거울 앞에 설 것.

과거 배알했던 색욕의 마왕, '매료'의 릴리스 룩스리아하트의 조언인 일과를 빼먹은 적은 없다.

이미 토멸당하고 말았지만, 그녀는 아름답고── 같은 여자인 내가 봐도 소름 끼칠 정도로 매력적인 마왕이었다. 타인을 질투해 해하는 질투의 악마는 일곱 개의 갈망 중에서도 폭식과는 다른 이유로 기피된다.

그럼에도 그녀는 나를 받아들이고 자신의 이름까지 내려주었다. 언젠가 그 이름이 내 본질을 나타내게 되기를 바라고.

색욕을 질투하는 것이라면 형태부터 갖추어야만 한다고 방법을 알려 주었다. 베이비돌도, 일과도, 그 이름도, 심지어 스킬마저 내려 주었다.

그녀가 자신의 죽음을 예견하고 있었는지 어땠는지는 모른다. 감사는 하고 있다. 그렇게까지 해 주었어도 내 질투는 충족되지 않았지만.

잠옷으로 이용하고 있는 베이비돌을 벗어던지고, 옷을 갈아입는다.

스위치를 전환해 가면을 쓴다. 부풀어 올라 억누를 수 없게 된 질투를 밀어 넣고, 자신이 바라고 있을 터인 '색욕'으로.

제블에게 아껴 입는 옷이 녹고 말았지만, 예비는 있었다. 하얗고 하늘하늘한 로브. 색욕이 특기로 삼는 몽환을 최대한 살려 주는 의상.

평소라면 갈아입는 사이에 기분이 바뀌지만, 아직 피로가 남아 있는 탓인지, 부풀어 올랐던 질투 탓인지, 그 하드 로더와 상대해야만 하는 것 때문인지, 기분이 가라앉은 채로 나는 모습만 '환상마영'의 미디아가 되었다.

레이지 님의 군을 통솔하는 단 세 명의 사령관 중 한 명.

'환상마영'의 미디아 룩스리아하트. 레이지 님의 옥체를, 그리고 영침전을 수호하는 긍지 있는 제2군의 장. 천사든 용사든, 악마든, 다가오는 것을 모조리 물리친다.

모습을 갖추더라도, 얼굴색은 화장으로 얼버무리더라도, 그 눈의 색만은 감출 수 없다. 이글거리며 무언가를 찾아 떠도는 진홍색 눈동자만은.

제3화 다시 또 만나요

레이지 님의 밑에는 항상 그 남자가 있었다.

군에 소속된 악마란 기본적으로 호전적이다. 내가 레이지 님의 곁에 오기 전부터 있었고 지금도 남아 있는 사람은 로나와 그 남자 정도이리라. 그리고 로나는 군인이 아니니, 엄밀하게 말해 군에 남아 있는 자는 고작 한 명이라는 이야기가 된다.

오만독존의 하드 로더.

냉정 냉철하고 동시에 격렬한 업화 같은 공격성을 지닌 남자.

레이지 님과 상반되는 성질을 지녔지만, 내가 생겨나기 아득히 먼 옛날부터 니대의 욍을 따르는 남자다.

나태이기 때문에 행동적이지 않은 레이지 님을 지금의 지위까지 끌어올린, 자타 모두 인정하는 핵심 인물이기도 하다. 적대하는 모든 종을 토멸하고, 때로는 자신의 군마저도 견제해 그 위광을 넓힌 남자. 오만이라는 이름에 어울리게 압도적일 정도의 자부심과 그것을 뒷받침하는 실력. 레이지 님 휘하의 군 대부분은 실질적으로 레이지 님이 아니라 하드 로더의 곁에 모여 있다고까지도 말할 수 있다.

아깝다고 평가했던 마왕이 있었다. 너만 한 오만이 나태를 받들어 모시는 것은 이해할 수 없다고.

그 마왕은 죽었다. 마왕을 죽이는 장군. 대상을 '우월(優越)'
하는 오만의 능력이라면 불가능은 아니다. 하지만 쉽게 일어나
는 일도 아닌, 일종의 위업.

무훈만이 알려지고, 그 본성을 아는 자는 많지 않다. 그러나 모
두가 입을 모아 말하는 레이지 님의 평가에는 그 남자의 이름이
따라다닌다.

회의실 내부에는 긴장된 공기가 떠다니고 있었다. 나도 데지
도, 아무런 말도 할 수 없다.

마치 바닥에 떨어져 있던 음식물 쓰레기라도 보는 것 같은 차
가운 눈동자가 이쪽으로 날카로운 시선을 내려보내고 있다.

나락의 바닥 같은 검은 눈동자를 가진 미목수려한 남자다. 마
치 왕처럼 깊숙이 허리를 파묻고 다리를 꼰 상태로 우리를 흘겨
보는 모습은, 확실히 왕의 모습이었다. 레이지 님과 이 남자를
나란히 놓으면 열 명 중 열 명이 이 남자를 왕이라고 판단하겠지.

동시에 그 갈망에 따라 유구한 시간을 자기 단련에 소비한 타
고난 무인이기도 했다.

하드 로더. 나태의 한 팔. 오만을 담당하는 악마.

레이지 군에서 최강을 자랑하는 남자가 한숨을 내쉬었다.

"이거 참, 사령관이 둘이나 나서서 이 무슨 꼴이냐……. 레이
지 님의 손을 번거롭게 해드리다니…… 한심하군."

그 말에 조금 전부터 조금씩 계속해서 아픔을 호소하던 머리가
더욱 강하게 지끈거렸다.

그것은, 절대로, 오만한 이 남자에 대한 분노가 아니라──.

"아니, 아니죠……. 그 제블 굴라코스는 카논 님의 휘하에서도 손에 꼽히는 강력한 마왕……. 마왕을 제외하고 토멸하기에는 짐이 무거운 상대입니다."

레이지 님을 끌고 나온다는 무시무시하게 무례한 짓을 한 카논의 측근, 리제가 타이르듯이 말했다. 우리는 그 오만불손한 수단 덕에 구원받았으니까 나로서는 아무런 말도 할 수 없지만…….

나을 기색이 없는 뇌 깊숙한 곳에서 느껴지는 찌르는 듯한 아픔을 진정시키듯이 이마를 쓰다듬었다. 아픔에 흐트러진 사고, 그 안쪽 깊은 곳에서 더러워진 진흙 같은 욕망이 고개를 쳐든다. 마치 어서 빨리 그 갈망을 달성하라고 말하는 것처럼.

하드는 대마왕의 사자를 앞에 두고도 조금도 흔들리는 기색이 없다.

반대로 그 시선에 불쾌한 표정을 띠고 분명하게 말했다. 그의 말은 항상 자신에 가득 차 있다.

"흥……. 보통 악마라면 그렇다는 이야기겠지. 위대한 나태의 왕의 군을 통솔하는 자로서 너무나도 꼴사납다고 말하고 있는 것이다. 리제 블러드크로스."

"……참나, 잘도 그렇게까지 큰소리를 치는군요. 혼자서만 출격하지 않았던 주제에."

"그래. 확실히, 이렇게까지 쓸모가 없을 줄은 생각 못 했다. 다음에 마왕이 쳐들어왔을 때는 내가 혼자 나서도록 하지."

짜증스러운, 증오까지 느껴지는 말.

하드의 표정에는 전혀 농담을 하고 있는 기색이 없다. 장군급 두 명을 포함한 군이 고작 한 명의 마왕에게 패배했다는데, 그 눈에는 전혀 초조함이나 긴장감이 없었다.

오로지 우아하게. 무엇보다도 오만하게.

오만의 악마는 강하다.

실제로 마왕에 이르는 악마 중에서 열에 일곱은 오만의 악마라고 이야기되고 있다.

패자는 똥보다도 쓸모없고, 승자는 신에 가깝다. 그리고 자신은 신마저 뛰어넘는다.

그것이 오만의 원죄. 약자에게 강하고, 강자에게 약한, 지독하게 불안정한 악마. 그래도 가장 강력하다고 평해지는 악마.

그들이 바라는 것은 결과뿐이라, 과정이 어찌 되었든 패배하면 멸시당한다.

그것은 다른 갈망과 마찬가지로, 강하면 강할수록 그런 경향으로 기울어진다.

원탁을 둘러싸고 있던 네 명 중 마지막 한 명—— 그 수집품 대부분을 잃고, 군까지 잃은 가장 큰 피해자인 데지가 상처투성이 마검 셀레스테를 검사하며 말했다. 탐욕에게 있어 그 사실은 자기 몸이 찢기는 듯한 고통이었을 텐데, 그 표정은 나만큼 초조하지 않았다.

그 음색도 평소와 차이가 없다.

"……하지만 말이야, 하드 사령관. 리제 아가씨가 말한 대로, 악식의 제블은 마왕 중에서도 별격인, 터무니 없을 정도로 거대한 힘을 지니고 있었다고? 아무리 오만불손의 하드 사령관이라고 해도, 녀석을 '우월' 하는 것은 어려웠을 거란 말이지."

"네가 지금까지 모셔 왔던 마왕 중에서도 그렇다는 말인가?"

"킥킥킥, 그래. 그것보다도 강력한 존재라고 한다면…… 레이지 나리와 대마왕님 정도밖에는 떠오르지 않네그려."

데지의 눈이 이제까지의 경험을 떠올리고 있는 것처럼 천장을 바라보고 있다.

오래된 악마인 데지의 말에는 설득력이 있었다.

그리고 폭식의 제블 굴라코스는 틀림없이 내가 만났던 중에서 세 손가락에 들어가는 흉악한 마왕이었다. 그 마력도 스킬도 존재도 보통 악마로는 발끝에도 미치지 못하는 절대강자. 일만 년 이상 전에 있었던 천계와의 싸움에서 천병을 잡아먹었다는 소문도 그저 소문이라고 웃어넘길 수 없을 정도의 '폭식'.

실제로 눈으로 보지 않으면 알 수 없는 그 흉포성. 과거 만났던 색욕의 마왕과 비교해도 아득히 높다. 그것은 실로 상위의 마왕, 카논 이라로드와 비교해도 아무런 손색이 없는 악마의 왕이다.

사전에 알고 있었다면 이쪽에 설령 천 명이 있어도 덤벼들겠다고 생각하지 않았을 것이다.

나에게 그만큼의 힘이 있었다면——.

의미 없는 사고가 머리에 스치고, 모래시계에서 시간과 함께 모래가 떨어지는 것처럼 정신의 깊숙한 밑바닥에 진흙 같은 무언가가 쌓여 간다.

너무나도 묵직한 그것 때문에 지독한 현기증이 난다. 정동(情

動)을, 충동을, 갈망을 억누를 수가 없다.

이것이 사령관에 취임하고 나서 처음으로 겪는 패배였다는 것도 원인 중 한 가지일지도 모른다. 제2군은 호위군. 밖으로 치고 나가는 군이 아니었다.

하지만 무엇보다도 이 사고를 불태우는 시커먼 욕망을 억누를 수 없는 이유는 틀림없이——.

"흥, 하지만 우리 주인은 매우 손쉽게 토멸해 보이시지 않았나."

——레이지 님이 지닌, 절망적이기까지 할 정도의 검은 영혼을 엿보고 말았던 탓이다.

"킥킥킥, 뭐, 역시나 제3위라고밖에 할 말이 없구먼. 레이지 나리는—— 괴물이야. 악식의 왕이 완전히 농락당했어. 뭐니 뭐니 해도 나리는…… 거의 움직이지도 않았으니 말이야."

데지의 말에, 며칠 전 마왕과 레이지 님의 싸움이 머릿속에 떠오른다.

자신의 왜소함을 알 수 있다. 조금은 강해졌다고 생각했던 자신이 너무나도 왜소함을.

어째서 나는 아직 이런 상태에 있는 것인가. 어째서 레이지 님은 그렇게까지 강력한 힘을 지니고 있는데 이 몸은 아직 장군급의 위계에 머물러 있는 것인가.

자신보다 높은 자를 본 것에 의한 향상심? 아니, 이것이, 이 감정이 그런 긍정적인 욕구일 리가 없다.

이 감정은—— 질투. 부러움. 무책임한 질투의 불꽃에 영혼이 타 버릴 것만 같다.

대체 나는 무엇을 바라는 것인가, 무엇이 되고 싶은 것인가, 무엇이 부러운 것인가.

감정을 파먹는 듯한 아픔을 참는 나를 제쳐 놓고, 하드가 다 알고 있다는 듯한 얼굴—— 매섭고 오만한 눈으로 그 말에 고개를 끄덕였다.

"……흥, 나태의 스킬은, 움직이지 않으면 움직이지 않을수록 강해지니…… 레이지 님다운 선택이다."

"그 남자는 아마도 그딴 것을 생각하지 않았겠지만……."

리제가 끼어든 말을 무시하고, 하드가 데지 쪽을 돌아봤다.

"그 외에 주로 어떤 스킬을 사용했는지, 알려 줄 수 있나? 데지."

하드는 대체 어떻게 아직도 오만을 유지할 수 있는 것일까?

이 남자도 이 남자대로 수수께끼다. 태곳적 옛날부터 나태의 왕을 모시는 것이 가능한 오만. 그런 존재가 있을 리가 없다. 레이지 님이, 어떤 것에도 흥미를 보이지 않는 레이지 님이 오만의 프라이드를 충족시킬 수 있을 리가 없다.

이곳에 있는 것만으로, 먼 침실에 계실 터인 레이지 님의 마력을 아플 정도로 느낄 수 있다. 이 힘의 양과 질 모두 틀림없이 악마로서는 닿을 수 없는 스테이지에 있었다. 장군급인 나나—— 나보다도 강할 터인 데지나 하드와 비교해도, 그 차이는 아마도 열 배나 스무 배 정도가 아니다.

공포와 동시에 선망을 느낄 정도의 힘. 본래 분야가 다른 내 질투가 자극받을 정도의 힘을 앞에 두고도 여전히 하드 로더는 평정을 유지하고 있다.

실제로 그 힘을 확인했기에, 그 태도의 이상함을 알 수 있다.

"킥킥킥, 아무리 나라도 전부 알 수 있을 리가 없지. 리벨 녀석도 잡아먹히고 말았고……."

"……탐구의 리벨이 잡아먹혔는가……. 눈여겨보고 있었건만……. 흥."

하드가 시시하다는 듯 한 번 눈을 감았다.

죽음을 추모하는 것이 아닌 그 눈을, 표정을, 행동을 보고도 데지의 표정은 변함이 없다.

리제의 표정이 흐려져도, 맹우였다는 남자 리벨 아이젠스를 잃은 데지의 표정은 바뀌지 않는다.

그것은 천계와의 전쟁에서마저 살아남은 고참 악마인 데지의 강함일 것이다.

세 명의 사령관 중에서는 내가 가장 젊은 악마다. 악마는 기본적으로 나이를 먹으면 먹을수록 갈망이 더욱 깊어지고 강해진다. 데지는 1만 년 전 천계와의 전쟁을 경험했다고 하고, 하드 로더에 관해서는 말할 필요도 없을 것이다.

레이지 님만큼은 아니더라도, 피아에 느껴지는 차이는 질투를 부추기는 데 충분하다. 물리적인 연마의 세월 차이. 경험의 차이.

──그 강함이, 그저 질투가 난다.

──그것이, 그저 질투가 난다.

떨리는 팔을 강하게 붙잡았다. 그 감정은 절대로 지금 폭발시켜서는 안 되는 것이니까.

데지는 하드의 말에 바로는 대답하지 않고, 셀레스테의 불꽃

검신을 칼집에 넣고는 이공간에 수납했다. 상위의 마검은 살아 있다. 미약한 균열이라면 자동으로 수복된다.

팔짱을 낀 데지의 시선이 하드 쪽으로 향했다.

"내가 본 것은……중력을 키우는 스킬과 순간 이동 스킬……. 나머지는 정체불명의, 제블을 날려 버린 스킬 정도구먼."

"……흥…… 상당히 아끼고 있군."

데지의 말에 하드가 얼굴을 찌푸리고 한숨을 쉬었다. 그것은 오만의 악마로서는 원래 떠올리지 않을 종류의 감정이었다.

테이블 위에 팔꿈치를 대고, 사고의 바다에 가라앉듯이 턱에 손을 대는 하드의 모습은 멀리서 봐도 그림이 될 정도로 잘 나온 장면이었다.

능숙하게 여섯 개의 팔을 꼬고 데지가 의아한 표정으로 물었다.

"아꼈다고……? 도저히 그렇게는 보이지 않았는데……."

"……흥. 내가 알고 있는 레이지 님의 힘은 그 정도가 아니다. 애초에 그 이름의 유래인 '학살인형'을 사용하지 않았잖나."

"킥킥킥, 확실히 그래. 하지만 아무리 나리라고는 해도, 인형 정도로 제블을 토멸할 수 있을 것 같지는 않아. 실제로 내가 받은 인형은 산산조각이 나서 잡아먹히고 말았지."

"……네놈의 인형과 같은 취급하지 마라. 레이지 님 본래의 학 살인형은…… 지고(至高)다."

하드가 비웃었다. 데지를, 리제를, 나를.

농담을 하는 기색은 아니다. 입술 끝이 희미하게 올라가 있다.

누구보다도 오랫동안 레이지 님을 모신 남자. 누구보다도 레이지 님에 대한 정보를 많이 갖고 있으리라. 아마도 하드밖에 알수 없는 사실이겠지.

그리고 하드가 믿을 수 없는 말을 꺼냈다.

"······본인보다도 말이지."

"뭐? ······아무리 그래도 인형이 본체보다도 강하다는 건 말도 안 되잖아?"

"······흥. 보통 악마라면, 말이지."

학살인형의 스킬은 나태의 마왕이 지닌 스킬이긴 하지만, 현재 사용할 수 있음이 확실하게 알려진 나태의 마왕은 레이지 님뿐. 전례는 거의 없다.

소문으로는 들어 봤었다. 악마를 사냥하는, 악마와 비슷하지만 다른 존재의 소문. 일종의 도시 전설, 전장에서만 이야기되어 내려오는 전승.

실제로 다루는 마왕이 있는 이상 그냥 전승이 아니라고는 생각했지만, 아무리 그래도 마왕을 뛰어넘는 힘을 지닌 존재를 만들어 낼 수 있다니 상식의 범위 밖이다.

'저것' 이상의 마왕이 양산된다면 마계의 통일 따위는 손쉬울 것이다.

리제는 얼굴에 '말도 안 돼' 라고 적힌 것처럼 경악한 표정으로 하드의 얼굴을 바라봤다.

하드 로더는 제정신이었다. 오만할지언정 그 힘은 분명하고, 스킬만이 아니라 지성과 카리스마를 확실하게 갖추고 있다. 그렇지 않으면 가장 인원수가 많은 제1군을, 나아가서는 레이지 군 전부를 이끄는 일은 할 수 없다.

데지만이 그저 재미있다는 듯이 사나운 웃음을 지으며 그 말을 듣고 있다. 고금동서의 보구를 모으는 그 성질상 생각하는 바가 있는 것인가.

웃음을 지은 채로 기분 좋게 책상을 검지로 톡톡 두드리며, 농담으로도 진심으로도 보기 힘든 말을 하드에게 내뱉었다.

"킥킥킥, 그게 진짜라면 굉장한걸. 부디 꼭 한 대 더 받았으면 좋겠어. 하지만 뭐, 그렇다고 하더라도…… 이번 상대는 나리에게 상처를 입힐 레벨의 마왕이었다고? 원죄의 스킬도 지니지 않은 인형으로는 짐이 무겁다 싶은데."

그 순간 하드가 눈을 크게 떴다. 덜컥 소리를 내며 일어나려 한다.

번쩍 뜨인 눈동자. 영혼을 떨게 할 정도로 감정의 발로. 어둠 같은 눈 안에서, 나는 분명히 하드 로더라는 남자의 본질 중 한 조각을 엿보았다.

격정이기는 하더라도, 분노는 아니다. 그것은 말하자면 망아, 경악. 항상 만물을 취하는 데 부족함이 없다는 것처럼 행동하는 하드라는 남자가 처음 보여 준 표정에, 흠칫 등골이 서늘했다.

하드는 그 바뀐 모습에 놀라 있는 우리를 알아채는 기색도 없이, 몸을 내밀어 데지를 강한 시선으로 노려봤다.

"……말도 안 돼…… 레이지 님이 상처를 입었다고……?!"

나태의 악마는 확실히 방어력이 높지만, 대미지를 입지 않는 것은 아니다.

고함처럼도 들리는 기세의 힐문에 데지가 압도당했다.

"……그, 그래. 뭐, 아주 약간 피가 나온 정도였고, 금방 치료되었지만 말이야."

"……충분하다……. 그런가, 타락의 레이지를 상처 입혔나. 악식의 제블이……. 흥, 그렇단 말이지……."

"뭔가 이상한 일이라도 있는 겁니까? 아무리 마왕이라고 해도, 상대가 마왕이라면 상처 정도는 입겠죠. ……눈앞으로 데리고 갔을 때는 우는소리를 했었고요."

하드 로더의 눈빛이, 감정의 발로가 거짓말처럼 잦아든다.

리제의 물음에 하드가 한숨을 쉬고 의자에 깊숙이 걸터앉아 등을 기댔다.

뭔가 생각하고 있는지, 시선이 허공을 맴돌고 있다.

"흥, 그건 항상 있는 일이다. 하지만 뭐, 나태의 레이지에게 조금이라도 상처를 입힌 자는…… 2천 년 만이군. 그런가…… 레이지 님이, 말이지……."

"2천 년……. 2천 년 전에도 있었던 겁니까?"

"그래……. 네놈도 잘 알고 있는 상대다. 하지만…… 뭐, 좋다."

대화를 끝마치겠다는 것처럼 무심한 동작으로, 테이블을 오른손으로 때렸다.

소리가 폭발했다. 칠흑색 석재로 만들어진 테이블이 찌르르 떨리고 방 전체가 울린다.

하드가 천천히 자리에서 일어났다.

레이지 님과 마찬가지로 검은 머리 검은 눈. 하지만 레이지 님

과는 다른, 싸우기 위한 근육이 붙은 군인의 육체. 단련된 오만의 악마의 신체.

그 신체에서 발산되는 짓눌릴 것만 같은 압박감——오만의 마력이 단숨에 밀도가 짙어진다.

본능이 경종을 울린다.

극한의 시선이 나와 데지를 흘겨보았다. 몸이 굳어 버릴 정도로 세계를 침식하는 힘.

그것은, 그 시선에 담긴 감정은 분명히—— 적의에 한없이 가까운 감정.

리제가 경악으로 눈썹을 일그러트리고 일어났다. 만약 파견되었던 직후였다면 격노했을 것이다. 최근에는 분노를 제어하는 법을 배웠는지 방도 거의 불타지 않게 되었다.

"잠깐…… 아직……."

그래도 소리치려 하다 멈춘 리제의 항의를 완전히 무시하고, 하드는 나와 데지를 내려다보았다.

심판이 내려진다.

"……흥. 결과적으로 문제없었다고는 해도, 꼴불견의 대가는 지불해야겠지. 후일 처분을 선고하겠다. 기대하고 있어라."

"킥킥킥, 부디 잘 좀 봐주시구려."

"……흥."

마지막으로 나에게는 분명하게 모멸의 시선을 던지고는, 두르고 있던 어둠색 외투를 펄럭이며 회의실에서 나갔다.

커다란 소리를 내며 문이 닫힌다. 모든 것을 짓누를 것만 같았던 기척이 사라졌다.

사, 살았다…… 죽는 줄만 알았다. 아니, 죽어도 이상하지 않았다. 평소의 하드 로더라면, 오만독존이라면 그렇게 했었을 터였다.

"뭐야, 저 남자……. 아무리 그래도 아군에 대한 태도가 아니——."

리제가 분개한 것처럼 말했다. 슬쩍슬쩍 그 머리카락이 홍련의 인광을 두른다.

그 말은 올바르지만, 동시에 틀린 것이다.

"킥킥킥, 리제 아가씨, 젊구만. 오만의 장 같은 건 다 저런 식이야. 오히려 이 자리에서 처형당하지 않았던 만큼…… 우리는 아직 운이 남아 있다는 소리야."

데지가 씨익 웃으며 일어났다.

그렇다.

운. 운이 좋다고 생각해 본 석은 없었지만, 지금의 이 상황은 틀림없이 행운이다.

설마 저 남자가 손을 쓰는데 시간을 들일 줄이야. 게다가 그 눈에 들어왔던 격정의 빛은——

입술이, 입안이 바싹 말라 있었다. 입술을 열었다. 나온 목소리 역시 메말라 있었다.

"……태도가 이상해."

항상 왕처럼 행동하는 저 남자가 감정을 흐트러트리는 모습은 본 적이 없다. 항상 태연하게 벌레처럼 적을 짓밟는 저 남자가 감정을 흐트러트리는 모습 따위.

내 말에 대답하는 일 없이, 데지의 여섯 개의 눈동자가 나를 봤다.

"미디아 아가씨, 나는—— 이 군을 나가도록 하겠어."

"……그래."

그 말은 어느 정도는 내 예상대로였다.

이런 모습을 하고 있어도 데지는 이성적인 악마다. 그 갈망과 욕심이 사람이 아니라 물건을 향하는 시점에서 다른 악마보다 훨씬 낫다. 제2군과 제3군, 같은 레이지 군의 사령관으로서 열등감과 비슷한 감정은 지니고 있었지만 그것과 이건 다른 이야기.

리제로서는 예상 밖이었는지, 그 말을 듣고 놀라워하며 말했다.

"무슨……진심입니까? 데지."

"그래……. 이대로 이곳에 있으면 하드 총사령관에게 처분되고 마니까 말이지. 나태의 레이지의 한 팔, 오만독존……. 킥킥킥, 골치 아픈 일이야."

데지가 말한 대로다. 하드의 저런 모습을 보면 어떤 심판이 떨어질지는 예상이 된다.

나와 데지는 나름 오랜 기간 하드와 전장을 함께해 왔다.

리제가 격앙에 가까운 느낌으로 데지에게 소리쳤다.

"말도 안 돼……. 사령관인 당신에게 그런 짓이 용납될 것 같습니까?"

"용납되겠지. 왜냐면 내 갈망은—— 딱히 이곳에 있어야만 충족되는 종류의 것이 아니니까. 아가씨나 하드는 어떨지 모르겠지만 말이야."

그것에 대한 데지의 답은 간결했다.

즉시 결단하는 판단력. 아니, 틀림없이 레이지 님의 손을 번거롭게 한 시점에서 데지는 내심 결정하고 있었겠지.

데지의 말은 핵심을 찌르고 있다. 데지의 갈망…… 보구나 무구를 대상으로 하는 탐욕의 갈망은 어느 군에 참가하더라도 충족시킬 수 있는 종류의 것이다. 데지가 레이지 군에 들어온 것은 오로지 보구를 손에 넣기 쉽다는 이유뿐.

데지 정도의 실력이라면, 어느 마왕의 휘하에 들어가더라도 평가를 받을 것이다. 하물며 제블이 무시무시하다고 말했던 마검까지 지니고 있다. 지난번에는 상대가 나빴지만, 낮은 위계의 마왕 정도라면 없앨 수 있을지도 모르는 마검을. 어쩌면 마왕의 산하에 들어가지 않더라도 살아갈 수 있을지도 모른다.

그리고 후자도 핵심을 찌르고 있었다.

나의 갈망은──'실부'는 레이지 님의 곁에 와서 얻은 갈망.

틀림없이──이곳이 아니라면 충족시킬 수 없다.

두통이 멈추지 않는다. 욕망이 나를 재촉한다. 마치 둑이 터진 것처럼 타오르는 감정.

깨닫지 않도록 해 왔던 반동이, 색욕을 모방해서 충족된 것으로 해 왔던 반동이 지금 바로 찾아온 것 같다.

끝이다. 이젠 끝이다. 이 갈망을 나는 더는 억누를 수 없다.

데지는 물러날 때를 알고 있었다. 그렇기에 천계와의 전쟁에서도 살아남았을 것이다.

강철처럼 단련된 육체, 이성, 사고, 갈망. 아아, 그 전부가——
부럽다.

뇌가 바늘로 휘젓는 것처럼 아픈데, 어째선지 의식은 예민하다.

데지가 익숙한 목소리로 키득키득 웃는다. 그리고 내가 생각
하지도 못했던 말을 꺼냈다.

"킥킥킥, 일단 같이 싸운 생존자로서 물어보지. 아가씨, 나와
함께 빠지지 않겠어?"

"뭐라고……? 그건——."

예상도 하지 못했던 권유에 말이 끊겼다.

"한곳에서만 갈망을 충족시킬 수 있는 건 아니야. 킥킥킥, 아
가씨는 젊어. 하드에게 처분되는 것보다는 나은 인생을 보낼 수
있을 거야…….."

리제가 당황해서 데지와 나를 교대로 봤다. 감찰관으로서 마
왕이 보유한 군 전력의 하락은 그녀의 실점이 된다.

대마왕의 분노는 그녀에게 향할 것이다. 설령 본인의 탓이 아
니더라도, 용의 역린을 건드리는 것이나 마찬가지다. 아니, 카
논의 분노는 용보다도 더욱 무시무시하다.

카논은 레이지 님과 인연이 깊다. 실제로 그렇게 되었을 경우
무슨 일이 생길지는 나로서도 예상이 되지 않는다.

"……제가 하드 로더에게 중재를 해 보죠. 대마왕님의 전력을
줄일 수는 없습니다."

다시금 설득을 시도하는 리제. 하지만 그녀는 너무 모른다. 하
드 로더라는 남자에 대해.

"킥킥킥, 아가씨의 제안은 고맙지만, 그건 무리야. 하드는……
아가씨의 분노보다 강해. 왜냐면 그 녀석은 내가 아직 보통 악마
였던 시절── 태곳적 옛날부터 살아 있는 악마거든. 오만의 '우
월' 스킬은 오래 살면 살수록 강력해지니까 말이야."

"저의 명령은 대마왕님의 명령, 제 말은 대마왕님의 말씀입니
다. 그래도 듣지 않는다고요?"

"그딴 건 몰라."

데지가 무책임하게 내뱉었다.

듣지 않는다. 하드는 틀림없이 듣지 않아. 왜냐면 오만인걸.

데지는 리제의 어이없어하는 시선을 무시하고 말을 이어 갔다.

"……하지만…… 안 좋은 예감이 들어. 킥킥킥, 더 이상 녀석
을 평범한 악마라고 생각하지 않는 게 좋아. 이것은…… 나이 든
자로서 하는 충고야."

충고는 솔직히 고마웠다. 어떤 의도가 배경에 있더라도, 그 말
은 나에게 도움을 주고자 생각해서 했을 테니까.

그래, 그렇겠지. 그 말은 사실이리라. 내가 이곳에 남아 있으
면 가까운 시일에 하드 총사령관에게 처분된다는 것도 틀림없겠
지. 그런 것은 알고 있다.

하지만, 그러나, 그래도── 나에게는 아직 이곳에 있어야 할
이유가 있다. 아니, 있을 터였다.

마음을 정하자. 아니, 이미 정하고 있었다. 나는── 질투의
악마. 아직 끝은 보이지 않는 미숙한 몸이지만, 악마로서 자존심
도 있다. 그것도 또한 이곳에 오고 나서 얻은 것이다.

분명하게 데지를 올려다봤다. 일시적이었다고는 해도, 제블과 제대로 치고받았던 무인인 악마를.

"……고마워. 하지만 내 갈망은…… 이곳에서밖에 채울 수 없어."

"……킥킥킥, 그렇게 말할 줄 알았어. 뭐, 부디 열심히 해. 일단 같은 사령관이었던 몸으로서, 아가씨가 살아남기를 빌어 주겠어."

악수라도 하는 것처럼 내민 데지의 오른손을 쥐었다.

투박하고 근육으로 뒤덮인 손이다. 얼마만큼의 힘이 있는지는 모른다. 하지만 거기에서는 분명하게 쌓아 왔던 세월을 느낄 수 있었다.

그것이 부럽다. 쌓아 왔던 세월이.

악마로서의 격은 세월에 비교해 그다지 돌출되지 않더라도, 그 성격은 하드보다도 월등히 호감이 간다.

데지가 마지막으로 떠올린 것처럼 질문해 왔다.

"아가씨……. 그러고 보니까 딱 한 가지 묻고 싶은 것이 남아 있었어. '색욕'의 마왕을 알고 있나?"

"……알고 있어. 만났던 적도 있어."

'색욕'의 마왕이 토멸되고 나서 이미 상당히 시간이 흘렀다.

만났던 것은 단 한 번뿐. 그것만으로 강렬하게 이끌렸다. 엄청난 질투를 품었다. 지금도 아직 마치 어제의 일이었던 것처럼 선명하게 기억하고 있다.

데지가 내가 짓는 표정을 보고, 어울리지 않는 한숨을 쉬었다.

"……역시 아가씨에게는 색이 부족하구먼. 내가 훔칠 수 있을 리가…… 없나. 뭐, 그 행운에 감사해야 해."

"…………."

"'이번에는' 능숙하게 잘하도록 해."

그 한마디로, 나는 분명하게 이해했다.

아아, 이 남자……. 눈치채고 있었나. 내가 담당하는 갈망을.

아니, 알아채는 것이 당연할지도 모른다. 나는 한 번, 데지의 눈앞에서 셀레스테를 '질투'하고 말았다.

그리고 그는 그것을 입 밖으로 꺼내지 않는다. 갈망이 충돌하지 않는다는 것도 이유 중 한 가지겠지만, 이 탐욕의 악마가 가진 상냥함 때문일지도 모른다.

아니, 그것이 맞기를 바란다고 생각했다.

그리고 나는 데지가 말한 대로, 데지에게 질투했다.

나는 데지가 되었다.

"킥킥킥, 나태와 타락의 레이지……. 꽤나 재미있는 마왕이었어. 그리고 무시무시해……. 욕망조차 느끼지 않는단 말이야. 뭐, 다음에 만날 때도 부디 아군으로 있어 주길 바라겠어."

그래, 그 말대로다. 바라건대 재회하지 않기를.

나는 똑바로 데지를 올려다보고 말했다.

"……그래. 다시 만나도록 해. '탐욕'."

"킥킥킥, 또 보자고. '색욕'."

제4화 당신이 되고 싶다

무엇보다도 필요한 것은 그것을 이룰 각오였다. 이성이 용납해도 감정이 용납하지 않는다.

그건 악마가 지닌 본성이다.

따라서 하드가 오만인 탓에 내려다보고, 레이지 님이 나태인 탓에 게으름을 피우고, 리제가 분노인 탓에 화를 내고, 데지가 탐욕인 탓에 모으고, 제블이 폭식인 탓에 먹더라도 전혀 이상하지 않다.

로나가 색욕인 탓에 레이지 님에게 욕정을 품어도 이상하지는 —— 않다.

그리고, 내가 질투인 탓에 그걸 질투하더라도.

너무 힘을 주어 깨문 입술——. 피 맛이 입안 가득히 퍼진다. 콧속으로 느껴지는 강하고 자극적인 냄새.

보고 싶지 않은 광경, 듣고 싶지 않은 말.

선명하고 강렬한 분노의 그것과는 다른, '질투'의 탁한 불꽃이 솟아오르는 것처럼 머릿속을 훑는다.

'훔쳐보는 눈'.

질투의 스킬 트리에 이어져 있는 스킬 중 하나. 질투한 상대의 동향을 살피는 힘. 풍경만이 아니라, 목소리까지도 듣는 것이 가능하다.

마치 눈앞에서 펼쳐지고 있는 것처럼 시야는 선명하고 청각은 로나의 부드러운 목소리를 포착하고 있다.

절대로 레이지 님에게 천한 마음을 품고 있는 것이 아니다. 나는 그저 부러울 뿐.

자신의 주인에게 성욕을 품을 수 있는 로나가.

탐욕에 따라 그저 욕심을 채우려는 데지가.

폭식의 왕마저 내려다볼 정도로 자신감으로 넘치는 하드가.

지금까지 질투의 스킬은 자기 방에서만 사용했었다.

표면적으로는 어디까지나 '색욕'.

재색을 겸비하고 한 군의 정점에 선, 색욕을 담당하는 한 여자.

색욕의 마왕인 릴리스 룩스리아하트를 질투해 손에 넣은 스킬은 어지간한 색욕의 악마가 지닌 스킬을 능가했다. 그 이름은 확실하게 나를 형성하고 있었다.

그렇기에── 미디아 룩스리아하트.

거울에 비친 내 모습에선 추한 질투의 감정이 표정을 물들이고, 눈에서는 탁한 검은 피눈물이 흐른다.

정신을 검게 덧칠하는 듯 선명하고 강렬한, 추악한 감정.

자신에 대한 혐오감. 질투를 받아들이는 고통에 거친 숨을 흘린다.

감정과는 반대로, 나는 순조롭게 질투의 계통수를 진행하고 있다. 결국 어떻게 하더라도 본질이란 것은 바꿀 수 없다는, 고작 그뿐인 이야기다.

"하아하아……."

한 걸음도 움직이지 않았을 텐데, 가슴이 괴롭다.

내뱉는 숨은 뜨겁고, 축축했다.

데지의 말을 떠올렸다. 나를 걱정해 주었기에 했던 그 말을.

그리고 웃음으로 흘려 버렸다. 역시 안 돼. 여기서 질투를 성취하지 않는 한 나에게 미래는 없다.

도망쳐 버리면—— 이제까지 쌓아 온 얼마 되지 않는 의미마저 사라져 잃고 만다.

설령 하드 로더가 나를 죽이려 한다 해도——.

누구도…… 내 질투는 방해하게 두지 않는다.

내가 살아가는 의미를, 이제까지 쌓아 왔던 생을 모욕하도록 두지 않는다.

처분하려고 한다면 되받아치면 그만이다.

데지를 질투해서 손에 넣은 탐욕의 스킬.

색욕의 마왕, 릴리스를 질투해서 손에 넣은 색욕의 스킬.

나 자신이 진행하는 질투의 스킬.

뭉개진 제블의 시체에서 손에 넣은 폭식의 스킬.

질투라는 갈망의 원점은 부럽다는 것, 오직 그것뿐이다. 그렇기에 질투의 능력은 타인을 모방한다.

그래도 장군급의 힘을 지닌 내가 질투할 수 있는 수는, 데지의 한 팔이었던 탐구의 리벨보다도 월등히 많다.

하지만 그런 것은, 힘을 부러워한 갈망 따위는 부차적인 것에 지나지 않는다.

내 질투는——질투의 갈망을 품은 계기, 근원이 된 이유는 따로 있을 터였다.

아니, 이미 그것이 무엇인지 짐작은 하고 있다.

질투 난다.

부럽다.

나도——당신이 되고 싶다.

"레이지 님, 식사 시간이에요."

로나가 온화한 표정으로 레이지 님에게 말을 걸었다.

오래전부터 레이지 님의 시중을 들었던 측근. 레이지 님과 접촉하는 시간이 가장 많은 메이드이자, 동시에 나를 구해 준 악마이기도 하다.

용모, 성격, 기술, 충성심. 그 모든 것이 부럽다.

——당신이 없었다면, 내가 그곳에 있었을 텐데.

그럴 리가 없다. 로나가 그곳에 있는 것과 내가 그곳에 없는 것에 인과 관계는 없을 것이다.

그런데도 또, 머릿속이 검은 열기에 탄다. 열기에 멍해진다. 온몸에서 열이 나는 것 같다. 그것은 사랑과도 흡사했다.

어째서, 왜, 내가 원하는 것은 한 걸음 앞에 있건만 손에 넣을 수 없는 걸까.

누가 나쁜 건가. 뭐가 나쁜 건가. 아니, 가장 나쁜 것은 욕심 많은 나다. 장군급에까지 위계를 올린 것만으로도 천지에 감사해야만 함을 알고 있다. 하지만 감정은, 충동은 멈추지 않는다.

제블만 잘 토멸했었다면, 공적만 세울 수가 있었다면, 적어도 지금까지와 같은 일상이 이어졌을 텐데…….

무엇보다도 부족한 것은 시간이었다.

하드가 어째서 회의실에서 처형을 마치지 않았는지는 모르겠지만, 처분을 포기할 가능성은 거의 없다.

그는 머지않은 시일 이내에 나를 죽이려고 할 것이다.

나뭇가지라도 꺾는 것처럼 아무런 감정도 없이.

수백 년 동안 알고 지냈다는 사실 따위는 염두에 두지도 않고.

그는 그런 악마다.

멀리서 질투하고 있는 것만으로는 시간에 맞출 수가 없다. 내 생이 의미를 잃고 만다. 모든 것이 사라지고 만다.

팔이, 다리가, 춥지도 않은데 떨린다. 몸을 가리지 못하는 얇고 부드러운 천이 허벅지에 쓸렸다.

"레이지 님, 머리카락이 흐트러졌어요."

"……그러냐."

항상 침대에 파묻혀 있으니까 흐트러지지 않은 적이 있을 리 없다.

거의 트집에 가까운 말을 한 로나가 레이지 님의 칠흑색 머리카락을 만졌다. 레이지 님은 눈을 감고 아무 말이 없다.

닿은 순간에, 로나의 뺨이 희미하게 붉은색으로 물드는 것이 보였다.

아무 말도 하지 않는다. 아무 말도 하지 않고, 레이지 님이 로나에게 약간이라도 의식을 돌린 기척도 없다. 그런데도 그저 부럽기만 하다.

풍문으로 들었다. 레이지 님이 로나의 이름을 외웠다고 한다. 지금까지 계속 분수에 맞게 한 발짝 뒤로 물러나 봉사해 왔던 로나가 조금 앞으로 나서 있는 것도 그것이 원인일 것이다.

──나는 아직 이름을 기억해 주지 않았는데.

입술을 강하게 깨물었다. 다시금 피부가 터지고, 진한 피가 흘렀다.

머리가 몽롱해지고, 하지만 예민해진다. 안 된다. 더는 안 된다. 절대로 안 된다.

거친 숨을 정리하며 손수건으로 눈을 닦았다. 하얗던 손수건은 단 한 번 눈가를 닦았을 뿐인데 검은색에 한없이 가까운 붉은색으로 물들었다.

거울에 비친 자신은 색욕으로 위장하고 있었다고는 생각되지 않을 정도로 추악하고 사악해, 마치 구울처럼 창백한 색을 띠고 있나. 뜨여 있던 눈이, 서울 속 사신의 노습을 통해 로나를 꿰뚫어 보고 있다.

아아, 당신이── 그저 질투가 난다.

의미 없는 가정이라는 것은 자기 자신이 가장 잘 알고 있다.

하지만 내가, 내가 마왕이었다면, 로나의 모습을 그대로 모방하는 것이 가능했는데!

빙글빙글 소용돌이치며 의미를 만들어내지 못하는 사고.

몇 번을 닦아도 계속해서 흘러나오는 피눈물은 멈출 기색이 없다. 질투를 빨아들인 손수건의 무게가 밉다.

시간이 없다. 하드에게 이길 수 있을지 없을지, 솔직히 나로서는 알 수 없다. 생각해 본 적도 없다.

데지의 충고를 생각하면 확률은 상당히 낮겠지. 무엇을 감추고 있는지 모르는 정체를 알 수 없는 남자다. 애초에 기본 실력에서 지고 있을 가능성이 높다.

그렇다면 그 전에 갈망을 이룬다.

눈물을 닦는 것은 포기했다. 예비 옷으로 갈아입었다. 순백이었던 로브에 순식간에 검은 반점이 생겨난다.

흘러넘치는 질투는 멈출 기색이 없다.

문을 열고 방을 나섰다. 다리가 떨려서 벽에 손을 짚어 몸을 지탱하며 레이지 님의 방으로 향했다. 복도의 공기는 차가울 텐데, 질투가 침식하는 몸은 이상하게 뜨거웠다.

도중에 부하와 엇갈렸다. 부하는 나에게 인사하려 했지만, 내 표정을 보고 깜짝 놀란 것처럼 눈을 크게 떴다.

신경 쓸 필요는 없다. 내 갈망은 당신에게 향하지 않는다.

그렇게 말하려고 어찌어찌 표정을 바꿔 웃음을 지어 보이니, 얼굴이 파랗게 질려서는 도망치고 말았다.

아아⋯⋯. 내가 로나처럼 웃었더라면 도망치지 않았을까?

하지만 그것 또한 아무래도 좋은 일이다.

지금까지 얼마든지 시간이 있었는데, 결국 시간이 부족해진 후에야 강하게 질투하는 나는 틀림없이 꼴사나운 악마겠지.

갈망을 포기하고 보통으로 전락한 악마 따위는 썩어 넘칠 만큼 있는데, 갈망을 품는 것조차 용납되지 않는 악마 따위는 썩어 넘칠 만큼 있는데, 한 번 마이너스를 맛봤던 나로서는 도저히 포기할 수가 없다.

이를 악문다. 질투에 미쳐 버릴 것만 같은 의식을 유지하기 위해 자기 자신에게 타일렀다.

평온하게, 냉정하게. 지금까지 나는 자신을 컨트롤 해 왔을 터다.

"……안 돼, 절대로……."

"쿡쿡쿡……. 뭐가 안 되나요~?"

그저 혼잣말이었는데.

대답이 있었다. 통로 모퉁이에서 그림자 하나가 나타났다.

금발, 벽안. 로나의 복장보다도 길이가 짧은 메이드 복을 입은 악마.

히이로. 로나의 동생. 레이지 님을 모시는 가문의 2인자.

성질을 건드리는 쿡쿡거리는 웃음. 로나와 닮은 용모를 지니고 있으면서 다른 분위기를 풍기는 소녀.

동시에 하드와 같은 오만을 담당하고, 그러면서 싸움에 참여하지 않는 특수한 악마이기도 하다.

어째서 오만은 이렇게나 성질을 건드리는 듯한 목소리를 내는 것일까. 그 표정, 음색, 모든 것이 나를 짜증 나게 한다.

안면이 있기는 했다. 신출귀몰해서 무슨 생각을 하는지는 모르지만, 알고 지낸 시간은 하드와 로나 다음으로 길다. 하지만 나는 이 히이로에 대해 제대로 이해하지 못하고 있다.

부하는 깜짝 놀라 도망쳤는데, 히이로의 얼굴에 떠오른 표정은 희열이다. 품고 있는 갈망의 차이 탓이 아니라, 성격의 차이.

"언니에게 쫓겨나 버렸지만, 대신에 재미있는 것을 발견하고
말았어요~."

"……당신에게 볼일은 없어."

"쿡쿡쿡, 미디아 씨, 뒤집어쓰고 있던 가면이 벗겨졌는데요?"

그 말에 새삼 깨달았다.

질투의 스킬로 항상 모방하고 있던 '색욕'의 분위기가 해제되
어 있다.

언제부터 해제되어 있었던 것인가. 지금까지 계속 두르고 있
었을 터인데 풀릴 때는 순식간. 그래서는 부하도 놀랄 만하다.
지금 와서는 아무래도 좋지만.

심호흡을 하고, 스킬을 사용해 색욕을 두른다.

히이로가 재미있다는 듯한 눈으로 나를 보고 있었다.

"……과연, 계속 생각했어요. 아무리 그래도 색욕치고는 '얄
팍하네' 하고요. 쿡쿡쿡……."

쓸데없는 참견이다.

데지에게도 들었지만, 내가 모방할 수 있었던 것은 두르는 분
위기와 일부 스킬뿐. 어중간한 것은 알고 있었다.

게다가 더는 감출 의미 따위는 없다. 애초에 나는, 히이로 따위
에 흥미도 없다.

본래 감추고 싶었던 것은―― 레이지 님에 대해서만이었으니
까.

히이로가 스커트의 주머니에서 손수건을 꺼내 내가 흘리는 눈

물을 닦았다. 새카맣게 물든 천을 보고 씩 웃었다.

더럽혀진 것도 신경 쓰지 않고 손수건을 주머니에 넣는다.

"그래서, 어떡할 작정인가요? 그런 모습으로."

"……쓸데없는 참견."

"쿡쿡쿡, 매정하네요. 어떻게 할까나……. 막으면 언니도 칭찬해 주려나?"

이 녀석…… 덤빌 작정인가. 장군급인 나를 상대로.

자신의 내부에서 그저 타오르고 있던 갈망이 지향성을 띤다. 자신의 갈망을 저지하려 하는 그 상대에게 향해 살의라는 이름의 칼날을 겨눈다. 아무리 흥미가 없다고는 해도, 상대한다면 봐 줄 생각은 없다.

확실히 질투의 스킬 그 자체의 공격력은 절대로 높지 않다. 단순하게 강력한 오만과 상대하면 승률은 높지 않을 것이다.

하지만 나에게는 지금까지 질투해 왔던 스킬이 있다.

질투의 악마의 힘은 적층식이다. 타인의 힘을 모방해서 싸우는 혐오스러운 악마.

사령관으로서 다양한 악마를 만나왔다. 이길 수 있을 것이다. 보통 악마를 상대해서 패배할 정도로 나는 약하지 않다.

하지만 히이로는 나의 살의를 받고도 여전히 순진한 표정으로 웃고 있었다.

원래라면 위압만으로 위축되어도 이상하지 않을 터인데.

"……농담이에요. 농담! 그런 무서운 얼굴 하지 말아 주세요, 그냥 농담이잖아요. 쿡쿡, 좋아요. 지나가게 해드릴게요. 언니도…… 아직 방에 있지만, 금방 없어질 거예요. 정말, 답답하다니깐…….”

“……뭐가 목적이지.”

그 소녀가 무슨 생각을 하는 것인지 알 수 없다.

오래 산 것도 아닌데, 그만큼 오만의 계통수를 진행한 것도 아닐 터인데, 종류는 달라도 그 표정에는 하드와 같은 오만이 보였다.

무시하고 있는 게 아니라 자연스럽게 내려다보는 태도. 그리고 그 용모에는 어울리지 않은 건방짐.

“글~쎄~요? 목적 같은 건 없어요. 미디아 씨, 어차피 곧 죽을 테니까 마지막 정도는 마음을 전하고 싶지 않을까 싶어서요.”

미디아 씨도 그렇게 생각했죠? 안 그래요?

그렇게 히이로가 소리를 내며 웃었다.

머리가 지끈지끈 아프다. 컵에 가득 채워진 물처럼 아슬아슬하게 아직 균형을 유지하고 있던 질투가 흔들린다.

“뭐, 마음대로 하면 된다고 생각해요. 레이지 님도…… 쿡쿡, 마음에도 담아 두지 않을 거로 생각하고요.”

“…………..”

안 되겠다, 시간이 없다.

이 녀석을 토멸하는데 시간이 얼마나 걸리지? 1분? 10분? 아니면 그 이상?

히이로를 상대하는 시간이 아깝다.

슬금슬금 길을 터 주는 히이로에게 딱 한 번 시선을 돌리고, 그대로 앞을 봤다.

눈에서, 입술에서 똑똑 떨어지는 피가 융단에 얼룩을 만든다.

"쿡쿡. 아, 언니를 죽이고 나면 알려 주겠어요? 다음은 제 차례니까요."

"…………."

상대하고 있을 시간이 없다.

비틀거리며 앞으로 나아가는 나는 빈틈투성이로 보였을 텐데, 히이로는 결국 아무것도 하지 않았다.

하지만 히이로가 없어진 뒤에도, 그 쿡쿡 웃는 소리가 귓가에 남아서 따라온다.

뭐가 이상한 건가. 뭐가 재미있는 건가.

……이젠 아무래도 좋다.

이곳에 남은 미련은 단 한 가지뿐이다.

레이지 님의 방이 보이기 시작했다. 로나는 이미 방 밖으로 나와 있다.

애초에 로나를 죽일 마음 따위는 있다. 내 질투의 감정에 배제의 의지는 포함되어 있지 않고, 구해 준 은혜도 있다.

방해한다면 어떨지 모르지만, 그녀는 평범한 군인보다 훨씬 바빴고 레이지 님의 눈앞에서는 고상했다. 밤에는 놀라울 정도로 격렬한 주제에.

레이지 님의 방 앞에 섰다. 가슴이 아플 정도로 뛰고 있다.

그 순간이 다가왔기 때문에 질투의 감정이 진정된 것인지 피눈물은 멈춰 있었다. 몸의 떨림도.

두꺼운 문을 한 번 노크하고, 대답을 기다리지 않고 주저 없이 열었다. 뜸을 들였다간 되면 다시금 떨림이 시작될 것만 같아서.

육안으로 본 레이지 님의 방은 리제가 몇 번 불태운 탓에 과거에 들어왔던 방과는 바뀌어 있었다. 그래도 공기만은 과거에 느꼈던 그것과 같다.

내가 납치되어 끌려왔던 그때와.

질투와도 탐욕과도 분노와도 폭식과도 다른, 강한 나태의 공기. 전신을 뒤덮는 무겁고 고요한 공기.

한 번 심호흡을 하고, 로나의 차분한 목소리를 의식해서 목소리를 냈다. 전혀 닮지 않은 메마른 목소리가 나왔다.

"실례……합니다…… 레이지 님."

레이지 님의 반응은 없다. 이미 알고 있던 일이다.

손을 뒤로 돌려 문을 잠그고, 레이지 님이 누워 있는 침대로 다가갔다.

마치 죽은 것처럼 눈을 감고 있는 그 존안에는 아무런 표정도 없어, 깨어 있는지 어떤지조차도 확실하지가 않다.

눈앞에 두고도 거의 아무런 감정도 품지 않는다. 질투할 방법이 없는 나태의 왕. 마치 조각처럼…… 아니, 차라리 시체처럼 움직임 하나 없는 타락의 왕.

손에 넣을 수 없는 것이기에 질투하게 되는 것인데, 레이지 님에 대해서는 아무것도 부럽지 않다. 질투의 악마에게 질투를 품게 하지 않는다. 폭식에게 식욕을 품게 하지 않는다. 그것이야말로 레이지 님이 강한 이유일지도 모른다.

어떤 의미로 당연한 일이다.

내가 부러웠던 것은 레이지 님 본인이 아니라, 그 주변이었으니까.

손바닥으로 레이지 님의 뺨을 건드렸다. 살아 있다.

뺨에 남아 있던 추한 피눈물이 뚝뚝 떨어져 그 뺨을 더럽혔다.

창백한 피부를 더럽히는 물방울이 어째선지 지독하게 관능적이다.

"레이지 님……. 대체, 저는…… 무엇에 질투심이 나는 것일까요……. 어째서, 저는 충족되지 않는 것일까요……."

"…………."

레이지 님은 희미하게 눈을 뜨고, 멸시한다거나 하는 감정조차 없는 고요한 눈으로 나를 봤다.

하지만 아무런 말도 하지 않는다. 그것이 공연히 슬펐다.

단서는 단 한 가지.

지금까지 내가 인식했던 중에서, 기억 중에서 가장 강하게 질투했던 것은 로나였다.

──그렇기에 그 로나가 할 수 없는 일을 하면 내 질투도 채워질 것이다.

답은 알고 있는데, 입이 멋대로 질문했다.

"레이지 님……. 제 이름을 기억하고 계시나요?"

"……그래."

"예? 정말인가요?! 말해 주시지 않겠어요?"

"…………."

눈이 '누구일까?' 하고 말하고 있었다.

……어째서 레이지 님은 이렇게 척수 반사적으로 살고 있는 것일까.

피눈물을 흘리는 나를 봐도, 뺨이 더러워져도 전혀 동요하는 기색이 없다. 나로서는 레이지 님의 마음을 움직일 수 없다. 지금 이대로는.

그것도 또한…… 이미 알고 있었던 일이다.

기묘한 반점이 생기고 말았던 순백의 로브 자락을 잡아 올리고, 공손하게 인사를 했다.

그렇다면 마지막만이라도 유종의 미를 거두도록 하자.

"레이지 님…… 미디어 룩스리아하트라고 해요. 담당하는 죄는 '색욕'. 앞으로 기억해 주세요."

"……그러냐."

레이지 님은 울적한 목소리를 냈다.

혼핵은 시끄러울 정도로 고동치고 있다.

하지만 이상하다. 본인을 앞에 두고도 여전히 질투가 충족될 기색이 없다. 나는── 무엇을 놓치고 있는 것일까.

목표를 앞에 둔 고양감도, 그 무엇도 느껴지지 않는다.

하지만 어느 쪽이든 간에, 망설이고 있을 시간은 없다.

"레이지 님──."

로브의 목 부분을 매듭짓고 있던 리본을 풀고, 사이드 테이블에 새빨간 그것을 놓았다.

떨리는 손으로 목제 단추를 하나하나 정성스럽게 풀어 간다.

팔을 빼고 로브를 발밑에 떨어트렸다. 훤히 드러난 두 개의 팔이 바깥 공기와 닿아 서늘한 감각을 뇌에 전해 온다.

몸을 지키는 것은 얇은 원피스와 그 안에 입고 있는 속옷뿐이다. 전투복조차 없다. 나를 지키는 것은 아무것도 없다.

제블에게 벗겨졌을 때와는 다르다. 스스로 벗는다는 행위는 상정했던 것보다도 훨씬 부끄러웠다. 색욕의 악마는 대단하다.

입술이 떨린다. 떨리는 목소리로 레이지 님에게 선언했다.

"……지금부터 저는…… 레이지 님을 범하겠어요."

"……그러냐."

"……즉, 레이지 님의 의지를 무시하고 억지로 관계를 맺겠다는 뜻이에요."

"……그러냐."

거기까지 선언해도 레이지 님의 얼굴은, 표정은 전혀 변하지 않는다. 눈썹 하나 움직이지 않는다.

희로애락이 일절 없다. 수치도 두려움도 아무것도 없다. 하품을 하며 밍하니 움직이는 시선은 나를 보고 있는 것인지조차 확실치가 않다.

모르겠다. 아무것도 모르겠다.

나는 다시금 뺨을 타고 흐르는 눈물을 자각하면서도, 떨리는 손으로 원피스의 가장 윗단추를 툭 풀었다.

흐른 눈물은 피눈물이 아니라, 투명했다.

제5화 이런 건 너무해

"감사…… 드려요……."

모진 마음을 먹고 모든 것을 바치고도, 불꽃은 극히 약간 잦아들었을 뿐이었다. 아마 그것은 로나에게 품고 있던 질투의 몫일 것이다.

근원을 이루는 거대한 나락은 조금도 채워지지 않았다.

초조함은 조금도 잦아들지 않았다. 나는 정신없이 행위의 흔적을 닦아내고, 벗어 던졌던 옷을 재빨리 다시 입었다.

"…………."

레이지 님은 전혀 움직이지 않는다. 행위 도중에도 거의 움직이지 않았다.

내가 머리를 깊숙이 숙여도 대답조차 돌아오지 않는다. 눈을 감은 채였다. 나는 눈물이 날 것만 같았다.

이 마왕님에게 성욕은 있는 것일까? 아니, 있겠지.

그렇기에 제대로 일을 치렀던 것이니까.

무위의 왕.

다시금 느끼는 그 이상한 존재 방식에 터무니없는 상실감과 절망을 느꼈다. 이젠 허탈한 웃음조차 나오지 않는다.

머리를 흔들어 자신의 추태를 사고에서 밀어냈다. 다소 질투가 잦아든 것이 불행 중 다행이지만, 틀림없이 트라우마가 되겠지.

하지만 이것이 아니었다면, 내가 이곳에 와서 얻은 질투는 과연 무엇이 원인이었을까.

생각해야만 한다. 사고를 멈춰서는 안 된다.

레이지 님에 대한 연모가 원인이라고 줄곧 생각했었다. 레이지 님에게 납치되고 처음으로 얻은 갈망.

색욕에 느꼈던 질투도 레이지 님이 봐 주길 바라기 위해서라고 생각했기에 계속 색욕을 위장하고 있었다.

다소 속이 후련해진 이상 그 생각은 틀리지 않았다. 정확하지 않았을 뿐이지.

있을 수 없다. 더는 짐작이 가질 않는다.

자신이 질투를 품은 대상을 알 수 없다. 그것은 악마로서의 근간, 담당하는 죄로 선택될 정도로 커다란 감정이었을 터인데.

앞으로 어떡하면 좋을 것인기.

흔들리는 시야. 오기 전과는 다른 의미로 사고가 정리되지 않은 채로, 불안정한 걸음으로 문으로 향한다.

전신이 마치 나태에 침식된 것처럼 무겁다. 문에 몸을 맡기듯이 기대며 열쇠를 열고, 문을 열었다.

"······흥, 이제 만족했나."

"······아아······. 그렇군······."

그 목소리로 깨달았다.

온몸을 꿰뚫는 기척에 아주 약간 기력이 돌아왔다.

……이미 시간이 다 되었다는 것인가.

천천히 고개를 들었다. 그 약간의 시간으로 각오를 전부 마친다.

벽에 몸을 기대고, 이쪽을 흘겨보는 검은 머리의 남자.

하드 로더 총사령관. 레이지 님의 한 팔.

그 모습을 시야에 넣는 것과 동시에, 강렬한 감정으로 눈앞이 붉은빛으로 물들었다.

이유는 모른다. 훔쳐본 것이 원인일까, 질투의 방해를 받은 탓일까.

그것조차도 더는 아무래도 좋다. 할 일은 바뀌지 않는다.

조금 전까지 품고 있던 이기지 못할지도 모른다는 공포가 격정의 탁류에 삼켜져 사라진다.

나를 방해한다고 한다면, 나의 '질투'와 당신의 '오만' 중 어느 쪽이 강한지 비교해 보는 것도 나쁘지 않다.

오랫동안 단서라고 믿었던 것이 깔끔하게 사라져, 매우 화풀이를 하고 싶던 기분이었다. 타인이 봤다면 자포자기한 것처럼 보일지도 모른다.

혼핵이 강하게 고동한다. 호흡을 가다듬는다.

"쿡쿡, 미디아 씨, 갈망은 충족했나요?"

옆에 선 히이로가 입술에 손을 대고, 심술궂은 만면의 웃음으로 나를 내려다보고 있다.

어째서 이 녀석이 이곳에……. 아니, 그런가. 하드 로더가 있다는 것은, 즉…… 그런 것일 것이다.

최대한의 살의를 담아 히이로를 노려 봤다.

충족하지 못했다. 충족했을 리가 없다. 이 얼굴을 보고도 그런 소리를 한단 말인가.

아직 나에게는 아쉬움이 남아 있다. 아니, 오히려 아쉬움이 깊어졌다.

입술을 핥았다. 다행스럽게도 눈물은 이미 그쳐 있었다. 뭐, 지독한 표정을 짓고 있는 것은 틀림없겠지만.

떨리는 손발을 질타한다. 레이지 님의 침실 문을 닫은 그때, 스위치를 전환한 것처럼 나는 평안해졌다.

머리 두 개만큼 키가 큰 오만의 악마를 올려다본다. 아무리 먹어도 살이 붙지 않았던 나의 가녀린 몸과는 정반대로 단련된 근육이 가득 찬 신체. 리치의 차이에 마력의 차이. 실로 절망적이다. 하지만 싸움의 승패는 그것만으로 정해지지 않는다.

물론 방심은 하지 않지만, 오만의 악마는 근본적으로 기습 따위는 하지 않는다. 격이 떨어지는 상대라면 더욱 그렇다. 녀석들은 시시한 벌레라도 밟아 죽이는 것처럼 유린한다.

만약을 위해 마지막으로 한 번 확인했다.

"하드 로더……. 나와 싸울 생각……?"

"……나에게 살의를 향하다니, 대단해지셨군. 싸운다고? 아니, 이것은 그저―― 처분이지."

여전히 견디기 힘든 불쾌한 말.

하지만 거기서, 하드가 문득 생각이 떠오른 것처럼 말했다.

"……흥, 하지만 네놈에게는 레이지 님의 손을 번거롭게 해 약체화시켰다는 '공적'이 있다."

"……뭐? 대체 무슨——"

레이지 님을…… 약체화?

공적?

이 녀석…… 무슨 소리를…….

데지가 말했던 대사가 뇌리에 떠오른다.

안 좋은 예감. 그렇다, 안 좋은 예감이라고 말했었다.

하늘에서 내려다보는 듯한 시선이 분명한 중압을 동반해, 내 신체를 묶는다.

그저 그곳에 있는 것만으로 느껴지는 중압. 압박감.

마치 공기에 짓눌리는 것만 같은 거대한 압박감은, 제블을 눈앞에 두고 있었을 때와 차이가 없다.

확실히 하드 로더 총사령관은 이 군 안에서 레이지 님 다음으로 강력한 악마였다. 하지만 이렇게까지 돌출된 분위기를, 압박감을 지니고 있었던 것일까?

오만독존.

과거, 단 혼자서 레이지 군을 지탱해 왔던 최대의 공로자이자, 군의 지배자.

하드가 돌멩이라도 보는 듯한 시선으로 내 전신을 검사한다.

"……그래, 특별히 봐주지. 네놈의 공적을 인정하고, 같은 군에 있었던 인연으로 특별히 군의 '위안' 용으로 길러 주겠다."

"뭐……?"

"쿡쿡쿡, 잘됐네요, 미디아 씨. 죽지 않을 수 있어서. 쿡쿡, '색욕'으로서 바라던 바 아닌가요?"

히이로가 쿡쿡 웃었다. 간지러운 그 웃음이 머릿속에서 울린다.

확연한 모멸. 내 의지의 유린. 아아, 더는 안 되겠다.

분노가 아니더라도, 나는 이 녀석들을 죽이지 않을 수가 없다.

이상해? 위화감? 강해?

그런 것은 알고 있다. 상대가 격이 높다는 것은 인식하고 있다.

하지만 이런 말까지 듣고도 가만히 있다면 한 명의 악마로서 실격이다.

오만을 담당하지 않아도 프라이드는 있다.

분노를 담당하지 않아도 화내는 것 정도는 할 수 있다.

눈앞의 이 녀석들에게는 '질투' 조차도 떠오르지 않는다.

몸을 묶는 압박감을 떨쳐내기 위해, 머릿속을 태우는 질투를 살의로, 전의로 변환한다.

격정과는 반대로, 입을 열고 튀어나온 말은 지금까지대로 평탄했다.

"……하드, 당신에게는 감사하고 있어. 그냥 악마였던 나에게 일을 주어서."

"……흥, 감사 따위는 필요 없다. 내가 원하는 것은 결과뿐이다. 레이지 님의 군에 패배자는 필요 없다."

그리고 네놈은 결과를 내지 못했다. 그렇게 말하는 것처럼, 도리를 알지 못하는 어린 아이에게 죄를 들려주는 것처럼, 하드가 나를 보고 코웃음쳤다.

하지만 그 눈에 오만한 빛은 있어도 방심은 없다.

만에 하나로도 실패하지 않도록. 자존심을 지키기 위한 병적

일 정도의 수련.

그것이야말로 오만으로서 군림해 왔던 하드 로더의 본질.

그렇기에 그는 계속 레이지 군의 총사령관으로 빛나 왔다. 역전의 맹자인 데지가, 주워 왔던 내가 장군급에 이르고 나서도.

존재의 밑바닥에서 마력을, 갈망을 퍼 올린다.

제블과 싸우고 이미 며칠이 지났다. 몸 상태라면 모를까, 마력은 완전한 상태다.

"……장소를 바꾸겠어?"

나에게 그럴 마음이 없다고 알아챘을 것이다.

하드는 시시하다는 듯이 레이지 님과 똑 닮은 표정으로 나를 내려다봤다.

"장소? ……흥, 필요 없다. 아니, 오히려 '이곳' 인 편이 수고가 줄어든다."

"수고……?"

"아니, 이쪽 이야기다. ……자, 미디아 룩스리아하트. 덤비도록 해라."

히이로는 전투에 참가할 마음은 없는지, 얌전히 통로의 끝으로 몸을 옮겼다.

선전 포고를 끝마치고도 하드는 지극히 태연한 느낌이었다. 전투태세에 들어간 기색도 없고, 그 표정과 자세도 평상시와 아무런 차이가 없다.

얕보고 있다. 오만이란 이름에 어울린다.

……좋아. 당신을 패배자로 만들어 주겠어.

질투는 이미 전의로 승화되어 있었다. 갈망이 그 순간을 지금인가 지금인가 하고 기다리며 고동하고 있다.

방심하지 않고 하드의 거동을 주시하며, 숨을 크게 들이마시고——

——나는 '모방'의 스킬을 사용했다.

사고가 번개가 되어 몸을 타고 흐른다. 방심하고 있는 틈에 일격에 끝낸다.

뇌리에 떠오른 것은 녹색 머리의 소녀. 단 혼자서 군을 이끌고 대마왕님에게 활을 겨눈 강력한 마왕.

선명했던 시야에 옅은 먹물 같은 필터가 들어가고, 질투의 불꽃이 눈앞에서 타올랐다.

며칠 전의 제블 전 뒤, 겨우 회복한 마력이 아낌없이 소비된다.

무릎이 떨린다. 몸이 한순간 풀썩 주저앉는다. 무시무시한 마력의 소비량. 그 소비량은 색욕의 마왕에게서 질투했던 SS급 스킬 '분장환무' 조차도 아득히 초월한다.

그것은 정말로 마왕의 기술이리라.

원래라면 수천, 수만 년의 갈망에 몸을 바친 결과로 얻을 수 있는 경지겠지.

그것을 나는 질투했다. 아무런 책임도 경의도 없이.

마력이 집약해, 손안에 무거움이 발생한다. 딱딱한 자루의 감촉.

질투한 타인의 스킬을 완전히 모방하는 '질투'의 스킬.

이미테이트
'모방'.

그것은 '탐욕'의 '찬탈^(스킬 롤러)'과 마찬가지로 이제까지의 경험을 통해 구축되는, 질투가 질투인 연유.

찬탈과는 달리 성장시킬 수는 없지만, 모방한 상태로 사용할 수 있다.

본인이 사용했을 때의 상태로.

'원초의 이빨'.

그것은 이전 레이지 님과의 싸움에서 제블이 사용했던 스킬.

내 신장 정도 되는 순백의 칼이 기아를 연상시키는 검은 안개를 두르고, 지금 현현했다.

풀썩 떨굴 뻔했던 오른손을 순간적으로 왼손으로 받친다. 제블 본인은 가볍게 휘둘렀던 칼이 지독하게 무겁다.

하드의 눈썹이 분명하게 찌푸려졌다. 하지만 확연하게 색욕이 아닌 그 스킬을 보고도 놀라지는 않는다.

히이로가 가르쳐 주었겠지. 오만을 담당하는 악마는 그 갈망 탓에 절대적인 상하관계를 지니고 있다.

잊고 있었다. 아니, 연결이 되지 않았다. 총사령관과 견습 메이드인 두 사람이.

하지만 더는 아무래도 좋은 일이다. 후회도 없다. 그런 것으로 마왕의 스킬은 깰 수 없다.

"그것은……. 흥, 악식의 제블…… 폭식의 스킬인가."

"……."

중압. 무시무시한 기아. 몸에서 칼로 정체를 알 수 없는 무언가가 빨려 들어가 시선이 흐려진다. 발이 휘청거린다.

오래는 유지할 수 없다. 하지만 그것으로 됐다.

그것을 완전히 무시하고, 몸을 낮추고 바닥을 강하게 찼다. 밑으로 든 검의 칼끝이 바닥을 훑고 아무런 저항도 없이 공허를 만들어 낸다.

레이지 님이 피해야만 했던, 유구의 생을 살아 왔던 제블이 레이지 님을 죽이기 위해 선택했던, 나태의 왕을 죽이기 위한 돌출된 공격력.

불과 한 걸음으로 품으로 뛰어들어, 전신을 용수철 삼아 오른쪽 대각선으로 베어 올린다.

칼이 접근하는 그 순간, 하드가 그 칼끝을 보고 명확한 모멸의 표정으로 웃었다.

건물이 흔들린 것 같은 진동. 바닥이 함몰된다. 칼이 하드를 잡아먹기 직전에 그 모습이 사라졌다.

이빨이 결계가 쳐진 벽을 손쉽게 결계째로 먹어치워 깨트린다.

"……흥, 역시……. 시시하군."

등 뒤에서 목소리가 들렸다. 당황해서 돌아보려 한 순간, 옆구리에 맞았다. 아픔을 느낄 사이도 없이 눈앞이 벽으로 꽉 찼다.

아픔. 몸 전체를 흔드는 충격. 판단한다. 생명력의 감소를 확인. 옆구리의 격통. 뼈가 몇 개 부러졌다.

등에서 목이 으드득 조여진다.

"마왕의 스킬을 모방하더라도, 어차피 질투 따위가 소화할 수는 없다."

목을 눌린 채로 검을 쥔 오른팔이 뭉개진다. 현현했던 이빨이 마치 패배를 인정하듯 부슬부슬 모래가 되어 사라졌다.

레이지 님이 보여 준 터무니없는 순간 이동 같은 것이 아니다. 순수한 신체 능력에 의한 이동. 그 이치는 지독히 단순하지만, 내 동체 시력으로는 실로 '순간'으로 보였다.

정(靜)의 레이지.

동(動)의 하드.

어마어마한 힘. 주저하지 않는 전투행위. 벽에서 몸이 순식간에 떨어져, 다시금 머리에 충격이 흘렀다.

사고가 흔들린다. 모르겠다. 아무것도 모르겠다.

충격. 굉음. 질투의 두통과는 다른 외부에서의 충격. 세반고리관이 흔들린다. 무슨 일이 일어나고 있는지 알 수가 없지만, 대미지가 축적되고 있다는 것만은 알 수 있다. 둔통과 아픔과 몽롱한 의식이 뒤섞인다.

눈앞이 새빨개진다.

"……흥, 역시 고작 '질투'인가……. 데지가 이 녀석의 어디에 주목했던 것인지, 이해가 되지 않는군."

"……데……지……"

그 말, 이름에 의식이 반응했다.

반사적으로 '모방'을 발동한다. 대상은 '탐욕'의 악마, '찬탈'의 데지 블라인다크.

질투한다. 질투하지 않을 수 없다.

그 '신체 능력'.

힘이 들어가지 않았던 팔에 힘이 돌아온다. 뜨거운 피가. 마왕과 맞서 싸웠던 데지의 경험이.

손을 뒤로 돌려 목덜미를 붙잡은 하드의 팔을 잡는다. 있는 힘껏. 쥐어서 부수기 위해.

하지만 하드의 손은 조금도 풀리지 않는다.

"……호오, 그것이 데지의 '완력' 인가……. 흥, 네놈 따위에게 빌려주기에는 아까운 힘이로군."

몸이 떠오른다. 깨달았을 때는, 한쪽 팔만으로 내던져진 뒤였다.

머릿속이 셰이크된다. 동체 시력은 육박하는 벽을 완벽하게 포착하고 있었다. 하지만 몸이 움직이지 않는다.

그래도 어떻게든 머리만은 보호하며 벽에 격돌한다. 몸을 타고 나가는 충격. 데지의 내구성 덕분인지 대미지는 그다지 크지 않다.

무너진 몸을 일으킨다. 휘청거리면서도 일어난다. 대미지는 상당하지만 치명상은 아니다. 멀어져 가는 의식을 전의로 다시 일깨우고, 천천히 걸음을 옮겨 전진하는 하드를 노려봤다.

산책이라도 하듯이 이쪽으로 다가오는 오만의 악마를.

"흥……. 대단하지도 않군. '질투', 레이지 님을 질투하면 되지 않나."

"……뭐라고……."

하드가 입가에 일그러진 웃음을 떠올렸다.

"질투하지 않았나? 레이지 님 위에서 허리를 흔들며. 흥, 그것을 쓰라는 거다, 나는."

이 녀석……. 어디까지 나를 무시하는 것이지.

너무나 지독한 모욕에 새빨개질 것만 같은 머리.

하지만 그것을 가르는 것처럼 갑자기 데지의 목소리가 되살아났다.

'뭐, 부디 열심히 해. 일단 같은 사령관이었던 몸으로서, 아가씨가 살아남기를 빌어 주겠어.'

그렇다. 나는 어떻게 해서라도 살아남아야만 한다.

그렇지 않으면 힘을 빌려준 데지에게 면목이 서질 않는다.

──갈망을 채우기 위해.

신체 능력의 모방을 멈춘다.

전신에서 빠지는 힘. 하지만 서 있을 정도의 힘은 남아 있다. 마력 또한 마찬가지다.

불행 중 다행으로, 몇 초밖에 '원초의 이빨'을 현현하지 못했던 덕분에.

피가 철철 흐르는 머리를 눌렀다. 아픔 탓이 아니라, 각오를 하고 의지를 집중하기 위해.

질투를 얕보지 마라. 모든 것을 질투하고, 부러워하고, 바꿔치기하려는 나의 질투를.

"……그렇다면 보여 주겠어. 나태의 왕의 힘을!"

상상하는 것은 왕. 항상 침대 위에, 바닥 위에, 황야의 거친 지면에 드러누워 한쪽 팔로 파리라도 때려 죽이듯이 귀찮다는 듯이 외적을 토멸하는, 단 한 명 존재하는 나태의 왕. 무위의 왕을.

생각한다.

그 힘을. 그 존재 방식을.

──그리고, 나는 그 스킬을 질투했다.

나는 손을 가볍게 흔들었다.

하드의 몸이 갑자기 벽에 처박힌다.

마치 내 손에 의해 두들겨 맞은 것처럼.

이 무슨…… 무위한 사용감.

나는 아무것도 '없는' 그 느낌에 어리둥절해서 자신의 손을 봤다.

아무것도, 내 손에는 감촉이 아무런 없다. 그저 휘둘렀을 뿐이다. 소리를 내며 결계가 펼쳐져 있을 벽에 금이 생긴다.

그저 아무것도 생각하지 않고 손을 쥔다.

그것만으로 하드의 검은 옷에 '손에 잡힌' 듯한 주름이 생겼다.

^{미 라 클   원 더   라 이 트   핸 드}
'신기하고 편리한 공의 오른손'.

그것이 이 스킬의 이름. 레이지 님을 통해 전해진 스킬의 진명.

분명히 미라클하고 원더하지만 아무리 그래도 이것은 아니다 싶다. 하지만 확실히 강하다. 일방적으로 강하다.

디메리트가 거의 없는 데다 멀리서 일방적으로 공격할 수 있다.

이것이라면── 지지 않는다.

손바닥에 깃든 힘과 확신.

하지만, 그러나, 제블을 죽일 정도의 스킬을 그 몸으로 받아도, 오만의 악마는 초조함을 보이지 않는다.

"'공의 손'인가…… 시시하군."

하드가 몸이 조여지면서도 나를 내려다봤다.

그 여유는——.

그 순간, 갑자기 스킬이 사라졌다. 원래부터 없었던 감촉이 진정한 무로 돌아간다.

"무슨——."

떠올라 있던 하드의 몸이 바닥에 턱 내려선다. 그 몸에도 표정에도 대미지는 없다.

주름이 잡힌 옷을 팡팡 손으로 편다. 시시하다는 듯이.

말도 안 돼, 대체——.

반사적으로 다시금 스킬을 발동해, 보이지 않는 손바닥을 하드 로더에게 내려쳤다.

그 몸을 짓누르기 직전에 스킬이 소거되었다. 악몽 같은 것이 아니다, 이것은 현실.

나태의 왕의 스킬을 지워 없앴다?

아니, 다르다. 그런 것이 아니다. 무엇을 했는지 정도는 알고 있다.

하드 로더는 오만의 악마.

그렇다면 자연스럽게 나오는 답은 단 한 가지.

이것은—— '오만'의 '우월(오버 롤)' 스킬이다.

진심으로 뛰어넘었다고 판단한── 우월하게 된 스킬을 무효화하는 능력.

우월하게 된 상대에 대해 절대적인 보정을 가져다 주는 그 능력이야말로 오만이 오만인 연유 중 한 가지.

하지만 있을 수 없다. 이상하다.

그런 말도 안 되는. 머리에 스치는 수많은 사고.

오만의 수법은 알고 있다. 하지만 이상하다. 평범하지 않다.

──아무리 그래도 주인인 마왕의 스킬을 우월하다니, 일반적이지 않다.

"말도 안 돼…… 어째서, 당신이 레이지 님의 스킬을……."

"……흥, 시시하구나, 질투. 나는 '쓰라'고 말했다. '모방하라'고 말했다. 나태의 레이지의──."

한순간의 동요. 전장이라는 것을, 전투 중이라는 것을 잊은 그 동요는 명확한 빈틈이었다.

바닥에 구멍이 뚫리고, 하드가 높이 뻗은 다리가 위에서 덮쳐 온다.

알아챘어도, 알고 있어도 피할 수 없는 전광석화의 속도. 거리를 좁힌 순간이 보이지 않았다.

몸이 바닥에 처박힌다. 같은 장군급이라고는 생각되지 않는 터무니없는 힘. 나보다도 압도적으로 강한 힘을 자랑했던 데지보다도 위.

용의 가죽으로 만들어진 것으로 보이는 구두가 내 머리를 쓰레기라도 짓밟는 것처럼 부비부비 밟아 뭉갰다.

보지 않아도 알 수 있다. 때려 박듯 차가운 시선. 몸을 벨 듯 날카롭게 벼려진 전의. 박살 난 바닥의 뾰족한 파편이 으득으득 머리에 파고든다.

의식이 산산이 흩어질 것만 같은 와중에 들리는 하드 로더의 내뱉는 듯한 목소리.

"── 'VIT'를."

그 말에 담긴 힘. 나는 이해했다.

이 녀석은…… 다르다. 압도적으로 다르다. 강하다든지 강하지 않다든지 하는 이야기가 아니다.

그 목소리에 담긴 감정은 한없이 차가운 것이다.

살아온 연령이라든지, 전투 경험이라든지, 마력이 높다든지, 그런 것과는 관계없는…… 비정상.

왜, 어째서 이런 남자가 레이지 님에게 머리를 숙이고 있는가. 숙일 수 있는가.

너무나도 돌출된 오만에, 나는 순간적으로 이해했다. 이해하고 말았다.

──이길 수 없어.

으드득 강하게 짓밟히는 얼굴을 움직여, 하드를 올려다봤다.

"당…… 신…… 무슨 짓을 하……?!"

"……나는, '모방' 하라고 말했다. 입을 열라고 하지 않았다."

다리가 한 번 올라가고 턱이 밟혀 빠지고, 부서졌다.

격통, 입안으로 퍼지는 피, 희미하게 느껴지는 단단한 감각은 이빨인가 뼈인가. 흐려진 시야 속에서 철철 바닥을 적시는 혈액이 어째선지 선명하게 들어왔다.

몽롱한 의식 속에서 판단조차 되지 않는다.

시야가 흐릿해지고, 어둠으로 물든다. 누군가가, 내려다보고 있다.

"……쿡쿡쿡……. 하드 씨, 이 아이, 이미 의식이 없는 모양인데요?"

"……흥……. 뭐, 이것에 기대한 것은 잘못이었나. 레이지 님의 힘을 깎아준 것으로도 다행……이라고 봐야 하나."

"……뭐, 그런 거죠. 쿡쿡쿡, 원래 이건 사령관 중 최약체라고 평가되었으니까요."

아무것도 알 수 없다. 아무것도 보이지 않는다.

혼핵이 급속하게 힘을 잃는 것이 느껴진다.

대미지를 너무 입었다. 분에 맞지 않는 스킬을 너무 썼다.

그리고, 그것으로도 상대가 되지 않았다.

의식이 더욱 어두워진다. 아무것도 보이지 않는다. 아무것도 느껴지지 않는다. 모르겠다.

문득 시야에 선명한 영상이 흘러들었다. 마치 주마등처럼.

지금까지 살아왔던 수천 년의 시간이 아니다.

레이지 님에게 베개 대신으로 안겨서 이곳으로 끌려왔을 때의 영상인가.

그 감정까지도 선명하게. 무위의 표정. 온기조차 느껴지지 않는 팔. 눈을 감은 채로 움직이지 않는 레이지 님.

돌아와 침대에 난폭하게 처박히는 레이지 님. 나를 알아채고 눈썹을 끌어올리는 카논 님.

레이지 님이 졸린 듯한 눈으로 번갈아 본다. 처음으로 가슴속에 발생하는 강한 불안.

그리고, 레이지 님이, 나를 떼어놓았다.

그리고 대신에 껴안은 것은——.

충격이 머릿속을 뒤흔들었다. 죽을 것만 같다든지 하는 것은 이제 아무래도 좋다.

어찌된 섭리인지 시야가 색을 되찾는다.

주, 죽어도 죽을 수가 없다……. 이런 것은 너무하다.

베개?! ……잠깐…… 내 질투의 원인이——.

저도 모르게 소리쳤지만, 목이 뭉개져서 이상한 목소리밖에 나오지 않는다.

"하…… 효……."

"……어라? 아직 의식이 있나요? 쿡쿡, 튼튼하네요. 에잇!"

하얀 손가락이 가차 없이 양 눈에 꽂혔다.

눈이 뭉개지고 물리적으로 시야가 캄캄해진다. 소리로 만들어지지 못한 비명이 목에서 쥐어짜 나왔다. 빙글빙글 눈 안에서 손가락이 움직인다.

너무 심한 격통에 이번에야말로 의식이 날아갈 것만 같다.

이제는 모든 것이 아무래도 좋다. 죽여 줘…….

감각이 마비되었다. 눈구멍 안에서 빙글빙글 움직이는 손가락의 감각. 이제 아픔은 느껴지지 않는다. 단지 눈에서 움직이는 감각만이 엄청나게 기분 나쁘다.

의식이 어둠에 삼켜지기 직전에, 목소리가 희미하게 들렸다.

"쿡쿡, 하드 씨. 이거, 더는 필요 없죠? 제가 받아가도 될까요?"

"……흥, 나는 필요 없지만…… 뭐에 쓸 작정이지…….”

몸이 난폭하게 흔들린다. 감각이 어긋난다.

"이거, 우월…… 할 수 있을 거 같단 말이죠, 저라도. 조금 '실험' 해 볼까 해서요…….”

"……흥, 괜찮겠지. 그것도 또한 '오만'을 진행하는 하나의 방법. 하지만 일단 말해 두겠다. 어떻게 다루든 상관없지만, 최종적으로는 처분해라."

"쿡쿡쿡, 알고 있어요, 하드 씨. 이것의 처리는 저에게 맡겨 주세요. 하드 씨는…… 레이지 님을."

"……맞는 말이다. 쓸데없는 일을 하고 있을 틈은 없지……. 흥, 쓸모없이 시간을 쓰고 말았군. 타락의 레이지……인가. 우리 아버님도 바닥에 떨어졌군. 아니, 타락의 왕에 어울리는가. 마지막으로 인사를 드리도록 하지."

강한 기척이 사라지는 것이, 미약하게 고동하는 혼핵에도 느껴졌다.

그것보다도…….

희미하게 들렸던 하드의 말이 신경 쓰인다.

긴장을 놓치면 끌려들어 가는 나락.

필사적으로 의식을 집중했다. 조금만 정신을 놓으면 꺼지려고 하는 영혼의 등불.

아버⋯⋯님? 무슨 소리지?

하드 로더의 아버지가 레이지 님?

처음 듣는 소리다. 소속되고 나서 시간이 오래 지났지만, 그런 이야기를 들어 본 적도 없다. 소문으로조차.

뭔가가 좋지 않다. 이대로 하드를 보내는 것은 좋지 않다.

하지만 몸이 움직이지 않는다. 의식도.

주마등이 강심제 같은 효과를 가져와 의식을 부상시켰지만, 더는 한계다.

꿈쩍도 하지 않는 팔. 그저 움직이지 않는 감각만이 허공을 긁는다.

거기에 미련이 있는 것처럼.

"하아⋯⋯. 언니도 그렇지만, 미디아 씨도 어지간히 튼튼하네요⋯⋯. 그렇게 현세에 미련이 있나요~? 이렇게까지 당하고 죽지 않다니⋯⋯. 쿡쿡, 정말, 색욕도 질투도 너무 튼튼해⋯⋯. 레이지 님보고 뭐라고 말 못 한다니까요."

몸 전체를 충격이 흔들었다. 희미하게 남아 있던 호흡이 잠시 멈춘다.

그것이 잦아들기 전에, 시야에 흐릿한 빛이 되돌아온다.

가장 먼저 들어온 것은, 작은 유리병을 거꾸로 들고 나를 내려다보는 히이로의 모습.

물방울이 뺨에 흐른다. 갑자기 부활한 격통에 저도 모르게 신음을 흘리려던 입에, 히이로가 구두를 찔러넣었다.

"컥…….."

"이런이런, 번거롭게 하지 마세요, 미디아 씨. 쿡쿡, 하드 씨에게 들키면 한꺼번에 죽게 되잖아요. 조금 조용히 있어 주세요, 알았죠?"

히이로는 뭐가 재미있는지 웃음을 지은 채로 두세 번 심술을 부리듯이 구두를 움직이고는, 마침내 구두를 뺐다.

그대로 주머니에서 새로운 유리병을 꺼냈다.

병에 들어간 로고── 생명력을 회복하기 위한 영약.^{포션} 본 적이 있다. 군 창고에 상비되어 있는 포션이다.

뚜껑을 열고, 다시금 상당히 높은 곳에서 나를 향해서 뿌린다.

포션은 최고급품이다. 부위 결손마저 회복하는 마법의 약.

일반적으로 전쟁에서는 포션 따위를 쓸 여유가 없다. 그렇기에 비상사태를 위해, 여차할 때를 위해 준비해 두는 물품이었다.

포션의 효과로 아픔이 완화된다. 부서진 턱이 수복된다.

"어라라, 두 개로는 안 되나요~. 진~짜로, HP 높네요…….세 병째 가 볼까요……."

"피, 필요 없어……. 이제, 괜찮으니까!"

"쿡쿡, 무리하면 안 돼요. 여기, 여기."

"큭…….."

늑골을 다리로 밟아 문지른다.

격통에 마치 쥐어 짜내는 것처럼 신음이 나왔다.

대체 뭐가 뭔지 더는 알 수가 없었다. 괴롭히고 싶은지, 아니면 회복시키고 싶은지.

살짝 입을 벌린 순간에, 히이로가 병을 목구멍에 찔러넣었다.

액체가 목 안쪽으로 직접 흘러 들어간다. 기침이 나오려고 했을 때, 히이로가 억지로 손으로 입을 막았다.

콧구멍에서 포션이 역류한다. 그걸 본 히이로는 작고 기품 있게 '깔깔' 웃었다.

"쿨럭, 쿨럭, 무, 무슨…… 작정이지?"

"응~? 무슨 작정? 구해 줬으니까, 우선 할 말이 있다고 생각되는데요?"

짜증이 나는 말투다.

하지만…… 구해 줬다고?

황급히 주변을 둘러봤다. 벽에 생긴 금, 붕괴된 바닥, 의식을 잃은 장소에서 전혀 바뀌지 않았다.

여우에게 홀린 듯한 기분이었다. 변화한 것은 사라진 하드 로더뿐.

"자, 미디아 씨……. 고맙다는 말은?"

싱글싱글 웃으며 말했다.

나는 이를 악물었다. 신음이 흘러나온다.

"……고마워. 덕분에 살았어."

"쿡쿡, 천만에요. 앞으로는 제대로 분수를 알고 도망쳐요~. 하드 씨에게 미디아 씨가 대적할 수 있을 리가 없잖아요. 애초에 '오만'은 상성적으로 '질투'에 강하니까요."

개라도 쓰다듬는 것처럼 머리카락을 난폭하게 쓰다듬는다.

동시에 신경도 건드리기는 하지만, 목숨이 붙어 있는 것만으로도 운이 좋다.

무엇보다 짜증보다도, 어째서? 왜? 라는 마음 쪽이 강하다.

어리둥절한 내 시선을 받고, 히이로가 한숨을 쉬었다.

통로—— 레이지 님의 방으로 이어지는 통로 모퉁이를 바라보고, 정체를 알 수 없는 시선으로 나를 내려다봤다.

"그게…… 어쩌면 레이지 님이 다시 한 번 미디아 씨를 안고 싶다고 말할지도 모르잖아요? 어쩌면의 어쩌면인 만에 하나인 가정이지만요…… 쿡쿡……."

이해…… 이해할 수 없다.

전혀 정체를 알 수 없다. 어째서 로나의 동생인데 이런 게 탄생할 수가 있는가.

의미를 알 수 없다. 이해할 수 없다.

하드의 힘은 무서웠지만, 히이로는 정신이 무섭다.

그런 이유로—— 장소도 바꾸지 않고 그 자리에서 치료해?

만약, 하드가 되돌아왔다면 어쩔 작정이었지?

사고가 소용돌이친다. 말도 안 되는 이유에 나는 단 한마디밖에 할 수 없었다.

"……있을 수 없는 일이라고 생각하는데."

"저도 그렇게 생각해요. 미디아 씨의 몸은 빈약하니까요……. 언니라면 모르겠지만……."

시비를 걸고 있나?

"아니~, 그래도, 레이지 님의 침실로 불려 가게 되면 솔직하게 말해야 해요. '오만'의 히이로가 살려 준 이 빈약한 몸을 부디 맛봐 달라고요."

절대로 있을 수 없는 일이지만, 만에 하나 그런 기회가 오더라도 그런 대사는 꺼내지 않겠다고 결의했다.

목숨을 구해 줬다든지 하는 그런 레벨이 아니다.

"쿡쿡쿡. 뭐~ 농담은 이 정도로 하고──."

……농담이었나.

항상 웃는 얼굴이라 진심인지 장난을 지고 있는 것인지 전혀 알 수 없다.

히이로가 진지하게 표정을 바꾸고 통로를 봤다. 레이지 님의 방을 들여다보는 듯이, 허무한 눈빛으로.

"하드 씨는, 레이지 님을 죽일 작정…… '우월' 할 작정이에요. 마왕과의 전투 직후라 약해진 이 틈을 노리고."

"……뭐? 무슨, 어째서…… 아니, 아니지. ……그래."

제정신이 아니다.

마왕과의 전투 직후라고는 해도, 레이지 님은 거의 상처를 입지 않았고 스킬도 거의 쓰지 않았다. 약해진 기색도 없다. 아니, 자고 있으니까 모르겠지만.

하지만 그러나, 하드가 죽일 작정이라고 한다면…… 뭔가 방법이 있을 것이다.

애초에 주군 살해는 오만에게 있어서 일종의 자랑거리이기도 했다.

그렇다면 하드의 의미심장한 말도 납득이 간다……. 가나?

하지만 마지막에 들렸던 하드 로더의 말은 대체──?

이어서 크게 기지개를 켠 히이로가 한숨을 쉬고 말했다.

내키지 않는다는 듯 내리뜬 눈동자가 어린 나이에 어울리지 않는 색기를 자아내고 있었다.

"저는 도박을 한 거예요. 확실히 같은 오만이지만, 그런 건 관계없이 하드 씨는 분명 '진다'고요. 뭐, 그저 감이니까, 만약 하드 씨가 승리하면 저는 이 자리에서 미디아 씨를 죽일 거예요. 쿡쿡쿡……. 실은 저, 강한 자의 편이에요."

"……그래."

안 되겠다. 이 녀석. 알고 있었지만, 그냥 쓰레기다.

하지만 도움을 받은 것도 분명한 이야기. 나는 입 밖으로 꺼내지 않기로 했다.

비틀거리면서도 일어나 크게 몸을 움직였다. 마력은 거의 텅 비었지만, 아픔은 더 이상 없다.

내 상처는 완전히 회복되어 있다.

"……그렇다면 어째서 나를 완전히 치료했지? 죽지 않을 정도로 치료한다든지도 할 수 있었을 텐데……."

아무리 마력까지는 회복하지 않았다고는 해도, 나와 히이로 사이에는 역량 차이가 있을 터였다.

완전히 치료해 버리면 도망칠 가능성도 높아진다.

내 의문에, 히이로가 태연하게 대답했다.

"……그~건~, 십중팔구 레이지 님이 승리할 테니까요! 하드 씨는 확실히 터무니없이 강하지만…… 레이지 님의 힘은 이해할 수 없거든요. 오만은 정체를 모르는 것에 무진장 약하니까 말이죠…… 상대가 약하면 차라리 어떻게 되겠지만, 레이지 님은 대마왕 휘하에서 서열 제3위니까. 처음 보는 스킬을 사용하고 끝 아닐까요? 틀림없이."

이건 또 상당히 신랄한 말이다. 하지만 같은 오만의 말에는 어딘가 설득력이 있었다.

나는 불안을 억누르고, 히이로와 함께 모퉁이를 바라봤다.

그렇게나 사납게 날뛰었던 질투의 불꽃은 이미 잠잠해졌다.

……베개, 갈망, 어떡하지.

〈우월〉
오버 룰
뛰어넘은 타인의 스킬을 무효화한다.

〈오만의 중압〉
하드 프레서
주위 일대에 위압에 의한 중압을 건다.

〈고고의 땅〉
온리 로드
사용자의 지각을 일정 시간 급격하게 가속시킨다.

Chapter.3

오

Superbia

만

제1화 지고의 마왕으로

악마의 명줄은 인간과 비교하면 지독하게 길다.

수명은 거의 무한한 것이나 마찬가지고, 세월에 따른 노화 따위 원래부터 존재하지 않는다.

영혼의 형태, 의지의 형태, 갈망의 형태야말로 존재를 확고한 것으로 만들고, 그 강고한 존재 방식이야말로 악마를 이 터무니없이 넓은 마계에 군림하는 종으로 만드는 최대의 원인이다.

그리고 그것은 동시에, 갈망을 추구하는 악마가 오래 살면 살수록 힘이 무제한으로 비대해진다는 이야기이기도 하고—— 마왕쯤 되면, 원래 천적인 하늘마저도 침범할 수 있는 강력한 힘을 지니고 있다.

각성한 순간에 눈에 들어온 것은, 칠칠치 못한 모습을 한 생기가 없는 남자였다. 아무렇게나 깎은 머리카락에, 먼지투성이로 더럽혀진 옷. 그 여윈 몸을 지탱하는, 삐걱삐걱 소리를 내는 색바랜 안락의자.

생기, 활력, 의지가 없고, 그저 막대한 힘만이 있었다.

어떤 누더기를 입고 있어도, 부하가 단 한 명도 존재하지 않더라도, 분명히 그 남자가 마왕이라고 알 수 있을 만한 엄청난 힘.

아직 미숙한 감각기관으로도 느낄 수 있다. 세계를 채우는, 그저 깊고 어두운, 마치 공기처럼 자연스럽고 조용한 마력.

──타락의 왕.

약육강식, 마왕끼리 자웅을 겨루는 마계에서 유일무이하게 간섭할 수 없는 존재이자, 그저 그곳에 존재하는 것만으로 마왕의 자리에 오른 강대한 악마.

누구에게도 흘러가지 않고, 그저 시간의 흐름에도 버림받은 불쌍한 악마.

'타락'의 레이지.

의지 있는 것에 힘이 주어진다고는 단정할 수 없다.

그 반대 또한 진실이다.

힘이 있다고 해서 그걸 효과적으로 활용할 수 있다고 단정할 수는 없고, 만약 그것이 나태쯤 되면 그 힘을 쓴다고조차 단정할 수 없다.

'나태'를 추구한 마왕은, 그저 아무 말도 하지 않고, 아무 생각도 하지 않고 나를 보고 있었다.

아니, 시선은 내 쪽을 향하고 있었지만 나를 보고 있지 않았을 지도 모른다. 그저 공허하게 흔들리는 시선에 의미는 없고, 그 눈에 깃든 생각이 나 따위가 도저히 이해할 수 있는 종류가 아니 라는 것만은 분명했다.

아마── 발생은 기적.

손에 넣은 힘을 장난삼아 한 번 써 봤다는, 겨우 그 이유만으로 나는 태어났으리라.

애초에 그것을 깨달은 것은 상당히 나중의 이야기……. 의미 없이, 어떤 지시를 받는 일도 없이 태어난 내가, 레이지라는 악마가 무의식적으로 흘리는 마력을 빨아들이고 자의식을, 그리고 갈망마저 손에 넣은 뒤의 이야기다.

지시도 없었는데 멋대로 움직이기 시작한 나를 봐도, 레이지는 아무 말도 하지 않았다.

존재의 의미, 태어난 의미를 이해할 수 없었다.

마왕의 의지 때문에 태어난 것조차 아니다. 목적은 힘을 사용하는 것뿐이었지, 결과에는 흥미조차 품지 않는다.

요구받은 생, 이유 없는 발생, 의미 없는 존재.

욕망의 조각도 없이, 나락 속에서 그저 주인을 보고 있었다.

그 나태의 의지를 받아, 그 휘하 한 명조차 지니지 않은 마왕의 너무나도 불쌍한 군을 보았다. 먹을 것도 먹지 않고, 어디에서 주워 왔는지 모를 더러운 의자와 습기에 축축해진 침대를 무의미하게 오가는 왕의 모습을 보았다. 그럼에도 모든 용사를, 현자를, 악마를, 천사를, 마왕마저도 전혀 상대하지 않는 방식을 보고…….

"……흥……. 이것이 '지배자'의 방식인가……."

지금도 똑똑히 기억하고 있다.

그것이, 그것이야말로 내 최초로 한 말. 악마로서의 의식이 확고해진 순간.

하찮다. 시시하다.

목적도 없이 그저 오랫동안 지겹게 살아온 목숨에, 부풀어 비대화한 힘.

그런 모습이 얼마나 추하고, 견디기 어려운 일인가.

그것이야말로 내가 담당하는 갈망.

그렇기에 얻은 '오만'의 원죄.

한심한 창조주의 모습. 그리고 거기에 패배를 거듭하는 도전자들의 모습은 꼴불견이 지나쳤다.

그리고 동시에 느낀 깊은 선망.

시간의 흐름에 비례해 증대되었을 그 마력에 단련을 의해 연마된 날카로움은 없다. 그러나 다른 종을── 같은 마왕마저도, 그저 압도적으로 다가오지 못하게 한다.

그 존재는 혐오하고 경멸해야 할 추악함을 지닌 것과 동시에 지고(至高).

실로 자신의 창조주에 어울린다. 이것을 '우월'할 수 있다면 지고의 존재로서 인간 악마 따지지 않고 모든 존새의 위에 서는 것이나 마찬가지이리라.

그렇게 생각했다. 생각하지 않을 수가 없었다.

힘에 귀천 따윈 존재하지 않는다.

거의 사고가 돌아가지 않는 머리조차 그렇게 느낄 정도로, 무엇보다도 높고 무엇보다도 고귀한 힘이었다.

하지만 지금까지대로라면 절대로 넘을 수 없다.

악마로서 생을 받고 상상도 할 수 없을 정도로 오랜 세월을 거쳐 마왕에 이른 존재는, 살아가는 방식은 그냥 넘어간다 쳐도,

그 힘이 너무 강했다.

'우월'은 할 수 있다. 그 칠칠치 못한 몸짓, 성격, 패자(覇者)로서 있을 수 없는 존재 방식은 자기 아래에 두기에 충분했다.

하지만 이길 수 없다. 상성이 좋다든지 하는 그런 레벨이 아니라, 기본적인 힘의 차이, 경험의 차이, 존재의 차이가 실로 하늘과 땅에 가깝다.

'우월'은 악마의 위계로 따졌을 때 '장군'과 '마왕'의 차이를 뒤집을 정도의 전투 능력 보정을 가져오는 우수한 스킬이지만, 그것으로도 부족하다.

본능으로 알았다. 본능으로 알 수밖에 없을 정도로 터무니 없는 차이가 있었다.

──지금은 아직.

흘겨보는 나를 보고도, 타락의 왕은 아무 말도 하지 않는다. 그저 침묵할 뿐.

해야만 한다. 무찔러야만 한다. 지고의 주인을. 그것이야말로 내가 왕이라는 증명이 될 테니까.

"……흥. 하지만 주인이 이러면 나까지 얕잡아 보이고 말겠군."

"……그러냐."

타락의 왕이 시시하다는 듯이 이불 안에서 말했다. 거기에 감정의 기복은 없다.

그 눈은 나를 올려다보고 있으면서도, 작은 의지 하나도 품고 있지 않았다.

절망은 없었다. 선언한다. 모든 것은 자신을 위해.

그것은 맹세이기도 했다. 자신의 존재를 새기기 위한.

"내가 아버님을 명실공히 지고의 마왕으로 만들어 주겠다."

"……필요 없어."

"……흥, 되어 주어야 한다. 타락의 왕. 무엇보다도 바로……
나를 위해서."

"……그러냐."

원하는 대로 해라.

목소리로는 내지 않고 입술의 움직임만으로 중얼거리고는, 타
락의 왕은 이불 안으로 완만한 동작으로 파고들었다.

계속 보고 있었다. 제대로 의식이 없던 시절부터. 모멸과 선망
을 담아서.

뻔히 예상했던 반응. 고개를 돌린다.

좋다.

……우선 시작으로, 이 일대를 평정하자.

제대로 움직인 적도 없는 팔이 올라간다. 마치 선전 포고라도
하는 것처럼.

내 주인을 무해하다 판단해 얕잡아 보고 무시해 왔던 어리석은
악마를 제압하고, 이 땅을 내 위대한 주인의 묘비로 삼는 것이다.

그리고 모든 것을 우월한 그때야말로, 이 마계에 마왕마저 뛰
어넘는 존재가 탄생하게 되리라.

제2화 하다못해 지존으로서

마계.

강함이 무엇보다도 존중받고, 악마끼리 갈망을 추구하며 한정된 리소스를 쟁탈하는 군웅할거의 세계.

말할 것까지도 없이 시시하다.

탐욕.

색욕.

분노.

폭식.

질투.

오만.

그리고—— 나태.

내 목표는 단 한 가지였다.

단련해, 우월해서 쟁탈하면서 분명히 이해하게 된다.

영토가 늘어난다. 몸에 두른 마력이 늘어, 오만의 트리가 성장한다.

마치 풀을 베는 것처럼 손쉬운 일이었다.

악마는 물론, 천계에서 온 자객도, 때로는 바깥 세계에서 마왕을 토벌하러 온 어리석은 영웅도.

모든 것이 굴복했다. 내 힘에. 그리고 내 주인의 힘에.

기본적인 성능이 애초에 높았다.

힘의 덩어리라고 해도 좋을 나태의 왕에게 만들어진 내가 약할 '리가' 없다.

그리고 거듭되는 단련.

자신의 힘을 충분히 단련한다. 근력, 마력, 지력, 통솔력. 만에 하나라도 하찮은 이유로 패배하지 않도록. 주인이 무릎에 흙을 묻히는 일이 없도록.

그것이 제1의 우월이자, 오만의 근원으로 내 힘을 높이는 원인이었다.

다른 왕의 갈망 따윈 내 주군의 나태에 비교하면 이 얼마나 허약한지.

시간이 화살처럼 지나간다.

혐오스럽고 경멸스러운 것은 내 주인에게 한 조각의 흥미도 품지 않고, 내 주인보다도 약한 힘을 지니고 마계에 군림했다고 착각하는 마왕들. 주인에 대한 모멸은 나에 대한 모멸이라는 의미였다.

용서하지 않는다. 용서할 수 있을 리가 없다. 땅에 엎드려 머리를 숙여라. 종속하고 그 위광을 내걸어라.

싸운다. 격파한다.

이윽고 성이 만들어졌다.

주인이 살고 있던, 너무나도 작아 집이라고 부를 수도 없는 집을 중심으로 해서 생겨난 성벽은 만 리에 미치고, 성 중앙에 건조된 탑은 하늘마저도 꿰뚫는다.

영침전이라고 이름 붙인 나태의 왕의 침소는 그 힘을 보이기 위해, 다른 어떤 마왕의 성도 월등히 초월하는 압도적 넓이와 위용을 자랑하고 있었다.

내 주인의 성. 만족 따윈 하지 않는다. 임시라고는 해도 내 위에 서려면 이 정도의 성으로는 부족하다.

악마가 모인다.

굴복하고, 굴복시킨 악마가. 원래부터 밑바탕은 있었다. 힘의 밑에는 힘이 모여든다.

갈망은 더욱 큰 갈망을 추구해 부풀어 오른다.

어중이떠중이를 통솔해, 군을 만들었다. 다른 어떠한 마왕의 군도 뛰어넘는 지고의 병사를.

시간이 지나면서 용명(勇名)이 알려졌다.

지금까지 어리석게도 나태의 레이지에게 도전했던 한 줌의 자들밖에 몰랐던 내 주인의 이름이.

나태의 레이지가 거느린 정강한 군단.
레기온

유일이자 정점인 나태의 왕과 거기에 가담한 오만의 악마.

직접 굴복시키지 않더라도, 스스로 머리를 숙이는 어리석은 악마들이 늘어난다.

인원수가 늘어나고, 군이 늘어난다. 1군, 2군, 3군.

하지만 구성된 그 어떤 악마를 데리고 오더라도 내 힘의, 그리고 레이지 님의 힘에는 발끝에도 미치지 못한다.

약하다. 너무나 약하다. 결국은 어중이떠중이.

확인할 것도 없이, '우월' 할 것까지도 없이 이미 우월한 상태라 그 녀석들은 내 적이 되기에는 너무 약하다.

무패이면서 절대.

나에게 패배는 없고, 그렇기에 주인 또한 패배는 없다.

쓰러트리면 쓰러트릴수록, 위로 가면 위로 갈수록, 세월이 지나면 지날수록 내 힘은 상승해 간다.

오만의 악마의 강함은 전투 경험에 비례한다.

상대를 알았다는 건 뛰어넘은 증거. 한 번 승리한 자에게는 두 번 다시 지지 않는다.

배우면 배울수록, 알면 알수록 패배는 멀어진다.

세월이 지나가면 지나갈수록 패배는 멀어진다. 아무리 갈망을 파고들었든 젊은 악마에게 패배할 정도로 전락하지 않았다.

패배할 리가 없다. 축적되는 절대적인 자신감.

──하지만 동시에 그것은 나태의 왕에게 시간을 부여하는 일이기도 했다.

이윽고 대마왕에게 복종을 요구받았다.

대마왕이란 마왕과 악마의 차이와는 달리, 그저 가장 커다란 영역을 지니고 있는 마왕의 자칭이다.

하지만 이 마계에서 그만큼의 세력을 이끌고 있다는 것은, 가장 커다란 갈망을 지니고 있다는 것이기도 하다.

실제로 만났다.

대마왕이 담당하는 원죄는 오만. 나와 마찬가지로 우월을 초석으로 삼는 악마.

목적은 마계의 제압. 전화가 소용돌이치는 마계를 통합하고 나아가서는 지상을, 천계마저도 집어삼키려 한다. 자신의 힘에 어울리지 않는 거대한 야망을 지닌 남자.

실제로 눈으로 보고 확신했다. 대단할 것 없다. 내 주인이 나설 것까지도 없다.

만난 시점에 나는 그 대마왕을 '우월'하고 있었다. 그것은 즉, 나태의 레이지에게는 대적할 수 없다는 것.

발생한 후의 세월도 길기는 하지만 주인은커녕 나에게조차도 미치지 못한다. 결국은 약간 재능이 있을 뿐인 마왕, 지금까지 주인과 만나지 않았던 행운 덕분에 최강이라고 스스로 말하고 있던 남자다.

이 녀석을 굴복시키면 주인의 지위는 올라갈까?

시시한 이야기였다. 이 정도의 마왕이라면 토멸할 가치조차 없다.

오만의 마왕은 굴복시켜 버리면 힘도 떨어진다. 군에 편입시킬 가치조차——.

타락에 대한 주인의 갈망은 멈출 기색을 보이지 않는다.

위광은 전혀 늘어나지 않지만, 힘만이 늘어 가는 그 모습은 실로 악마의 왕에 어울린다.

주인에게 지시를 구했다.

평소와 같은 대답이 돌아온다.

몇 년이 지나도 변화하는 일이 없는 단 한마디가. 그래도 괜찮다. 날벌레 따위 고려할 가치가 없다. 역시나 내 주인.

대마왕에게 가담하기로 했다.

잡일을 할 마음은 없지만, 마계가 하나로 통합되면 한층 더 강적이 나타날지도 모른다. 주인의 위광을 넓히는 수단도 될 것이다.

대마왕이 주인과 면회한다.

그리고 한동안 시간이 지나 힘을 잃고, 대마왕의 세대가 바뀌었다.

약육강식. 패배자는 그저 죽어갈 뿐. 경과에 가치 따위는 없다. 절대적인 강자만이 위에 서는 것이 용납된다.

똑같이 마왕이라는 위계에서도 존재하는 너무나도 거대한 차이. 주위는 돌처럼 움직이지 않는 조월자의 생각을 헤아리는 것조차 할 수 없다.

대마왕이 바뀐다. 몇 대나 바뀐다.

천계는 어리석고, 마계조차도 결국 통일될 기색이 없다.

마왕이 새롭게 탄생하고, 죽어간다.

이름난 영웅이 교대로 마계에 침입한다.

천계에서 마계로 대규모 침공이 발생한다. 대다수의 악마가 토멸된다.

──하지만 영침전은 아직 잠들어 있는 상태다.

주인은 꿈결 속에 계신다. 움직이지 않은 채로, 그렇기에 그저 힘이 높아져 간다. 어떤 악마도 마왕도 따라잡을 수 없는 높은 곳으로.

동시에 그곳에서 생겨난 내 힘도 상승되어 간다. 그 오만의 숙원은 충족되지 않은 채로.

상처 하나 입힐 수 없는 나태의 왕.

그 스킬에서 만들어진 인형은 강력무비.

긴 세월의 시간 사이에 무료함을 달래기 위해 장난으로 만들어낸 인형이 마계 전토로 흩어진다. 나 이외의 인형들은 주인의 이름조차 알지 못한 채로 전장을 끊임없이 돌아다닌다.

타락의 레이지는 어느샌가 '학살인형' 의 레이지라고 불리고 있었다.

가장 처음 만들었던 한 대의 공적에 의해.

주인을 모시는 악마의 일족이 생겨났다. 이해가 되지 않는다. 하지만 그것도 또한 옳은 일이다.

내 주인이라면 그런 일족이 있는 것도 나쁘지 않다. 아니, 있는 것이 당연하다.

'검은 사도' 라는 기사단에서 감찰관이 파견된다. 휘하 마왕의 반란을 두려워한, '두려워할 수밖에 없는' 정도의 힘밖에 없는 대마왕의 손발들.

옳은 일이다. 원하는 만큼 내 주인을 시찰하도록 해라. 어차피

나 이하의 힘밖에 지니지 못한 네놈들 따위가 타락의 레이지를 상처 입힐 수는 없을 것이다.

반란 따위는 하지 않는다. 할 필요도 없다. 내 주인의 힘은 이미 모든 다른 마왕을 능가했다.

——승리를, 영광을 쌓아 올려라. 주인에게 어울리는 영광을.

부하가 죽어 간다. 몇 명이나 죽어 면면이 계속해서 바뀐다.

내 한 팔이라고 주장하던 남자가 사소한 방심으로 죽었다. 멍청한 녀석이다. 전장에서 방심 따위는 있을 수 없다.

노화하지는 않지만, 전투 본능을 지닌 악마는 사망자 수가 많다. 갈망을 품는 일에 질려 힘을 잃는 자마저도 있다. 구축한 군의 내부는 항상 변동한다. 바뀌지 않는 것은 레이지 님과 나뿐.

강자로서 유명했던 마왕이 다른 마왕에게 멸망하고, 약자가 마왕으로 올라간다.

성자필쇠의 섭리.

적도 아군도, 계속해서 넘버가 바뀐다. 마왕, 악마의 정보를 써서 담아 둔 자료가 도서실에 넘쳐, 제2, 제3의 도서실이 만들어진다. 항상 축적되어 온 연구.

대부분은 아득한 옛날에 우월한, 더는 필요 없는 자료다.

1년에 한 번, 그 축적해 온 세월을 기록하기 위해 벽에 새긴 표식이 방을 가득 채워, 복도에 새겨져 간다.

돌의 기분을 맛본다.

변하지 않는 것은 내 주인의 존재와 마계에 빛나는 푸른 달뿐.

레이지 님이 지닌 칠흑의 눈동자는 나락의 어둠이다.

아무리 연구해도 대적할 수 없다. 바닥이 보이지 않는다. 그것은 어떤 감정인 것인가.

모든 것을 우월한 나이기에 알 수 있는 아득한 힘.

시간만은 있었다. 나태의 악마를 즐겨 습격했다.

대부분이 평범한 악마다. 너무나도 시시하다. 기록할 만한 스킬도 쓰지 않는다.

몇십 년, 몇백 년, 몇천 년이 지나도 다른 나태의 마왕이 나타나지 않는다. 죽여야만 한다. 정보가 필요하다. 도전자로서.

과거의 레이지 님과 마찬가지로 어딘가의 땅속에서 자고 있는 것인가?

아니면 나태의 악마가 마왕에 이르지 못하는 것뿐인가?

그것조차도 불명.

시산혈해.

쌓아 올린 악마의 시체는 이제는 헤아리는 것도 아득할 지경이지만, 처음 나태의 레이지를 봤을 때 느꼈던 충격은 유구한 시간을 보내고도 여전히 색이 바래지 않는다.

열등감. 그것은 '오만'의 악마에게 최대의 적이었다.

더욱 시일이 지났다.

정보를 모은다. 자신을 단련한다. 적대종을 격퇴한다.

깨닫고 보니 사냥감은 있어도, 적은 거의 사라진 상태였다. 이제 와서는 마왕조차도 타도할 수 있지만, 그 사실에도 더는 의미가 없다.

우월할 상대가 없는 한, 오만의 힘은 강해지지 않는다. 근거 없는 오만 따윈 무의미에 가깝다.

한계에 이르렀다. 스킬은 극한에 이르렀고, 육체를 단련했고, 마력을 연마해, 오만의 스킬 트리는 마왕이 되기 한 걸음 앞에서 멈춰 있다. 그 오만을 성취하지 못한 탓에.

최초이자 마지막 벽. 타락의 레이지라는 이름의 벽에 가로막혀.

──하지만 그것도 오늘까지의 이야기다.

미디아의 처분은 준비 운동도 되지 못했다. 예행 연습조차 못 됐다.

결국은 타인의 어설픈 흉내밖에 낼 줄 모르는 질투의 악마. 원래부터 그다지 기대는 하지 않았지만, 그래도 느끼는 것은 깊은 실망.

주인의 스킬을 모방하다니 어리석기 그지없다. 공격력이 낮은 나태의 스킬 따위, 강탈이나 질투의 악마가 빼앗고 모방해서 사용해 봐야 대단한 위력은 나오지 않는다.

그래도 힘의 차이를 이해하고 나서도 맞서 덤벼든 것만은 유일하게 평가해 줄 만한 점일까. 어차피 길가의 돌맹이. 그래도 힘의 차이 정도는 알고 있었다고 생각하고 싶다. 저런 것이라도, 레이지 님의 군 중 하나를 맡고 있었으니까.

주인은 말할 것도 없이 강하다.

공격에 적합하지 않은 스킬은 그렇다 치고, 무엇보다도 그 터무니없이 높은 VIT만이 문제였다.

높은 생명력과 완강성은 본래 타인을 해하는 일에 힘을 배분하는 악마에게는 유례가 없는 특성. 꿰뚫을 자신이 없는 것은 아니지만, 아무리 수련을 쌓아도, 아무리 다른 나태의 악마를 토멸해도, 완전할 정도의 자신감은 구축할 수가 없다.

한숨을 쉬었다. 정신은 이미 더할 수 없이 고양되어 있었다. 이제 와서는 기억의 한편에도 남아 있지 않은 흐릿한 전투 경험은 내가 알 수 없는 곳에 축적되어 있다.

눈앞에 우뚝 선 문. 안쪽에서 느껴지는 부풀어 오른 힘. 기도를 담은 십자를 긋고 문을 열었다.

때때로 애송이 카논의 부하가 불태우는 바람에 빈번하게 바뀌는 아버님의 침실은 새로웠고, 희미한 성행위의 냄새가 났다.

분명히 알고 있을 터인데, 기척으로 알아채고 있을 터인데, 아버님은 목소리 하나, 움직임 하나 보이지 않는다.

마치 죽은 것처럼 잠들어 있었다. 이불 안쪽에서 보이는 닫혀 있는 두 눈. 그 밑에 드리운 다크서클.

바닥에 떨어졌구나……. 타락의 레이지.

고작 메이드 한 명을 살리기 위해 스킬을 썼다.

스스로 전투에 나선 데다, 아무리 마왕이라고는 해도 제블 따위에게 상처를 입었다.

그뿐만이 아니라, 습격을 내버려 둔다.

최근의 소행은 내 주인으로서 한탄스럽다.

……아니, 슬슬 끝을 내야 할 때라는 것이겠지.

정말로 오랜 세월이 지났다. 어처구니가 없어질 정도로.

그리고 아버님은 그것보다 더 많은 세월을 그 생에 허비해 왔을 것이다. 그 길이는 내 경험 전부를 쌓아 올린다고 해도, 털끝만큼도 추측할 수가 없다.

지금, 당시의 마계를 아는 자가 몇 명이나 있을까.

언젠가 때가 올 것이라고 생각하고 있었다. 계속 그때를 꿈꿔 왔다. 아니, 아마 그것이야말로 내가 발생한 이유이자 사명이리라.

얼마간의 적요함을 느끼며, 발을 들였다.

그 몸에 느껴지는 마력은 여전히 막대하다.

보통 마왕 따위는 떼로 덤벼도 상대가 되지 않는다. 하지만 지금까지 계속 따라 왔던 나는 이해할 수 있었다.

——타락의 레이지는, 약해져 있다.

최근 몇천, 몇만 년의 세월에서도 거의 보지 못할 정도로.

그것은 담당하는 '나태' 에서 등을 돌린 증거였다.

모든 것은…… 상정한 대로다.

'나태' 는 나태하게 지낼수록 강력해지지만, 반대로 스스로 움직일수록 그 힘이 하락해 간다.

침대 옆에 선다. 마치 죽은 듯이 눈을 감은 주인의 얼굴에는 허무 외의 아무것도 떠올라 있지 않다.

힘이 깃들어 있지 않은 나태의 왕의 손을 잡았다. 단련의 단 자도 보이지 않는 뼈 같은 손가락에, 죽은 사람처럼 투명한 하얀 피부에 희미하게 떠올라 있던 푸른 혈관.

"아버님……. 오랜 세월이 지났군요."

"…………."

레이지는 대답하지 않는다. 하지만 알고 있다.

아버님은 잠들어 있지 않다. 나태의 왕에게는 자는 것도 깨어 있는 것도 모든 것은 물거품 같은 꿈에 지나지 않는다.

그렇기에 나는 그대로 말을 이어 갔다.

정말로 오랜만의 대화를.

바닥에 떨어졌다, 실망했다 같은 소리를 할 필요도 없다. 레이지도 그런 이유에는 흥미가 없을 것이다.

애초에 이것은, 아득히 옛날 만들어졌던 순간부터 반드시 그렇게 되리라고 정해져 있던 것이기도 했다.

아버님은 총명한 남자다. 나태를 담당하고, 동시에 나태 이외의 측면도 지니고 있다.

그것이 다른 나태를 담당하는 악마와의 명확한 차이로, 틀림없이 나태의 레이지가 영겁의 시간을 보내게 된 원인이다.

말하고 싶은 것은 잔뜩 있지만, 말은 필요 없다.

부하를 늘리고, 대마왕군 안에서도 제일가는 힘을 얻은 일.

천계에서 보낸 무수한 자객을 타락시켜 악마로 추락시킨 일.

열두 명 단위로 도당을 짜서 습격해 왔던 인간 족의 영웅을 잠든 채로 격퇴했던 일.

전 대마왕의 딸이자, 아직 갈망조차 품지 않은 애송이였던 카논이 새로운 대마왕까지 올랐던 일.

몇천 몇만의 죽음을 쌓아 올리고, 시간의 흐름마저 두고 가 버린다.

발생 당시에 존재했던 마왕은 이제 한 명도 남지 않았다.

지인, 친구, 적조차 죽었다가 새롭게 태어나 다시 죽어간다.

감정조차 마모될 시간의 흐름을 전혀 개의치 않는 아버님은 타고난 타락의 왕이고.

지고의 마왕에서 태어난 나는 틀림없이 최강의 악마이다.

아버님의 옆에 무릎을 꿇고, 머리를 숙인다.

그것은 각오. 나는 오늘 마왕에 이르고, 두 번 다시 패배할 일은 없을 것이다. 아니, 설령 패배한다 하더라도——

——무릎을 꿇는 일은 있을 수 없다.

분명히 그것이야말로 내가, 오만독존의 하드 로더가 아버님께 해드릴 수 있는 유일한 보답이다.

"고생하셨습니다. 끝을 내도록 하지요. 외람되지만, 제가 임종을 지키겠습니다."

"……그러냐."

——그러니까 하다못해 지존으로서 사라져라.

타락의 레이지.

제3화 커튼콜에 어울린다

나태의 스킬은 대단히 여러 갈래로 나뉜다.

하지만 그것은 동시에 그렇게까지 하지 않으면 나태를 획득할 수 없었다는 것이기도 했다.

애초에 싸우지 않고도 갈망을 충족시킬 수 있는 이상, 나태에는 전투에 적합한 스킬이라는 것이 거의 존재하지 않는다.

거의 사용되지 않는 나태의 스킬이기는 하지만, 나에게는 경험이 있었다. 이때, 이 순간을 위해 쌓아온 연구와 자신감.

전신에 힘이 넘쳐 흐른다. 레이지가 폭식의 왕을 가볍게 토멸했다는 사실은, 내 힘을 더욱 높이고 있었다.

전투 개시의 신호 따위는 필요 없다.

거대한 천막이 딸린 침대를 지탱하고 있던 다리가 터져 나오는 힘의 여파로 부러진다.

침대가 크게 밸런스를 무너트린 순간, 나는 날카로운 기합을 담아 지르기를 날렸다.

한 번의 걸음으로 바닥이 함몰, 주먹이 손쉽게 레이지의 머리에 꽂힌다. 무언가가 부러지는 으득 하는 소리.

충격이 캐노피의 기둥을 날리고 레이지의 몸이 마치 종잇조각처럼 날아갔다.

쾅음.

건물 전체가 크게 흔들린다. 마치 영침전이 비명을 터트리고 있는 것처럼.

주먹의 뼈에서 소리가 난다. 남은 것은 손에 느껴지는 확실한 느낌. 하지만 단단한 느낌. 이제까지의 싸움에서는 거의 첫 일격에 끝이 났었다.

회피는 하지 않았다. 틀림없이 직격했다. 하지만 레이지의 기운은 사라지지 않았다.

주먹은 리제가 불태우지 못하도록 정성스럽게 펼쳐진 결계를 손쉽게 뚫고 벽마저도 돌파했다. 그것도 한 개나 두 개가 아니다.

끝이 보이지 않을 정도로 멀리 뚫린 어둠. 레이지의 침실 주위에 다른 자의 방은 없다.

침대의 잔해를 발로 짓밟았다.

컨디션은 최고. 오만을 성취하는데 아무런 장해도 없다. 전신에 넘쳐 흐르는 힘은 수행의 집대성이자, 동시에 나와 주인 사이에 축적된 역사이기도 했다.

지고에 도전하기에 부족함이 없다.

숨을 깊이 내쉬고, 다시 들이킨다.

나태에게 시간을 주어서는 안 된다. 설령 전신을 잘게 저민다고 해도, 핵만 남아 있으면 손쉽게 재생되겠지.

바닥을 찼다. 속도는 순식간에 최고조까지 높아진다.

누구보다도 빠른 속도.

누구보다도 강한 힘.

──누구보다도 높게 날기 위해.

그것이야말로 오만의 원죄.

무기 따위는 불필요. 자신의 몸 하나로 만전.

시야가 속도를 뛰어넘어 흐른다. 내 몸은 빛으로 변한다.

어둠을 밟아 뚫고, 바닥에 대자로 쓰러져 있는 레이지에게 육박할 때까지 고작 1초도 걸리지 않는다.

도움닫기의 기세를 죽이지 않고, 그 머리를 걷어찬다. 느낌이 없다. 회피했다. 아니, 사라졌다.

나태가 지닌 순간 이동 스킬. 자신의 영역 사이를 자유자재로 전이하는 스킬이다. 그것은 내 움직임이 명확하게 포착되었다는 증거이기도 하다.

그래도 힘은 흔들리지 않는다. 모든 것은 상정 범위 내. 그 정도도 하지 못하고 뭐가 지고인가.

기척은 등 뒤. 느끼기 전에 몸은 움직이고 있었다.

몇 번이고 반복했던 동작.

기세를 실어 차올린다. 발끝이 레이지의 머리에 꽂힌다.

안다. 사고를 알고 있다. 몇 년, 몇만 년, 몇십만 년을 휘하에 있었기에 누구도 읽을 수 없는 나태의 왕의 사고를 읽어 낼 수 있다.

아무도 모르는 그 행동 이론을 나만은 알 수 있다. 나이기에 알 수 있다.

여력에 천장의 결계가 깨지고, 거대한 구멍이 뚫린다. 머리 크기 정도의 블록이 와르르 무너진다.

몸이 한순간 무거워진다. 악마가 지닌 갈망을 무게로 바꿔 족쇄를 채우는 나태의 스킬.

이미 알고 있다. 통할 리가 없다. '우월'을 발동해 아무런 문제도 없이 깨트린다.

무서운 것은 그 완강성, 그 생명력.

보통 마왕이라면 토멸되었어도 이상하지 않을 정도의 대미지를 주었을 텐데, 아무런 문제도 없이 스킬을 쓸 수 있는 VIT이야말로 나태의 진가.

그렇다면 그 이상의 힘으로 정면에서 깨트리면 된다. 아니, 정면에서 박살 내야만 한다. 그래야만 진정으로 뛰어넘었다고 말할 수 있다.

"……아파……."

맥 빠진 목소리가 파인 구멍에서 흘러나온다.

대답할 여유는 없다. 그저 힘을 집중한다.

원거리전은 어리석은 계책이다. 나태의 내싱은 어지간해서는 깰 수 없다.

몸이 한순간 경직한다.

정면에서 쏘아진 스킬. 마왕이 지닌 마안의 힘이다. 문제없이 우월한다.

나를 평범한 마안으로 묶을 수 있을 리가 없다.

장기전은 이쪽이 유리.

나태의 악마는 움직이면 움직일수록 힘이 줄어든다.

하지만 그대로 능력 저하를 기다릴 생각은 없다. 지고를 지고인 채로 묻어 준다.

호흡을 가다듬는다. 단단히 땅에 발을 붙이고, 단전에 힘을 담는다.

"간다."

몸을 탄환으로 바꾼다.

도약만으로 결계까지 손쉽게 깨지고, 반동으로 바닥이 크게 함몰한다.

폭발적인 에너지에 몸을 싣고, 천장의 구멍으로 뛰어든다.

시야에 들어오는 것은, 잔해 더미에 몸이 파묻힌 레이지의 모습이었다. 눈물을 머금고, 이미 상처가 사라진 머리를 누르고 있다.

순식간에 거리를 좁힌 내 표정이 바뀐다. 여전히 살의, 살기, 전의라고 부를 만한 것은 눈곱만큼도 없다.

"하아아아아아아아앗!"

"큭……."

기합, 포효.

몸 전체의 힘을 사용해, 주먹을 내지른다.

레이지의 표정이 처음으로 일그러졌다. 동시에 그 신체의 전면에 얇고 투명한 벽이 나타난다.

방어를 높이는 결계를 펼치는 나태의 스킬.

소용없다. 이것도 또한 이미 알고 있다.

주먹이 닿는 것과 동시에, 결계가 별다른 저항도 없이 유리처럼 깨져 흩어졌다.

우월하고 있는 이상, 결계는 의미가 없다.

혼핵이 열을 전신에 순환시킨다.

주먹이 레이지의 턱을 부수기 직전에 그 모습이 감쪽 같이 사라진다.

골치 아픈 스킬이다. 하지만 동시에 이동하는 나태라는 모순을 내포하고 있다.

그 스킬의 사용은 나태의 힘을 둔하게 만드는 요인 중 하나다.

"……나, 뭔가 저질렀나?"

들을 필요가 없다. 이야기가 서로 맞물릴 리가 없다.

옆에서 들려온 목소리에 손등 치기를 날린다.

레이지가 그것을 팔로 방어했다.

뼈가 삐걱거리는 소리.

나태의 스킬에는 안 그래도 둔한 통각을 완전히 차단하는 스킬이 있다. 그걸 썼겠지. 레이지의 표정에는 더 이상 아픔이 없다.

그리고 상처마저도 레이지의 생명력이라면 순식간에 치유될 것이다.

"아버님, 이제 그만 쉬십시오."

"……그래."

무슨 소리를 하는 거냐 이 자식, 같은 눈으로 고개를 끄덕인다.

듣고 있지 않다. 커뮤니케이션이 통하지 않는다.

불안정한 바닥이라 발차기는 곤란하다. 단단하게 쥔 주먹에 신체 강화의 스킬을 실어 반복해서 뿌린다.

레이지는 그것을 팔을 든 채로 막는다.

나태의 레이지에게 전투 이론 따위는 존재하지 않는다. 그의 공격 수법은 단순하다.

그것은 즉—— 힘에 의한 제압.

평범한 마왕과 거리가 있는 거대한 힘—— 영혼의 덩어리.

거기에 어지간한 기술은 의미가 없고, 동시에 기술을 쓴다는 생각도 존재하지 않는다. 그것은 초월자의 사고였다.

눈에도 보이지 않는 권격의 여파로 사방의 벽이 와해된다.

일격을 맞출 때마다 레이지의 팔이 듣기 싫은 소리를 낸다.

밀어내고 있다.

하지만 그 표정에는 약간의 아픔이나 가려움을 느끼고 있는 기색도 없다. 이 정도의 타격으로는 힘을 소비시키는 거라면 모를까 결정타는 될 수 없다.

지나치게 단단하다. 하지만 그런 것은 처음부터 알고 있었다.

나태의 왕을 밀어내고 있다는 사실이 '우월'을 더욱 강화한다. 몸 밑바닥에서 계속해서 힘이 샘솟는다.

그리고 마침내 발차기가 가드를 뚫고, 레이지가 크게 날아가 마지막 천장을 돌파했다.

피 같은 진홍색 하늘, 영침전을 구축하는 검은 구조물—— 성채가 시야의 한계까지 펼쳐져 있었다.

잔해를 넘어가, 바깥으로 나간다.

하루에 한 번은 탑 위에서 바라봤었다. 탑과 비교하면 낮지만, 이곳의 광경도 무시할 수 있는 것이 아니다.

언젠가 사라질지도 모르는 이 광경은, 나에게 항상 각오를 느끼게 해 준다.

감시를 하고 있던 병사가, 갑자기 바닥을 돌파하고 나온 나에게 황급히 달려온다.

"무, 무슨 일이십니까, 하드 님."

"네놈이 신경 쓸 필요는 없다. 원래 배치로 돌아가라."

"아, 예. 알겠습니다!"

모든 것이 하찮은 이야기다.

천천히 성채를 둘러보며, 바닥에 쓰러진 레이지의 곁으로 걸음을 옮긴다.

"아버님, 아름답다고 생각되지 않습니까?"

"……그래."

드러누워 하늘을 올려다보는 그 심중은 아마도 내가 영원히 이해할 수 없을 것이다.

그러니까 이것은 그저 독선에 지나지 않는다.

흐릿한 눈동자가, 검고 탁한 눈동자가 이쪽을 올려다보고 있다.

무감정한 눈. 썩은 물고기 같은 눈. 지금에 이르러도 거기에는 살의가 없었다.

손바닥을 굳혀 수도를 만든다.

"다음은 베겠습니다."

"……항복할래."

"…………."

그 전부가 과거에 경험한 것과 다르지 않다.

그 언동, 나태한 행위에 현혹되어 마왕이 수두룩하게 죽어 나갔다.

하지만 나는, 아들인 나만은 알고 있다. 이 녀석은, 할 때는 하는 남자인 것이다.

전의 따위, 살의 따위 필요 없다. 레이지는 그저 게으름을 피우기 위해 힘을 쓴다.

그런 탓에 아직 도망치지 않는다. 순간 이동으로 장거리를 날면 일시적으로는 도망칠 수 있는데도.

──지금 나에게서 도망쳐도 아무런 의미도 없다고 생각하고 있으니까.

옳다.

그것이야말로 나태라 하더라도 왕인 증거.

도망칠 수 있다면 도망쳐도 상관없었다. 그것은 패배의 증거이기도 하다.

하지만 아버님이 도망치는 일은 없다.

싸우고 싶지는 않지만, 귀찮으니까 짓눌러 두자.

수많은 악마의 전의를 덧칠하는 불순한 동기야말로 그 갈망의 증명.

일반적으로 생각하는 나태와 이미지가 너무 달랐기에 악마가, 마왕이 죽어 갔다. 나는 그 모습을 빠짐없이 관찰해 왔다.

이렇게 있는 사이에도 레이지의 힘은 서서히 약해져 간다. 막대한 축적이 있으니까 깨닫지 못하는 것뿐이지, 그 힘은 무한에 가깝더라도 절대로 무한하지 않다.

이쪽이 후퇴해서, 다시금 만전의 상태로 도전하면 다음에는 더욱 유리한 상태로 전투를 진행할 수 있을 것이다.

하지만 그런 선택지는 없다. 유리해지니까 일단 물러난다?

어째서 그 정도의 이유로 한 번 물러나야만 하는가!

"……흥, 필요 없는 처치다. 내가 패배할 리가 없다."

"……그래, 네가 최강이야."

불타는 마계의 태양이 피처럼 붉은빛으로 우리를 비추고 있다.

그것은 내가 만들어지고 나서 계속 이어져 왔던 광경이고, 동시에 내가 만들어지기 전부터 레이지가 봐 왔을 터인 경치다.

레이지가 귀찮다는 듯이 말했다.

그것과 동시에 상공에서 힘의 덩어리가 휘둘러 내려왔다.

'공의 오른손'과 '공의 왼손'.

팔과 연동한 염동의 힘. 움직이지 않고 멀리 있는 것을 잡기 위한 시시한 스킬이, 그 막대한 힘을 배경으로 명확한 위협이 되어 나를 내려친다.

그와 동시에 힘의 덩어리가 안개처럼 흩어졌다. 그 스킬도 이미 옛날에 '우월'했다. 준비는 충분히 갖추고 있었다.

레이지가 확연히 얼굴을 찌푸렸다.

"……귀찮군."

"……흥, 아버님은 항상 지나치게 편하게 지내고 있지."

아마 스킬 대부분이 무효가 되는 경험은 그 끝없는 생 중에서도 처음이겠지.

나는 반대였다. '오만'은 오만한 탓에 그 대부분의 스킬이 널리 알려져 있다. 싸우는 상대는 이쪽의 스킬에 대책을 취하고 있는 일이 많아, 그 전부를 정면에서 쳐부쉈다.

아버님은 그저 목적도 없이 살아왔다. 그 얼마나 무위한 일인가.

고작 한 걸음으로 적과 접촉. 전력으로 머리를 밟아 부순다. 느낌은 있다. 있기는 하지만 부서지지 않았다.

그대로 수도를 그 어깨에 내려쳤다.

금속이라도 베려 한 것 같은 둔탁한 감촉. 그 너무나도 강한 경도에 손바닥 쪽이 소리를 내며 삐걱댄다.

미끈거리는 차가운 감촉. 레이지가 아무런 의미도 없는 눈으로 이쪽을 올려다본 뒤, 어깨를 보고 짧은 비명을 질렀다.

통하고 있다. 그 방어를 돌파하고 있다.

어깨에 파인 구멍. 끈적하게 묻은 피를 흔들어서 털어내고, 연격을 때려넣는다.

레이지가 사라진다. 하지만 전투 중에 고양된 정신은 레이지가 있는 장소를 순식간에 감지해내고 있었다.

후방 10미터. 그쯤은 단숨에 답파할 수 있는 거리다.

몸을 돌리며 수도를 날린다.

팔을 들어 막으려 했던 레이지의 팔에 꽂혀, 선혈이 튄다.

느리다. 너무 느리다.

보이고는 있겠지. 하지만 거의 움직이지 않는 몸으로는 피할 수 없으리라.

연비가 나쁜 순간 이동이라도 쓰지 않는 한은.

정면에서 날아오는 '공의 손'을 무효화한다.

이 상황에 이르러도 아직 그 수법을 쓰고 있다는 것은, 역시 공격 스킬이 따로 없는 것인가.

미지의 힘을 경계하지만 쓸 것 같은 기색은 없다.

그도 그럴 것이다. 악마의 스킬에도 룰이 있다. 방어와 공격 양쪽 모두 뛰어난 경우는 있을 수 없다.

하물며 나태의 스킬은 나태하게 지내기 위한 자동 발동 계열^{패시브} 스킬로 대부분이 채워져 있다.

아픔이 없더라도 몇 번이고 연속으로 공격을 당하는 것은 안 좋다고 느꼈는지, 레이지가 다시금 사라진다.

감지한다. 거대한 힘은 탑의 정점으로 전이해 있었다.

영침전에 존재하는 가장 높은 그 건물 위로.

원뿔형 지붕 위에 엎드려 나를 내려다보는 레이지의 눈은 역시 졸려 보였다. 그것은 즉 조금의 빈틈도 없다는 이야기다.

거리는 수백 미터. 하지만 그 정도의 거리 따위는 없는 거나 마찬가지다.

파고들려 한 순간, 성채를 뚫는 기묘한 소리가 들렸다.

주위에 갈색 물체가 일어난다.

표정은커녕 눈코입조차 존재하지 않는 갈색 머리.

가늘고 긴 동체에, 마찬가지로 가늘고 긴 팔다리는 전부가 흙 질감으로, 전신을 보고서야 간신히 사람의 형태를 만들었다는 것을 알 수 있다.

마계가 넓다고 해도, 이런 형태의 악마는 존재하지 않을 것이다.

성장하는 인형을 만들어 내는 스킬.

레이지가 슬로터돌즈라고 불리는 근거가 된 스킬.

'학살인형'.

태어났을 무렵의 자신을 떠올리고, 나는 얼굴을 찌푸렸다.

"······흥, 시시하군."

레이지 본인을 몰아붙인 나를 상대로 이제 막 태어난 인형이 대적할 수 있을 리가 없다.

설령——

근처 일대에 생성된, 감정도 아픔도 사고조차 지니지 않는 인형 '들'을 둘러봤다.

——수백 대를 만들어 냈다고 하더라도.

인형이 그 생김새와는 대비되는 기민한 동작으로 덤벼들었다.

가까이에 만들어진 인형을 수도로 뚫고 반으로 갈랐다.

저항은 있었지만, 그 정도는 막을 가지도 없다.

수도 끝에 붙은 갈색 물체를 확인했다.

"······흙······. 아니, 모래를 근원으로 한 인형인가······."

성채에 쌓인 약간의 모래를 재료로 만들어 냈을 것이다.

확실히 순식간에 이렇게 많이 만들 수 있다면 위협적이다.

하지만 이런 하찮은 일에 자신의 힘을 나누다니, 나라면 있을 수 없는 선택이었다.

설령 이 스킬밖에 남아 있지 않았다고 하더라도.

하늘 높이 있는 아버님을 올려다봤다.

"……아버님, 이것이 마지막 발버둥입니까……."

먼저 태어난 내가 질 리가 없다.

그것은 '오만'의 특성을 생각해도 지극히 당연한 일.

덤벼드는 흙인형의 속도는 확실히 빠르고, 힘도 약하지 않다.

하지만 결국은 그뿐이다. 갈망도 없고, 경험도 없다.

하지만 그래도 이 수를 처리하는 것은 귀찮다.

눈을 막고, 스킬을 사용한다.

'오만의 중압'.
_{하드프레셔}

오만의 상위 스킬.

타인을 강제적으로 무릎 꿇게 하는 시시한 스킬이다. 하지만 약자를 솎아내는데 효과적인 스킬이기도 하다.

무수한 흙인형이 중압에 견디지 못하고 땅에 엎드린다.

가까운 인형의 머리를 밟아 부쉈다.

하찮다. 아니면, 이만한 숫자로 나를 쓰러트릴 수 있으리라고 생각했던 것인가?

설령 만이 넘는 군세를 만들어 냈다고 해도 불가능하다.

"……지금 그쪽으로 가겠습니다, 아버님."

다리에 힘을 모은다. 마력을 순환시킨다. 피로는 없다. 돌바닥을 강하게 찬다.

강대한 신체 능력. 땅에 엎드린 불쌍한 흙인형도, 지상의 모든 것들도 버려 두고 시야가 단숨에 상승한다.

──나는 이미 아득히 옛날에 어디까지고 날 수 있게 되었다.

아버님의 손을 빌리지 않더라도. 아버님이 만들어 낸 존재에 걸맞게.

탑의 끝을 잡아 기세를 죽이고, 지붕을 밟아 부수며 발을 내디뎠다.

엎드려 있던 레이지가 지금까지 본 적이 없는 기민한 움직임으로 이쪽을 포착한다. 하지만 그것마저도 너무 느리다.

그때에는 이미 내 손바닥은 아버님의 왼쪽 가슴——악마의 심장인 혼핵이 있는 위치를 매우 간단하게 꿰뚫었다.

레이지의 눈이 경악으로 일그러지고, 자신의 왼쪽 가슴을 본다.

"편히 쉬십시오, 아버님. 뒤는 저에게 맡겨 주십시오."

"……그래……."

손안에서 확실하게 부서진 악마의 심장.

왕령(尊)이 사라진다.

손바닥을 뽑자, 타락의 왕이 천천히 쓰러졌다.

그대로 탑 아래로 마치 마른 잎처럼 떨어져 간다.

우월했다. 하지만 지금은 소금노 날성삼이 솟아오르지 않는다.

마지막으로 남아 있던 벽, '오만'의 갈망을 충족해, 마 왕(데몬즈 로드)에 이른 것을 본능으로 이해한다.

온몸에 넘치는 힘.

하지만 하다못해 지금만은 위대한 나태의 왕에게 묵도를 바치도록 하자.

그리고 모든 것을 지배하고 돌아가신 나의 주인에게 바치자.

그것이야말로 커튼콜에 어울린다.

제4화 ……시시한 이야기다

이 세상의 모든 것은 사소한 일에 지나지 않는다.

카논 같은 애송이가 대마왕이 되다니 세상 말세였고, 천계는커녕 마계의 제압마저도 못해서 틈을 들이는 이 상황도 형편없다.

지고한 주인마저 처단한 나에게 적 따위는 없다.

지금이라면 틀림없이── 신마저도 죽일 수 있다.

힘이 증가한 손바닥을 쥐었다.

지금까지 마왕에 오르지 못했던 탓에 정체되어 있던 오만의 트리가 엄청난 기세로 성장해 갔다.

확대하는 지각 범위.

새롭게 얻은 스킬. '혼돈의 왕령' 이 단숨에 주인이 사라진 영침전을 채운다.

아버님이 뽐었던 나태의 그것과는 다른, 위에서 짓누르는 듯한 오만의 마력.

하지만 역시 거기에는 고양감도 뭣도 없었다. 달성감조차.

이미 내 위에는 누구도 서 있지 않은데도.

"……흥, 모든 것이 시시하군."

내 적은 이미 이 마계에 존재하지 않는다.

지금 가장 강력한 마왕이라고 이야기되는 파멸의 카논마저도 ―― 유년기를 알고 있는 나에게는 대적할 수 없을 것이다. 그것은 오만에게 있어 압도적인 우위성이다.

지나치는 악마들이 나를 보고, 무릎을 꿇고 머리를 숙인다.

시시한 녀석들이다. 갈망을 진행하는 일도 없고, 타인이 내려주는 것만으로 만족하는 어리석은 놈들.

오만을 달성한 뒤, 목적지는 단 한 곳뿐이었다.

누구 하나 가로막는 자 없이, 문 앞에 선다.

알현실. 한층 더 호화롭고, 그리고 거의 아무도 발을 들인 적이 없는 영침전의 주인을 위한 방.

아무렇게나 문을 연다. 아직 아무도 앉은 적이 없는 옥좌가 호젓이 있었다.

마계에서도 지극히 희소한 금속으로, 숙련된 장인이 오랜 세월을 들여 만든 칠흑의 옥좌다.

청소는 정기적으로 되었을 것이다. 먼지 하나 존재하지 않는 그곳은, 내 아버님과 마찬가지로 잠든 것처럼 조용하고 고요한 공기로 가득 차 있었다.

망설임 없이 아무도 걸터앉은 적이 없는 그곳에 앉는다. 옥좌는 그저 딱딱하고, 차가웠다.

마계에 이미 적은 없다. 애송이 카논을 괴롭히는 취미도 없다.

팔걸이에 턱을 괴고 가만히 생각한다.

"마계에 적은 없다……. 그렇다면 천계로 쳐들어갈까……."

아니꼬운 순백의 날개를 지닌 신의 첨병에 대한 기억.

녀석들은 성질상 악마에 대해 큰 우위성을 지니고 있다. 그것을 정면에서 깨부순다. 심심풀이 정도는 될 것이다.

그리고 천계에까지, 사방 만리에 울려 퍼지게 하자.

나의 이름을. 그리고 과거에 존재했던 위대한 타락의 왕의 이름을.

눈을 감고 그때를 몽상하고 있자 문이 난폭하게 열렸다.

들어온 것은 홍련의 머리카락을 가진 리제 블러드크로스라고 불리는 악마다. 동시에 과거의 카논과 마찬가지로 아버님의 감찰관이었던 여자이기도 하다.

열화를 구현화한 것 같은 불꽃의 시선에, 귀기가 흐르는 용모.

임무에 실패한 데지와 미디아의 연명을, 하필이면 오만인 나에게 명령한 어리석은 여자 악마.

내가 마왕에 이른 일은 이미 알고 있을 텐데, 조금도 흔들리지 않는 그 의지는 대단하다고 평가할 만한 부분인가.

"……큭! 하드 로더. 이건 대체……."

"……흥, 아버님은 붕어하셨다."

"붕어?! 나태의 레이지가?! 대체 무슨———."

시시한 소리를 하는 여자다. 어차피 아버님을 모신 날도 얼마 되지 않는 악마가.

아버님이 나 이외의 존재에게 패배할 리가 없다.

"내가 죽였다. 애송이 카논에게 전하도록. 레이지 님의 위광은…… 내가 잇는다."

장난삼아 마왕의 스킬, 마안을 사용했다.

리제의 몸이 보이지 않는 힘에 속박되어 경직한다. 격이 낮은 자의 행동을 속박하는 힘. 오만이라면 모를까, 이렇게까지 힘에 차이가 있으면 탈출할 방법은 없다.

그렇군, 이것이 '마왕의 마안^{이 빌 아이}'인가. 처음 사용했지만 시시한 스킬이다.

적대하는 세력은 이 팔로 굴복시켜야 의미가 있다. 성격에 맞지 않는군.

"이건…… 마왕의?! 큭! 하드 로더. 설마 주군을 죽이고——."

움직임이 속박되었지만, 몸을 경련시킬 정도로 노기를 끓어올리며 리제가 소리쳤다.

그도 그럴 것이다. 주군 살해. 그것이야말로 오만의 숙원.

아무리 잔챙이를 죽여도 의미는 없다. 상위자를 우월해야 오만.

"이해력이 떨어지는 여자군. 그렇다고 말했다. 두 번째는 없을 것이다. 카논에게 전해라. 내 손을 번거롭게 하지 마라."

"……어째서 레이시 님이 낭신 같은 자에게."

끈질긴 여자다.

일어나 스킬을 사용했다.

마왕이 되고 얻은 스킬은 틀림없이 앞으로의 전쟁에서 중요한 역할을 지닐 것이다. 지는 일 따위는 없겠지만, 단련해 두어서 나쁠 일은 없다.

만에 하나라도 패배하면 아버님의 영광이 땅에 떨어진다.

스킬 기동과 동시에, 사고 속도가 단숨에 가속한다. 세계까지 정지한다.

몸이 가볍다. 고작 한 걸음으로 접근, 그대로 리제의 목덜미를 붙잡아 들어 올렸다. 그 시선은 조금 전까지 내가 있던 장소를 노려보고 있었다.

스킬이 끊긴다. 목을 졸리고 있는 것을 지금 처음 깨달은 것처럼 리제의 얼굴이 경악으로 물들었다.

"큭…… 무──── 컥……."

"두 번째는 없다고 말했을 텐데. ……흥, 그 정도 실력으로 감찰관 필두라니 질이 떨어졌군."

약하다. 너무 약하다. 레이지 님과 비교하면 이 세계는 얼마나 약한가.

조금 힘을 넣은 것만으로 뚝 부러지고 말 것처럼.

리제의 얼굴이 보라색으로 물든다. 분노의 불꽃이 팔을 핥고 있지만 카논의 불꽃마저 우월한 나에게 통할 리가 없다.

……흥, 시시하다. 죽일 가치도 없군.

그대로 한쪽 팔만으로 벽으로 내던진다. 힘 조절은 해 두었다. 죽지는 않을 것이다.

리제에게는 아직 카논에게 통달한다는 역할이 있다.

모든 것이 늦다.

이것이야말로 오만의 마왕의 스킬.

'고고의 땅'.

지각 속도를 크게 향상시켜, 세계를 자신의 것으로 만드는 스킬.

단련된 육체가 있기에 의미가 있는 오만의 극지(極地).

옥좌에 앉는 것과 던진 리제가 벽을 뚫는 것은 거의 동시였다.

영침전에서 가장 튼튼한 알현실조차도 견디지 못했는지, 방이 크게 흔들리고 돌 부스러기가 떨어진다.

영침전은 내 아버지의 묘비다.

다시 건설해야만 한다. 영침전을 대신할 내 성을.

군도 재편할 필요가 있다.

미디아도 데지도 사라졌다.

하지만 이제 와서는 내가 혼자 나서면 충분할 일이다.

군이 3군이나 존재했던 것은 스스로 나서는 일이 없었던 아버님을 대신해 그 위엄을 보인다는 이유가 컸으니까.

"······세계를 내 손에, 인가."

손을 봤다. 타락의 왕을 죽일 정도까지 성장한 자신의 손을.

세계에 얼마만큼의 가치가 있는가.

손에 넣고 나면 그것을 알 수 있나. 과거, 오만의 대마왕은 무엇을 생각해 세계를 손에 넣으려 했던 것인가?

나에게는 정말로 하찮은 이야기처럼 들리지만, 좋다.

세계 전부를 제패해 이름을 알리는 것도 한때의 목적으로는 나쁘지 않다.

"······하드 님······."

"들어와라."

문을 조심스럽게 노크하는 소리가 들렸다.

이미 그 존재는 인식하고 있었다. 마왕의 지각은 악마보다도 아득히 넓다. 하지만 만약 마왕에 이르지 않았다고 하더라도, 알아채고 있었을 것이다.

그 정도로 그 기척은 동요하고 있었다.

약간 경직된 표정으로 들어온 것은 히이로다.

오만의 악마. 색욕을 담당하는 로나의 동생이자, 나와는 다른 수법으로 오만을 파고드는 여자다.

어떤 이유인지 상당히 전부터 나를 따르고 있던, 군인과는 또 다른 악마.

문이 열린 탓인지, 벽에 구멍이 뚫려 있는 탓인지, 매우 차가운 공기가 들어온다.

추위 탓인지 어떤지, 몸을 떨며 히이로가 중얼거렸다.

"……레이지 님을 해치우셨네요."

"그래. 레이지 님은 강했다."

"……축하드려요. 마왕 각하. 저 히이로, 정성을 다해 봉사해 드리겠습니다."

겉치레뿐인 칭찬의 말. 쭈뼛거리는 표정에서 느껴지는 감정은 공포뿐.

진심이 담겨 있지 않은 말 따위는 필요 없다. 원래부터 칭찬을 바라고 아버님을 처치했던 것도 아니다.

"……흥, 쓸데없는 소리는 그만둬라. 나에게 무슨 볼일이지?"

"아…… 예!"

눈앞에서 무릎을 꿇는 그 표정은 파랗게 질리고, 눈에는 눈물이 번지고 있다.

볼 것도 없이, 손발이 덜덜덜 작게 떨리고 있었다.

하찮은 악마다. 상위자에게 경외는 품더라도, 공포를 품게 되면 우월은 할 수 없다.

　그것은 오만에게 있어 하나의 금기이기도 하다. 공포가 없다 하더라도, 단련조차 제대로 하지 않는 이 여자가 악마로서 대성할 수 있으리라고는 생각하지 않지만.

　"실은…… 그게……."

　"간단히 말해라. 다음은 없다."

　히이로는 목을 떨고 있었는지, 마치 쥐어짜 내듯이 말을 꺼냈다.

　젖은 눈동자에 기도하듯이 모은 팔. 거동에서 보이는 주저와 아양.

　"……미디아를 놓치고 말았습니다."

　"……그런가."

　그 말을 듣고도 화가 솟아나지 않는다.

　실망조차 솟아나지 않는다. 그리될 일이라 그리되었다. 그뿐인 이야기다.

　아버님을 처치하기 전의 나었다년 소금 더 감성을 움직였을까. 아니, 그것도 의미가 없는 가정이다.

　히이로를 흘겨보았다. 시선을 받고 히이로가 살짝 물러났다.

　그렇게나 약해져 있던 질투의 악마를 놓치다니, 그 정도의 명령조차도 따르지 못하다니.

　실태. 그것은 나에게 있어 가장 용납할 수 없는 것이었다. 그것은 상대가 자신과 같은 오만의 악마라도 변함이 없다. 설령 그 대상이 사소한 일이었다 하더라도 변함이 없다. 그리고 설령 심중에 솟아오른 감정이 '아무래도 좋다' 였다 하더라도.

옥좌에서 내려와, 히이로의 눈앞에 섰다.

그 표정에 떠오른 공포의 정체가 무엇인지 알았다.

긴 생에서 셀 수 없을 정도로 봐 왔던…… 포식자를 보는 피식자의 눈.

영리한 여자다.

그 분야에서는 언니보다도 훨씬 기민하다.

그리고 그 결정은 올바르다.

만약 나를 속이고 도망쳤다면, 설령 지옥 끝까지 도망쳐도 쫓아가서 죽인다.

확실하게 죽인다. 처참하게 죽인다. 태어난 것을 후회하게 해 주고 죽인다.

하지만 스스로 신고한다면 일격으로 보내 준다.

"마지막 말을 들어 주마."

내 물음에 돌아온 히이로의 대답은 목숨의 구걸이 아니었다.

떨리는 목소리로 자아내는 예상 밖의 말.

"……한 가지만 가르쳐 주세요. 레이지 님보다도 '우월' 해진 지금, 하드 님은 무엇을 할 작정이신가요?"

무엇을 한다. 어떻게 한다. 어떻게 하고 싶은가. 무엇을 하고 싶은가.

그 말에 한순간 말문이 막힌다. 어떻게 할지 같은 것은 이미 진작에 정해져 있었는데도.

"……흥, 당연히 정해져 있다. 이——."

──세계를 내 손에 넣어, 나와 레이지 님의 이름을 울려 퍼지

게 하는 것이다.

그렇게 말하려 한 순간, 히이로가 작게 재채기를 했다.

눈썹을 찌푸렸다. 내 표정을 본 히이로가 황급히 변명했다.

"죄, 죄송해요. 왠지 여기── 추워서……."

히이로가 자신의 팔을 안고 나에 대한 공포가 아닌 다른 이유로 몸을 떨었다.

그때, 처음으로 깨달았다.

확실히 춥다. 어느샌가 바닥에 서리가 잔뜩 깔렸다. 마왕에 이르러 내성이 올라갔기 때문에 알아채지 못했던 것인지, 실온은 이미 빙점 아래까지 내려가 있었다.

계절은 겨울이지만, 아직 한겨울까지는 많이 남았고, 실내가 이렇게까지 추워졌던 적도 없다.

벽에 구멍을 뚫은 탓인가?

아니, 알현실은 구멍에서 멀고, 조금 전까지는 이렇게까지 춥지 않았었다.

확연한 이상 사태.

"……이상하군. 무슨 일이 일어나고 있지?"

이제까지 수십만 년의 생을 돌아봐도, 이런 일은 없었을 텐데.

히이로와 달리 마왕이 된 나에게는 추위에 대한 내성이 있다. 이 정도라면 문제없다.

하지만 방치할 수도 없다.

다시금 히이로가 재채기를 하고, 다시 변명처럼 말했다.

"……오, 오늘은 춥네요……."

"······멍청한 소리 하지 마라. 한낮에 이렇게 기온이 내려갈 리가 없지 않나."

애초에 보통 악마라고 해도, 자연 현상 수준의 기온 변화라면 전혀 개의치 않을 정도의 내성은 지니고 있다.

펼쳐 둔 존 안을 빠짐없이 살폈다.

하지만 이제 막 다루기 시작한 스킬은 역시나 아직 손에 제대로 익지 않았다. 멀어지면 멀어질수록 감각이 희박해진다.

이상 기온? 확실히 겨울이지만 이것은──.

벽을 박살 낸 리제가 간신히 일어났다. 머리에서 흐르는 피로 머리카락이 들러붙었다. 하지만 그 틈으로 날카로운 안광과 전의가 엿보였다.

"하드 로더. 나는 인정하지 않는다. 주군을 죽이는──."

"······흥. 네놈에게 인정받을 생각은 없다."

모든 결정권은 카논에게 있다.

그리고 딱히 카논이 인정하지 않더라도 내가 모든 것을 지배하면 그만인 이야기다.

리제의 몸이 홍련의 불꽃을 두른다. 서리가 순식간에 증발하고 공기로 사라진다.

분노의 상위 스킬.

'염신의 가호'.
블레스 오브 플레임

하찮은 힘이다.

결국 마왕에도 이르지 못한 네놈은 나에게 상처 하나 입히지 못한다.

그것은 단순한 마력의 차이다. 우월의 스킬은 상당한 차이가 없으면 뒤집지 못한다.

시선과 시선이 맞부딪친다. 카논과 비교해 그 분노는 얼마나 연한가. 얼마나 왜소한가. 네놈의 분노에는 무게라는 것이 결여되어 있다.

흥분하는 리제의 곁으로, 히이로가 떨며 다가간다.

입장상 도움이라도 요청하려는가 싶었더니, 그대로 열기를 쬐기 시작했다.

어이가 없어 봤다. 그것은 리제도 마찬가지. 눈을 동그랗게 뜨고 발밑에서 몸을 웅크린 히이로를 봤다.

"……뭘 하는 거야?"

"……으…… 추워요…….."

부들부들 떨며 손바닥을 불꽃에 쬐는 히이로. 상황상 장난치고 있는 것으로밖에는 보이지 않는 모습이지만 본인은 필사적이었다.

하지만 확실히── 조금 전보다도 더욱 기온이 내려가 있다.

리제는 이제 됐다. 순식간에 죽일 수 있고, 그 공격도 전부 카논의 열화판에 지나지 않는다. 이미 우월해 있다.

하지만 이 추위는 뭔가가 이상하다. 그것은 축적된 경험에 의해 날카롭게 벼려진 감이었다.

히이로가 아직 떨며, 나를 올려다봤다.

"……하드 님, 제대로 레이지 님에게 마무리를 하셨나요?"

"혼핵은 부쉈다. 레이지 님은 틀림없이 붕어하셨다."

심장인 혼핵이 부서지면 악마는 존재할 수 없다.

"그러면 어째서 이렇게나 추운 건가요……. 절대로 뭔가 관계가 있다 싶은데요……."

하지만 히이로가 하는 말도 이해가 된다. 옳다.

이 타이밍, 관계가 없다고는 도저히 생각되지 않는다.

하지만 나태에 기온을 저하시키는 스킬 따위는 없을 터다. 적어도 내가 지금까지 살아 왔던 중에는 없었다.

아니, 애초에 악마의 갈망, 능력에 분노의 불꽃은 있어도 얼음 따위는 존재하지 않는다.

눈썹을 찌푸리려고 한 순간── 나는 믿기지 않는 것을 감지했다.

고드름을 등줄기에 넣은 것만 같은 차가운 충격이 몸을 타고 흐른다.

"……나의 '왕령'이 깨졌, 다고……."

"……쿡쿡, 거 봐요~. 제대로 레이지 님의 마지막을 지켜보지 않으니까…… 에취."

"……당신, 잘도 이 타이밍에 웃을 수가 있네……."

기척이 덧칠된다.

압도하는 듯한 무거운 공기에서── 얼어붙는 것처럼 울적하고 어두운 공기로.

그건 결코, 익숙한 아버님의 '나태'가 아니다.

탐욕도 색욕도 분노도 폭식도 질투도 오만도 아니다.

리제가 얼굴을 일그러트렸다.

"뭐, 지……. 이 기척……."

"무슨 마왕이지……. 아니, 마왕인가?"

깨달은 순간, 다리는 멋대로 달려나가고 있었다.

시야가 나는 것처럼 흐른다. 안다. 이 힘의 원천을 안다. 존이 깨졌다고 해도.

리제도 히이로도 흥미 없다.

언제라도 죽일 수 있는 존재에 흥미 따위가 솟을 리도 없다.

영침전에는 은막의 장막이 내려져 있었다.

성안임에도 하얗게 쌓인 눈에, 천장에 쭉 늘어선 거대한 고드름.

그리고—— 정지한 신하들의 모습.

파랗게 질린 공포의 표정으로 굳어 있는 신하의 몸을 건드렸다.

차갑다——. 완전히 얼어붙어 있다.

당황한 것처럼 눈을 크게 뜬 상태에서의 정지. 마치 아직 살아 있는 것처럼 순식간에 굳어 있다.

"……흥, 자연의 것이 아니군."

거기에 느껴지는 마력은 존을 깨트린 그것과 같은 성질의 것이었다.

나태도 탐욕도 색욕도 폭식도 질투도 오만도, 상반되는 불꽃을 지닌 분노까지도, 모든 것이 무차별적으로.

힘의 덩어리에 다가가면 다가갈수록 기온은 점점 저하되어 갔다. 동시에 조각처럼 굳어 있는 신하의 수도 늘어간다.

나아가는 도중에 익숙한 악마를 발견하고, 한순간 멈췄다.

로나다. 온화한 얼굴로 카트를 미는 채로 얼어붙어 있다.

거기에 공포는 없다. 공포조차 느끼지 못한 채로 순식간에 동결된 걸까. 힘의 원천에 다가가게 되면서 냉기가 강해졌으리라.

차가움을 느낄 사이도 없이 얼어붙어 있다.

엄청난 위력이다.

분노의 불꽃에 필적할 위력.

폭식의 파동에 필적할 범위.

그 힘에 영혼이 전의로 가득 찬다.

재미있다.

마왕이 된 내 첫 번째 적으로 어울린다.

힘이 있는 곳은 이미 알고 있었다.

히이로의 말대로일 리는 없다. 하지만 이 정도의 위력을 자랑하는 스킬을 쓸 가능성을 가진 상대는, 외부자를 제외하면 이 영침전에는 단 한 명밖에 없다.

아니……. 단 한 명밖에 없었을 터다.

공기가 확실하게 차갑다. 내성의 스킬이 깨져 가고 있다. 오랫동안 이 장소에 머무르면 설령 나라도 얼어붙어 움직일 수 없게 될 것이다.

이윽고, 힘의 원천에 도달했다.

나태의 레이지…… 아버님의 침실. 지금은 이미 아무도 없을 터인 침실에.

문의 표면은 푸르스름하고 매끄럽게 얼어붙어 있었다. 마치 거울 면처럼. 마치 거절하는 것처럼.

하지만 결국은 얼어붙어 있을 뿐. 주저하지 않고 얼어붙은 문에 힘으로 구멍을 냈다.

실내는 마치 시간이 얼어붙은 것처럼 조용했다.

눈에 들어온 광경에, 자신의 마음이 술렁이는 것을 느꼈다.

산산이 파괴된 침대에 천장에 뚫린 거대한 구멍.

모든 곳에 서리가 내려 얼어붙은 극한의 땅 중심에, 한 남자가 안락의자 위에서 무릎을 안고 있었다.

잘못 볼 리가 없는, 분명하게 혼핵을 쥐어서 부쉈을 터인 아버님이.

살아 있는 것인지 죽은 것인지조차 확실하지 않을 정도로 조용히.

저도 모르게 한 걸음 내딛으려다 반사적으로 다리를 뺐다.

다리를 내려다보고 눈을 크게 떴다.

"⋯⋯이것은⋯⋯ 대체⋯⋯."

다리가 완전히 얼어붙어 있었다.

감각이 없다. 아픔조차 없다. 마치 무기물처럼, 매끄러운 면이 빛을 괴이하게 반사하고 있다.

손바닥으로 살짝 만졌다. 지극히 단단하고 차갑다. 너무나도 강한 그 냉기에 둔한 통증이 손바닥을 타고 흘렀다.

인식할 틈조차 없었다. 다리를 뺀 것은 그저 이제까지 쌓아 왔던 전사의 감 덕분이다.

내성 계열의 스킬은 기본적으로 그 속성의 대미지를 받으면 받을수록 성장한다. 분노로 불꽃의 내성은 붙어 있었지만, 얼음의 내성은 낮은 레벨밖에 지니고 있지 않다.

왜냐면—— 악마가 가진 일곱 원죄의 스킬에는 지금까지 얼음 속성의 공격이 없었으니까.

저도 모르게 한숨을 쉬었다.

"아버님……. 이건 또 지독한 비장의 수를 지니고 있었군."

바로 지금까지 상정하지 않았던 힘. 아니, 힘은 확연하게—— 나태와는 방향성이 달랐다.

내쉬는 숨이 순식간에 얼고, 세밀한 얼음 가루가 되어 바닥에 떨어져 작은 소리를 냈다.

각오는 이미 되어 있었다. 이 정도로, 이해 불능이라고 물러날 정도의 각오로 지고한 존재에 도전하지 않았다.

실내로 한 발 내디뎌 들어간다. 절대영도에 가까운 은막의 세계. 소리도 없고, 먼지고 뭐고 아무것도 존재하지 않는 청렴한 공기.

땅에 반쯤 얼어붙은 다리가 닿은 순간에, 얼음이 순식간에 침식을 시작한다.

이윽고 상정했던 대로 실내의 온도는 방 바깥과 비교할 바가 아니다. 공기는 물론이고 바닥도. 말하자면, 이곳은 결계라고 할까.

"……하지만, 이래야 나의 주군에 어울리는 법이지."

그렇다. 너무나도 손쉽게 이겼다고 생각했다. 이 정도가 아닐 것이라고 생각했다.

그도 그럴 것이, 끝나고 보니 내 몸에는 상처 하나 생기지 않았으니까.

허벅지까지 올라왔던 빙결의 침식이 멈춘다.

내가 고작 결계 따위에 당할 리가 없다.

그 오만이 이 죽음의 세계에서 유일하게 나를 이루는 것이다.

내디딜 때마다 그 냉기의 파동이 피부를 태운다. 너무 차가워서 마치 불꽃처럼 뜨겁다.

그 위력은 분노의 불꽃에 뒤지지 않는다. 존은 저항마저 용납하지 않고, 모든 것이 얼어붙고 정지한 이 세계는 틀림없이 아버님의 세계였다.

이제 막 손에 넣었던 속도도 힘도 통하지 않는 잔혹한 세계.

모든 기력을 담지 않으면 순식간에 얼음 조각으로 변하겠지. 바깥에 있는 악마들처럼.

"……이런 이런……. 시시한 이야기다……."

하지만 그것을 정면에서 깨트려야 나의 오만이다.

책략 따윈 나의 오만 앞에 필요 없다.

떠오르는 기억.

단 한 명, 내 앞에 선 절대적인 창조주.

아무리 용모나 행동이 나태하다 하더라도 관계없었다.

힘. 단지 그것만이 있으면 된다.

아아, 저것을 보라. 이 얼마나 강하고, 아름다운가.

마계가 넓다 해도, 천계까지 포함해도, 이 이상 완성된 미는 존재할 리 없다.

그렇기 때문에, 그렇기에 의미가 있다.

"──그것을 내가 뛰어넘는다."

내 목소리는 과연 만물이 얼어붙은 이 세계에서 아버님에게까지 닿았을까.

정말, 끈질기기 그지없다.

어떠한 섭리로 혼핵이 부서지고도 살아 있는지는 모르겠지만, 지금 다시 한번 명부 밑바닥으로 가라앉혀 주겠다.

무릎을 껴안은 채로 고개를 숙인 주인에게 선언한다.

꿈적하지 않는 그 팔은 안 그래도 하얗던 이전을 초월해, 이제는 얼음처럼 투명했다.

나와 같은 검은 머리에 내린 하얀 서리.

너무나도 생기가 없는 모습에, 잠시 손을 내미는 것을 주저했다.

거리는 이미 50센티. 손을 뻗으면 충분히 닿는 거리. 보통 때라면 1초도 필요 없을 정도의 거리.

하지만 그것은 닿으면 무너지고 말 것만 같은 허무함에 가득차 있었다.

아버님이 고개를 천천히 든다.

유리구슬처럼 감정이 없는 눈이 나를 아무런 의미도 없이 본다. 나태의 레이지의 안광보다도 훨씬 색이 있고, 훨씬 어두운 절망의 눈.

그것은 계속 따랐던 나조차도 처음으로 보는 표정.

그리고 아버님의 거의 열리지 않는 입이 조금 열리고, 살짝 움직였다.

《얼음의 허물》
프리징 그레이브
상대를 얼음으로 가둔다.

《깊은 절망의 하얀 세계》
앱솔루트 레퀴엠
냉기의 비를 내려 일대를 눈과 얼음으로 가둔다.
위력은 사용자의 감정 기복에 따라 변화한다.

Chapter.4

우
울

Melancholia

제1화 한 용사와 만났다

아마도 그것은 내가 아는 가장 오래된 기억일 것이다.

내가 아직 마왕조차 아닌 그냥 조금 나태한 악마였던 시절의 이야기.

한 명의 용사와 만났다. 굉장히 아름다운, 파르스름한 은색 머리카락을 지닌 용사로, 지금 기준으로 말하자면 그다지 강하지 않았지만, 다이아몬드처럼 투명한 용기와 칼처럼 잘 갈린 강인한 의지가 담긴 눈동자는 전생을 포함해도 가장 아름다운 것이었다.

은벽의 세르주. 그것이 그 용사의 이름이다.

남보다 조금 강하고, 재능이 조금 있었고, 덤으로 조금 용기가 있었던, 그저 그뿐인 소녀의 이름.

최하급의 악마를 쓰러트리는 것조차 힘겨웠던 주제에, 무모한 꿈만을 품고 마계에 홀로 내려온 영웅의 이름.

인간과 비교하면 마계의 악마는 초월적으로 강하다.

그런 탓에 아직 인간 기준으로 10대 중반이었던 소녀가 홀로 마계에 도전하는 것은 더할 나위 없이 무모하고 어리석었고, 나를 가장 먼저 만났던 것은 대단히 운이 좋은 일이었다.

마력의 여기(勵起)에 곤두선 은벽색 머리카락. 손안의 빛을 형태로 만든 것 같은 차가운 한 자루의 성검.

빛을 등지고 있었지만, 그 빛은 마계의 어둠 앞에서 너무 작다.

그녀의 목적은 틀림없이 마왕으로. 그러니까 아직 마왕조차 아닌 나와의 만남은 아마 그냥 우연이었을 것이다.

나와 세르주의 싸움은 더할 수 없이 치열했다.

그저 그 자리에 엎드려 누운 나에게 홀로 성검을 휘두르는 고고한 용사. 희곡이라면 익살극이라고 비웃음당했을 만한 성전.

용사 세르주.

그 의지와 기합만은 충분했지만 힘의 차이는 분명했다. 그 공격은 나에게 약간의 상처밖에 입히지 못하고, 그 상처도 순식간에 사라졌다. 나에게는 세르주를 죽일 만한 공격 스킬이 없고, 그럴 마음도 없었다. 그리고 세르주에게는 내 VIT을 아주 약간 돌파할 정도의 힘밖에 없었다.

그것은 다람쥐 쳇바퀴라고 부르기에도 어리석은, 영원히 끝나지 않을 사투로, 어쩌면 전투라고도 부를 수 없을지도 모른다. 특히 나는, 이쪽을 해하지 못하는 자를 제대로 상대할 정도로 '근면' 하지 못했으니까.

그래도 아무리 생각해도 영원히 끝나지 않을 상황을 눈앞에 두고 한 걸음도 물러나지 않는 그 소녀의 자세는 분명히 용사답고, '아아, 이곳은 이세계로구나~.' 하고 생각하게 했다.

그리고 동시에 생각했다. 나는 언젠가 피나는 노력을, 단련을 통해 강해진 이 용사에게 죽게 될 것이라고.

그것도 또한 좋을지도 모른다고.

확실히 지금은 약하다. 하지만 놓치면 다음에는 죽는다. 거기에는 그렇게 생각하게 할 만큼의 기백이 있었다. 영혼의 빛이라고 불러야 할까. 그것은 확실히 나를 압도하고 있었다.

마왕은 언젠가 용사에게 토벌당하는 법이다.

전생에서 TV 게임 등을 제대로 하지 않았던 나로서도 그 정도는 알고 있다. 입장이 달라지면 행복의 정의도 달라진다. 그것이 야말로 해피엔딩일 것이다.

어차피 나는 원해서 살아 있는 것이 아니다. 죽기 싫으니까 살아 있는 것뿐이니──

──그것마저도, 이 용사를 위해서라면 참을 수 있을 것이다.

재회한 것은 그 뒤로 5년 뒤다. 헤아리고 있었으니까 확실하게 기억하고 있다.

세르주는 성장해 있었다.

사람으로서는 강하더라도 악마와 비교하면 그다지 강하지는 않아서 나태의 악마 한 명 죽이지 못한, 돌출된 것은 그 용기밖에 없는 보잘것없는 인간이었던 세르주. 그녀는 마치 전국시대처럼 1년 내내 멈추지 않고 전쟁을 계속하는 마계의 장군급 악마조차 일대일로 쓰러트릴 수 있는, 인류라는 틀 중에서 최고 수준인 ── 지고의 검이 되어 있었다.

게임적으로 표현하면, 그녀는 치트 캐릭터였을 것이다.

아니, 그것은 그녀에 대한 모욕이다. 거기에 얼마만큼의 단련이 있었는지 나는 모른다. 틀림없이 나약한 나 따위가 했다가는 몇 분 만에 포기할 만한 처절한 수행을 반복했을 것이다. 그 5년 사이에 얼마만큼의 모험이 있었을지, 그저 계속 자고 있던 나로서는 알 방법이 없다.

내가 알았던 것은 겨우 두 가지뿐이다. 고작 두 가지의 사실뿐이다.

세르주는 장군급 악마와도 대등하게 맞서 싸울 수 있는 강력한 용사가 되어 있었다.

그리고 나는 마왕이 되어 있었다.

이 세상은, 세계는 잔혹하고, 허무하고, 그리고 시시하다.

마계는 약육강식. 내 나태는 세르주의 노력을 뛰어넘었다. 고작 그뿐이다.

세르주의 단련된 전의는, 과거 나에게 약간의 상처를 입혔던 칼날은, 재회했을 때에는 이미 내 머리카락 한 올도 상처 입힐 수 없었다. 상처 입힐 수 없을 정도의 차이가 벌어져 있었다.

노력이 보답받는다고는 단정할 수 없다.

그 답답한 이전 생의 법칙은 이세계에서도 적용되고 있었다.

이건 결과를 본 뒤니까 할 수 있는 이야기다.

세르주는 첫 전투에서 내 몸을 거의 상처 입히지 못하더라도, 후퇴해서는 안 됐다. 아직 상처 입힐 수 있는 사이에 어떻게 해서라도 나를 죽였어야 했다. 그것이 처음이자 마지막 기회였던 것이다. 그리고 인간이기 때문에 수명이라는 이름의 족쇄에서 벗어날 수 없는 그녀는 그 기회를 영원히 잃고 말았다.

눈물을 흘리며 검을 휘두르는 그 용사의 눈은 처음 만났을 때와 마찬가지로 지극히 아름답고, 허무했다. 마치 유성처럼 반짝이는 그 칼끝을 보고, 나는 조금 졸려서 잠을 잤다.

깨어났을 때 내 눈에 들어온 것은 무릎을 꿇고 뚝뚝 눈물을 흘리는 용사의 모습이었다.

성검은 빛을 잃고, 평범한 쇳덩이가 되어 아무렇게나 지면에 꽂혀 있었다.

세르주에게는 상처 하나 없다. 당연하다. 나는 손가락 하나 건드리지 않았으니까.

하지만 어떤 중상을 입더라도, 팔다리 한두 개가 날아가더라도 우는소리 한마디 하지 않고 계속 싸우려고 해 왔던 용사, 마치 평범한 여자아이처럼 펑펑 울고 있었다.

한 조각의 전의도 보이지 않는 공허한 눈동자. 초췌하다는 표현이 부족하게 느껴질 정도의 절망.

마치 내가 무언가를 부수고 말았던 것처럼.

처음 만났던 그때 느꼈던 충격, 내가 느꼈던 감정은 '사랑'이었을 것이다. 이미 기억하지 못하고 있지만 아마 그렇지 않았을까 생각한다.

하지만 결국 그 용사가 어떻게 되는지 나는 기억하지 못하고 있다. 알고 있는 것은 은벽의 세르주라고 불리며 지상에서는 희망의 별이었던 그녀의 활약이 그때를 기점으로 끝났다는 것뿐이다.

언제나, 늘 신기한 게 있었다.

환생하고 나서의 내 의문 중 한 가지였다.

어째서 다른 악마는 검게 타오르는 듯한 영혼의 빛을 가지고, 화내고 원하고 내려다보고 범하고 잡아먹고 질투하는 것일까.

어째서, 그저 조용히 잠들지 못하는 것일까.

악마로서의 힘을 원한다면―― 그저 자고 있기만 하면 되는데.

어째서 그렇게 액티브하게 움직이려 하는 것일까.

그저 잠을 잘 뿐이라면, 악마의 몸은 길어도 고작 백 년이 수명인 인간과 달리 몇천몇만 년의 터무니없이 긴 시간을 살아 있을 수 있는데도.

그것이 착각이었다고 깨달은 것은 상당히 나중이 되었을 무렵이다.

――타락의 왕.

셀 수 없을 정도의 세월이 지났을 때. 무수히 많은 악마와 용사, 천사마저도 잠자며 내버려 두었을 때. 이윽고 누군가가 부르기 시작한 '타락의 왕' 따위의 한심한 호칭이 퍼져 널리 인지된 그 때가 되어서야, 나는 마침내 깨달았던 것이다.

아아, 이것은 본성인 것이라고.

그들에게 있어 화내고 원하고 내려다보고 범하고 잡아먹고 질투하는 일은 살아 있는 존재 의의이자, 그 증명이기도 하다고.

단순한 이야기다. 잠자지 않는 것이 아니다. 자고 있을 수 없었던 것이다. 그 영혼을 정련하기 위해.

애초부터 각오가 달랐다는 것이고, 그렇기에 아무런 각오도 없이 나태의 마왕이 된 나로서는 전혀 이해할 수 없는 이야기였다. 이치는 알아도 실감할 수 없는 이야기였다.

나는 아무것도 생각하지 않고 있다. 힘 따위는 아무래도 좋았다. 존재 따위 증명할 마음도 없었다.

환생 전, 평화로운 일본에서 살았던 시절부터 욕심은 거의 없었다. 취미도 없었다. 최저한의 생존 활동을 제외한 빈틈을 채우는 수면만이 마음의 지주였다.

그렇지만 이것은 현대 사회에서 살아가는 젊은이에게는 상당히 흔한 이야기이리라. 내 동료들이 이 세계로 환생한다면 틀림없이 모두 나와 같은 나태의 악마가 될 것이다.

목적 따위는 없었다. 굳이 말하자면 나태야말로 내 목적이었다. 갈망의 끝에 힘을 원하는 악마와 감각이 달랐던 것이, 내가 일찌감치 마왕에 도달하고 만 이유일지도 모른다.

용사와 싸우고 싶다고 생각하지 않았고, 세계 정복이나 마계 통일에도 흥미가 전혀 없다.

그저 그곳에 있다. 나태가 노력이 될 수 있는 세계에.

이 무슨 공허를 느끼게 하는 말인가.

그저 자고 있을 뿐인 나에게, 아무런 의미도 없이 자고 있을 뿐인 나에게, 악마도 사람도 천사도 무릎을 꿇었다. 그중에는 같은 나태의 악마마저 있었다.

타락? 아니다. 나에게는 그냥 일상이다.

나도 할 때는 하는 남자다. 단지 그때가 오지 않을 뿐이지.

그들이 원하지만 손에 넣지 못하는 것이 나에게는 쓰레기 이하의 가치밖에 없다.

눈을 감고 있는 것만으로도 점점 힘이 늘어갔다. 아무래도 좋은 이야기지만.

쓸 수 있는 스킬과 할 수 있는 일이 점점 늘었다. 그것과 비례해서 내 활동 범위는 점점 좁아졌다. 스킬의 힘으로 식사도 배설도 필요 없다. 호흡조차 필요 없다. 하지만 그것마저도 아무래도 좋을 이야기였다.

내 욕망은 단 한 가지. 환생 전부터 일관되게 변하지 않았다.

──그냥, 나를 잠자게 해 줘.

일주일의 장기 휴가조차 요일의 감각이 어긋난다. 적어도 나는 그랬다.

일주일이 하루가 되고, 1초로 느껴지니까 시간은 필요 없다. 해만 지나간다. 주위의 면면이 적도 아군도 변화한다.

헤아리지 않아서 모르겠지만, 아마 80년 정도 지났을 무렵일까.

잠드는 것마저 귀찮게 느껴시기 시작한 그때, 나는 깨딜있다. 아니, 그때 새롭게 발생했던 것일지도 모른다.

자신의 내부에 잠든 힘.

나태의 스킬 트리에서 파생되는 것처럼, 기생하는 것처럼 접속된 한 개의 새로운 계통수.

Melancholia
'우울'.

차가운 실망과 우려를 담당하는 나태의 서브 트리를.

그리고 다시, 또 다시 의미 없는 패배자가 마치 먼지처럼 내려 쌓여 갔다.

노력도, 단련도, 감정조차 아무런 의미도 없는 어둠의 세계. 용사가 마왕에게 패배하는 잔혹한 세계.

　그것은 마치 살얼음처럼 차갑고, 허무하고, 그리고 아름답다.

　과거 내 친구는 나에게 최강의 나태가 되라고 말했다.

　그런 칭호, 나에게는 흥미도 없다.

제2화 아직 이 세계에 만족하지 않았다

"굉장히…… 우울해."

자잘한 소리를 내며, 공기가 온도를 잃고 순식간에 얼어붙는다.

춥다. 그냥 한없이 춥다. 몸 밑바닥, 마음 밑바닥에서 열을 빼앗기고 있는 것처럼.

하지만 동시에 내가 지닌 완강성은 이 정도의 빙결이 돌파할 수 있을 레벨이 아니다.

그것은 은빛으로 아름다운 세계였다.

모든 것이 하얗게 응고되어 얼어붙고, 먼지 하나 없어진 공기는 높은 산의 정점처럼 매우 맑았다.

눈앞에서 남자가 완전히 얼어붙어 있었다.

흑발의 장신 남자. 옷 위로도 확실히 알 수 있을 정도로 단련된 육체와 마력. 분명하게 뜬인 채로 정지된 그 눈동자에 비친 것은 달관과 우려, 그리고 동시에 강한 환희. 입가에는 일그러진 웃음이 달라붙어 있었다.

안락의자에서 다리를 뻗어 가만히 일어난다. 발밑에서 치밀어 오르는, 이제까지 느껴 본 적이 없는 찌르는 듯한 차가움을 이를 악물고 참았다.

나태의 힘이 저하한다. 나태는 일어나는 것조차 용납하지 않는다.

일어나지 않는 것이 아니다. 일어날 수 없다. 움직일 수 없다. 그것이야말로 나태의 진상.

하지만 힘 같은 것은 아무래도 좋은 나에게 그런 이치 또한 아무래도 좋을 이야기다.

힘의 원천이 우울로 기울어진 탓인지, 마음이 오로지 무거웠다.

남자의 굳어 있는 표정에 가만히 손을 뻗었다.

아는 얼굴이다. 상당히 옛날부터 내 밑에 붙어 있던 남자다. 이름은 기억하지 못하지만, 그 생김새는 내 머릿속에 분명히 새겨져 있다.

아니, 다르다. 새겨져 있다는 정도의 레벨이 아니다.

얼어붙어 있던 그 몸을 손끝으로 건드렸다. 본능으로 알았다.

체스의 말. 과거 내 친구가 가져왔던 체스의 말에 부여했던 영혼.

말은 흑의 킹. 기억의 깊숙한 밑바닥에 희미하게 걸려 있다.

문득 친구의 말이 떠올랐다.

'틀림없이 너는── 최강의 나태가 될 수 있어.'

강했다. 분명히 강했다. 혼핵을 부술 수 있을 만큼은.

그랬던…… 건가.

"……만족은 했나……."

"…………."

모든 노력을 고생으로 여기지 않는 악마.

그러면서 아무것도 얻을 수 없었던 불쌍한 남자다.

아무 말도 하지 않고 시간이 멈춘 남자를 그저 생각했다.

"……나는 아직 이 세계에 만족하지 않았어."

'우울'을 얻었을 때 생겨난, 왼쪽 가슴에 내장된 두 번째 혼핵에서 흘러나온 힘이 손가락을 타고 쩌저적 퍼져 나간다.

그저, 있는 그대로의 모습으로 굳어 있던 남자의 주위로 물이 소용돌이치고 얼음으로 변한다.

얼음의 관을 만들어 내는 '우울'의 스킬.

프리징 그레이브
'얼음의 허물'.

투명한 얼음에 갇혀, 완전한 얼음 기둥으로 변한 남자의 옆을 지나친다.

이 세계에 태어나고서, 아직까지 제대로 싸운 적도 단련한 적도 없다.

그런데 어째서 약육강식이라고 이야기되는 마계에서 단 한 번의 패배도 하지 않는 것인가.

나는 자는 것을 좋아한다.

아무런 의미도 없이 침대 위에서 뒹굴며, 그저 무의미하게 시간을 보내는 것을 좋아한다.

행동 하나 하지 않더라도 식사가 가능한 것은 훌륭하고, 청소가 멋대로 이루어지는 것도 꽤 마음에 든다.

지난 생에서는 손에 넣을 수 없었던 것이다.

그래도 나는 의외로 노력이라는 것을 좋아했다. 좋아한다기보다, 믿고 있었다.

아니, 내가 노력하진 않지만.

그래도 믿는 것 정도는 자유일 테니까.

"시시한 세계구나……. 이 세계는……."

이 세계는 지독하게 잔혹하다.

지구는 지구대로 상당히 잔혹했지만, 힘에 좌우되는 만큼 이 마계는 더욱 무자비하다.

나는 그냥 마음에 들지 않았다.

아니, 용납할 수 없었다.

마왕을 토벌하기 위해 힘든 단련을 반복하며 이빨을 갈아 왔던 세르주가 아무것도 하지 않았던 나에게 패배하는 것이.

내가 그런 소리를 하다니 번지수가 잘못된 일임은 자각하고 있다. 하지만 그래도 한탄하지 않을 수가 없었다.

부서졌던 나태의 혼핵이 천천히 치유되어 간다. 그것에 비례하듯이 머리가 무거워졌다.

우울하다. 그저 우울하다.

울적한 마음 깊숙한 곳에 쌓이는 차가운 어둠.

잠든 사이에도 가끔 느낀 그것이 아마도 내가 우울을 얻고 말았던 이유이리라.

옛날부터 회사에 가기 전이라든지 학교에 가기 전 같을 때 우울해졌으니까 어쩌면 그쪽이 원인일지도 모르겠지만, 지금에 와서는 진실을 확인할 방법이 없으니까 아무래도 좋다.

시야가 어째선지 매우 어둡다.

깨진 얼음의 문을 지나간다.

실외로 한 걸음 내디딘 순간 약간 서리가 내렸던 바닥이 단숨에 완전히 얼어붙더니 쩌적쩌적 소리를 내며 통로를 질주해 간다.

영지 전토로 퍼진 지각은 지독하게 성가셔, 아무리 시간이 흘러도 익숙해지지 않는다.

멈추지 않고 영혼을 흔드는 감정의 탁류에 현기증이 나서 벽에 손을 짚었다. 닿은 부분을 중심으로 하얀 힘이 퍼진다. 소리 하나 내지 않고, 모든 것이 영원한 얼음으로 뒤덮여 간다.

과거 이 세계에 막 환생했을 무렵, 스킬에 대해 가르쳐 준 녀석이 있었다.

솔직히 말하자면, 이해할 수가 없었다.

악마가 지닌 힘에는 스킬 그 자체를 복제하거나 빼앗거나, 무효화시키거나 잡아먹거나 소멸시키는 등 영문을 알 수 없는 힘이 있다고 한다. 일격을 맞는 것만으로 모든 것이 끝나고 마는 영문을 알 수 없는 힘. 파워 인플레가 지나치다 싶다.

있을 수 없다고 생각했다.

난센스였다. 나는 아직 죽고 싶지 않다.

누구라도 죽고 싶지는 않을 것이다. 무엇보다 사후 세계가 지금보다 편하다고는 단정할 수 없다.

적어도 죽기 직전까지는 전생에서도 그런 마음이었고, 악마로서 생을 받아 오랜 세월 존재한 지금도 변함이 없다.

그러니까, 지지 않았다. 그러니까, 아직 살아 있다. 의미를 알 수 없는 힘 전부를 그저 무위인 채로 물리치고.

시간의 흐름에서 괴리되고 틀어박혀 몸을 지키는 나태의 카드와 자신도 타인도 무차별하게 정지된 어두운 세계로 끌어들이는 우울의 카드.

그 두 가지 비장의 수에 바라는 것은 단 한 가지뿐.

——그저, 나를 고독하게 잠들게 해 줘. 그저, 조용하게. 그저, 나태하게.

"어…… 레이지…… 님? 이것……은……."

"아아……."

모퉁이에서 나타난 것은 분노의 악마였다. 리제 블러드크로스.

아마도 나와 가장 대극에 있는 존재이기도 하다. 열화처럼 빛나는 불꽃을 뿌려대는 속성. 분노.

축축하고 어두운 곳에 즐겨 숨는 나와는 양립할 수 없는 존재.

"어째서…… 레이지 님이…… 걷고……."

"나도 걷는 일 정도는…… 있어."

이래 봬도, 대체로 오후부터이긴 해도 매일 전철을 타고 회사에 다녔었다.

설 수 없다고 생각하는 쪽이…… 이상하다. 애초에 악마의 신체 능력이 인간을 크게 웃도는 것은 널리 알려진 사실로, 인간이었던 시절의 내가 걸을 수 있었는데 지금의 내가 못 걸을 리 없을 것이다.

아무튼 새삼 그런 말을 해도 의미는 없다.

얼굴을 든다. 리제의 시선과 내 시선이 부딪친다. 분노를 담당하는 그녀지만, 시선에 담겨 있던 것은 분노가 아니라 곤혹이었다.

전신에 두른 불꽃의 갑옷.

신기한 분노의 힘으로 이 극한 속에서 어찌어찌 버티고 있을 것이다.

　시선을 좌우로 돌렸다. 그늘에 몸을 감추고 이쪽을 살피는 금발에 푸른 눈을 한 악마.

　한 걸음 한 걸음, 조용히 발을 앞으로 움직였다.

　30센티 정도의 지근거리. 리제가 정신을 차리지 못하는 표정으로 나를 올려다보고 있었다.

　"잠깐…… 리제 씨! 위험──."

　"어……?"

　소녀에게 밀쳐져, 내 손이 허공을 갈랐다.

　하지만 대신에 내 손은 금발에 푸른 눈을 한 악마의 머리카락에 닿았다. 로나의 옆에 있던 여자다. 이름은 뭐라고 했던가.

　"어째서…… 움직이고…… 사기네요……. 후훗──."

　순식간에 소녀의 모습이 그대로 시간을 멈췄다.

　당장에라도 울음을 터트릴 것만 같은 눈동자와 억지로 웃으려고 했던 것처럼 일그러진 입술. 얼어붙은 그 모습은 마치 인형 같다.

　"……그러냐."

　그야 나도 기분에 따라서는…… 조금 산책을 나서자고 생각할 때 정도는 있다.

　그리고 사기? 어째서 사기지?

　나태의 악마가 움직이면 안 된다고 누가 정했지?

　해명할 마음은 결코 없지만, 너희는 틀림없이…… 나를 착각하고 있다.

당황한 리제가 얼어붙은 악마에게 달려와, 그 어깨를 건드린다.

"히이로?! 레이지 님……? 어, 어째서…… 동료를——."

필사적인 말.

울적했던 사고의 소용돌이에서 생각한다.

동료? 그런가. 동료였었나. 나에게는 동료가 있었나.

하지만 그런 것도, 더는 아무래도 좋은 일처럼 생각된다.

한숨은 순식간에 얼음의 숨결로 변했다.

어째서? 왜? 그런 것은 간단하다.

"천천히 잠들고 싶으니까 말이지."

"뭐?! 어? 잠들고…… 싶다고?"

"……그리고, 이거…… 좀처럼 제어가 안 돼."

"어? 무슨 그런 민폐스러운——."

천천히 내민 평범한 손을, 리제는 피하지 못했다.

손끝이 리제의 어깨에 걸린다. 두르고 있던 불꽃이 순식간에 삿아들고 그대로 성지했다.

리제의 표정. 분노를 담당한다고는 생각되지 않는 얼빠진 표정인 채로, 더는 움직이는 일은 없다.

자신이 저지른 일인데도 대단히 슬프고 공허하다. 그리고 동시에 우울의 스킬이 성장하는 것을 느꼈다.

이 세계는 이 얼마나 허무한가.

이 세계는 이 얼마나 연약한가.

그것이야말로, 내 안에 있는 우울의 스킬 트리가 매 순간 조금씩 성장하는 이유겠지.

사람의 감성, 인간의 에고를 지니고 태어난 악마의 시간. 너무나도 제멋대로이고 어찌할 수도 없는 감정.

　추한 감정이다. 그저 제멋대로 게으르게 살아왔던 나에게, 세상을 허무하게 여길 권리 따위는 없는데도.

　어딘가 조용한 곳에서 혼자가 되고 싶다.

　더 이상 이 성채 안에서 움직이는 악마는 없다. 하지만 그 얼음 기둥이 된 존재조차 성가시다.

　그래…… 탑에 올라가도록 하자.

　이 성채에서 가장 높은 장소로.

　과거에 한 번, 누군가에게 등에 업혀 올라갔던 적이 있었을 것이다. 분명 10년 정도 전이었던가.

　그 전후는 더는 아무것도 기억하지 못하지만, 그저 탑의 꼭대기에서 바라봤던 풍경만은 기억하고 있다.

　가로막는 것이 없이 어디까지고 펼쳐진 성채. 먼 땅에 그어진 한 줄기 새빨간 지평선.

　틀림없이 지금 봐도 감상적인 기분이 될 것이다.

제3화 틀림없이 내일은 좋은 일이

어째선지 눈물이 나왔다.

사람은 정말로 감동적인 것을 앞에 두면 그저 눈물을 흘릴 수밖에 없는 것이겠지.

그리고 그 눈물조차도 피부에서 떨어진 순간에 얼어붙어, 알갱이가 되어 그대로 바닥을 굴렀다.

아득히 검은 대지에 솟은 터무니없이 거대한 구조물. 견고하기 그지없는 투박하고 매끄러운 돌이 쌓여 만들어진 성채는, 건축 분야에 전혀 조예가 없는 내가 봐도 고작 몇 년으로는 완성할 수 없다는 것을 한눈에 일 수 있다.

지구에서 봤던 그것과는 다른 마계의 푸른 달과 붉은 하늘 또한 두려움을 느낄 정도로 매혹적이라 그저 아름답다.

그것은 판타지 세계 그 자체이고, 그리고 말할 것도 없이 이곳은 판타지 세계였다.

탑 정상은 주위 일대를 전망할 수 있는 구조로 되어 있다. 조금 전까지의 전투로 일부가 파괴되었지만, 아무런 문제도 없다.

사방에 설치된 거대한 유리창으로는 이 땅을 빙글 돌아가며 내려다볼 수 있었지만, 나는 하나의 창문만으로 충분했다.

"……하아."

한숨에 노출된 유리창이 얼어붙고, 소리도 없이 깨졌다.

생물의 기척 하나 없는 성채는 지독하게 조용하고, 지독하게 허무하다.

하늘에서 작은 하얀 알갱이가 떨어진다.

손으로 잡지 않아도 안다. 마계에 눈은 내리지 않는다.

그러니까 그것은 내게 전생부터 헤아려 수십 년 만의 눈이었다.

이렇게 보고 있으면 기억이 난다.

"탁자난로에 들어가고 싶네……."

감정에 호응하듯이 유리가 완전히 얼어붙어 산산이 깨졌다. 눈이 더욱 기세가 강해져, 눈보라가 되어 탑 내부에 쌓였다.

……그런 걸 바라는 마음은 전혀 없는데.

눈을 만졌다. 그 남자에게 산산이 부서졌던 나태의 혼핵은 이미 거의 완전하게 회복되어 있었다.

나태의 스킬을 지녔기에 눈의 차가움 따위는 느낄 수 없다. 하지만 만지고 있으면 어딘가 차갑게 느끼고 마는 것은, 아직 지구에 있던 시절의 기억 탓일까.

그렇게 생각한 순간, 눈의 기세가 더욱 강해졌다.

잿빛의 두꺼운 구름이 소용돌이치고, 막대한 수의 얼음 알갱이를 지면에 뿌린다. 더는 이곳에서 성채를 한눈에 내려다볼 수 없다.

그것이 대단히 슬프다.

그렇게 생각한 순간에 구름이 더욱 두꺼워지고, 잿빛은 완전히 검어져, 마치 암막을 내린 것처럼 세계가 어둠으로 덮였다.

──그것이 그저, 나는 대단히 슬펐다.

살을 에는 듯한 예리한 바람이 분다. 이미 기온은 보통 악마라면 얼음덩어리가 될 레벨까지 떨어져 있었다.

모든 것은 내 감정이 행한 일.

우울의 트리라니, 이 세계를 만든 녀석 바보가 아닐까. 무한 루프잖아 이건.

아무리 생각해 봐도 갈망도 뭣도 아니고…… 제대로 통제할 수도 없고.

완전히 회복한 힘. 나태의 힘이 우울의 그것에 뒤섞인다.

비탄하는 것도 귀찮아지기 시작했다.

"……뭐, 그것도 또한 아무래도 좋은 일이야."

만물이 평등하게 귀찮고, 모든 행동에 의미 따윈 없다.

이제 와서 내가 무슨 말을 하든 무엇을 하든, 세계의 섭리가 바뀔 리도 없다.

그렇다면 아무것도 하지 않는다.

오랜만에 걸었던 탓인지 다리가 무거웠다.

그 자리에 주저앉았다.

당장 졸음이 몰려왔다. 그것은 인간이었던 시절부터 계속되는, 내 가장 친한 친구이기도 하다.

마음이 무겁고, 눈꺼풀도 무겁다.

입을 열자 작게 말이 흘러나왔다.

"……뭔가 졸리기 시작했는데."

안녕의 늪으로 의식이 끌려들어 간다.

침대로 돌아가는 것도 귀찮다. 애초에 얼음에 갇힌 침대 따윈 그냥 딱딱할 뿐이다.

그 자리에 드러누워 크게 하품을 했다.

움직이는 그림자는 없고 기척도 없다. 당장은 천천히 잠들 수 있을 것이다.

팔짱을 끼고, 눈을 감는다.

친숙한 어둠. 바라건대, 다음에 눈을 뜬 그때야말로 이 마계에 안식과 평온이 찾아오기를.

그런 맑고 올바른 순수한 마음을 가슴에 품고 수면에 몸을 맡기려 한 순간, 문득 이상한 목소리가 들렸다.

"······삼라만상에 흥미가 없고, 그저 오랜 생을 사는 타락의 왕······인가. 레이지도 업이 깊구나."

"예. 하지만······ 어째서 이 남자는 항상 이렇게, 아군에 대한 공격 설정을 꺼놓지 않는 것일까요······." ^{프 렌 들 리} ^{파 이 어}

"나태한 탓, 이다. 리제. 나는······ 잠시 레이지와 이야기를 나누겠다. 네 녀석은 다른 자를 확인해라. 만일 얼음에 갇힌 자를 발견한다면 구해라, 네 녀석의 분노로!"

"······예, 알겠습니다."

두 개 있던 힘 중, 작은 기척이 멀어져 간다.

하지만 그런 것은 아무래도 좋다. 내 감각이 포착하고 있는 것은 눈앞의 거대한 기척이 아니라, 성채 안에 느껴지는 무수한 기척.

오로지, 성가신 기척.

지금 갑자기 발생한 것처럼 돌연히 나타난 그것은, 분명히 완전히 얼어붙었던 것들이다.

어느새…… 아니, 그것도 또한 아무래도 좋다. 언제 깨어났나 같은 것 따위.

……아아, 그저 우울하다.

어째서 내가 잠들려고 하면 이렇게 방해가 들어오는 것일까.

모든 것을 아득히 깊은 나락, 조용하고 깊은 얼음 밑에 가두었을 텐데.

어쩔 수 없이, 무거운 눈꺼풀을 억지로 열었다.

깜짝 놀랐다. 천천히 주변을 둘러본다.

……말도 안 돼…….

"……아침……이라고……?"

내가 눈을 감았던 것은 분명히 밤이었을 터였다. 적어도 몇 분 정도 만에 아침이 될만한 시간은 아니었다. 그것은 전생도 지금 생도 차이가 없다. 공동의 섭리.

밤과 아침을 단숨에 바꾸다니, 그런 터무니없는 곡예가 가능한 자는 이 마계가 넓다 해도 거의 없을 것이다.

"……호오, 나를 앞에 두고 그런 태도를 취하다니……."

여자가 언짢은 기색으로 이쪽을 내려다보고 있었다.

장신의 여자 악마. 등까지 뻗은 검은 불꽃 머리카락에, 하늘을 찌르는 두 개의 거대한 뿔.

대마왕 카논. 말하지 않아도 다 아는 파멸과 분노를 담당하는 최강의 마왕.

남들과 비교하면 약간 기억력이 나쁜 나라도 기억하고 있는 몇 안 되는 이름.

나는 저도 모르게 똑바로 드러누워, 그 그림자를 올려다봤다.

"설마…… 네가──."

"……큭……. 전혀 변하지 않았구나, 레이지. 오랜만에 만났는데도……. 뭐, 좋다. 그래. 네 녀석의 닫힌 세계는 내가 해방했다."

"──밤을 아침으로?! ……어느새 그런 힘을……."

이 무슨 무시무시한 스킬을…….

아침이든 밤이든 자고 있지만 굳이 말하자면 야행성인 내 천적이 아닌가.

눈을 팔로 덮어, 태양의 빛을 가로막았다.

"자, 잠깐 기다려라. 무슨 말을 하고 있지?"

팔 정도로 빛을 가로막을 수 있을 리도 없어, 벽으로 몸을 굴려, 벽 쪽을 향해 눈을 감았다.

그것으로 간신히 한숨 돌렸다. 생각에 나눌 여력이 생겼다.

……아니, 냉정하게 생각해 봤더니, 이전부터 지니고 있던 것 같은 느낌도…….

안 되겠다. 너무나 아무래도 좋은 일이라 기억이 나질 않는다.

"아니, 아무것도 아니……."

"아니 아니 아니, 아무 일 있어! 큭, 어째서 레이지 오라버님은 항상 그런 것이냐!"

몹시 추웠던 기온이 말에 호응해서 단숨에 올라간다.

아주 살짝 덥다. 나는 조금이라도 그늘로 들어가도록 벽에 몸을 붙였다.

카논이 짜증 난 기색으로 지팡이로 바닥을 때리자, 어딘가가 부서지는 소리가 났다.

벽의 차가운 곳에 뺨을 밀착시킨 채로 물었다.

"……그래서, 무슨 볼일이야……. 파멸의 카논."

내 물음에 대한 첫 번째 대답은 바닥을 부수는 소리였다.

무엇에 짜증을 내고 있는 걸까…….

"무슨 볼일……이냐고? 레이지, 네 녀석…… 자신이 무슨 짓을 했는지 알고 있는 것이냐?"

"아무것도 안 했어."

나는 나태다. 무슨 일을 할 리가 없다.

"큭……. 그래, 좋다, 좋아. 레이지. 네 녀석은 그런 남자다. 내가 특별히 네 녀석이 무엇을 저질렀는지 가르쳐 주마."

"아니, 딱히 흥미도 없어."

"됐으니까 닥치고 들어라!"

주먹 크기의 불꽃이 무수하게 몸에 착탄한다. 대미지는 없다.

분노의 악마는 비교적 나를 공격할 기회가 많아서, 내가 보유한 무수한 내성 중에서도 불 내성이 가장 높았다.

"잘 들어라. 레이지 오라버님. 네 녀석은—— 네 녀석에게 주어진 영토 전체를 완전히 얼려 버렸다! ……자연히는 녹지 않는 영원의 얼음으로 말이다."

"……그러냐."

내 슬픔은, 절망은 산보다도 높고, 하늘보다도 넓고, 바다보다도 깊다.

그저 그뿐인 일. 죄악감도 없고, 새삼스러운 이야기였다.

뭐, 일단 사과해 둘까.

"일부러 한 짓이 아니니까 용서해 줘."

"……용서하겠느냐! 동토를 녹이는 데 얼마만큼의 힘을 썼다고 생각하느냐?"

"……."

그런 것을 물어도, 내가 알 리가 없다.

생각해 봐야 소용없어 생각하는 것을 포기하고 뒹굴뒹굴 굴렀다. 껴안는 베개가 없어서 팔이 매우 쓸쓸하다.

카논이 지팡이로 내 옷자락을 찔렀다. 신경 쓰지 않고 굴렀기 때문에 옷자락 끝이 찢어졌다.

대마왕님을 멍하니 올려다봤다.

열화를 나타내는 홍련의 머리카락에 최상급 루비처럼 진홍색 눈동자를 지닌 파멸의 왕.

이 녀석, 진짜로 무슨 볼일로 온 것일까.

"카논."

"……조금 닥쳐라. 네 녀석과 이야기를 나누면 힘이 빠진다."

"……너, 내 동생이었던가?"

"?! ……아!"

카논의 뺨이 새빨갛게 물들었다. 분노의 기척이다.

나에게 형제자매는 없었을 것이다. 지금도 옛날에도.

……아니, 잊었을 뿐이려나? 그렇게 말하고 보면 있었을지도 모른다.

인간이었던 시절에는 분명 없었다고 생각하는데……. 모르겠다. 뭐, 카논이 그렇다고 한다면 그런 것이라고 해 두자.

"레, 레이지……. 네놈이 지금 생각하고 있는 건, 분명 틀렸을 것이다."

"……그러냐."

그럼, 어째서 오라버님인 것일까.

눈을 감고 생각하려다 귀찮아져서 그만두었다. 그런 것은 아무래도 좋은 일이겠지.

딱히 뭐라고 부른다고 해서 나에게 영향이 있는 것도 아니니, 원하는 대로 부르도록 해라.

"어험."

카논이 어색한 기색으로 헛기침을 한 번 하고, 허리를 숙여 나와 시선을 맞췄다.

"레이지, 나는 네 녀석의 뒤처리를 하러 온 것이다. 아니, 애초에, 리제에게 하드가 네 녀석 군의 장군을 처분하려 하고 있다는 보고를 받고 온 것이었다만…… 설마 영지 전체가 빙설에 갇혀 있을 줄이야, 예상 밖이었다…….."

전혀 모르는 이야기라 더는 무슨 소리를 하고 있는 것인지 모르겠지만, 생각하는 것이 귀찮으니까 일단 제쳐놓자.

나는 오히려 그런 시시한 이유로 이곳까지 온 네 행동이 예상 밖이다.

대마왕은 한가한가? 부디 나도 그 덕을 누려 보고 싶다.

"어째서, 영토를, 영침전을, 백성을 얼음으로 가두었지? 지금까지 하드 로더에게 전권을 맡기고 능동적으로 움직이지 않았던 레이지 오라버님이, 왜 이제 와서 이런 짓을 한 것이지?"

"…………."

더는 모든 것이 아무래도 좋다. 성가시다. 말하는 것이 귀찮다.

하지만 굳이 말하자면, 얼음으로 가둔 것은 나였지만 내가 아니다.

내가 능동적으로 얼린 것은 리제와 금발 푸른 눈의 악마와 그리고 옛날부터 따랐던 체스 말 킹의 남자, 세 명뿐이다.

다른 녀석은……그저 우울의 여파를 받았을 뿐이라.

그저 그것만으로 얼어붙었다. 그저, 내가 그곳에 있는 것마저 견디지 못한다.

주위 따위는 아무래도 좋지만, 그 사실은 얼마나 슬픈 일인가.

말로는 꺼내지 않고 마음속으로 생각하고 있자, 카논이 말을 이어 갔다. 내 대답을 기다리지 않게 되는 것도 나와 교제가 긴 악마의 특징 중 한 가지다. 긴말은 생각하는 사이에 귀찮아져서 꺼내지 않으니까.

"레이지 오라버님, 아버님께 네 녀석에게는 신세를 졌다고 들었다. 아버님의 아버님도, 그 위의 아버님도 신세를 졌다고 말했다. 나 자신, 어렸을 적에는 여러 번 신세를 졌다는 자각이 있다. 그러니까, 될 수 있으면 오라버님을 처분하고 싶지는 않다."

"고마워?"

"천만에── 아, 아니다. 나는 감사를 받고 싶은 것이 아니다! 군은 오라버님의 것이고, 장군급을 잃고 앞으로는 어떡할 거냐 는 문제도 또 다른 이야기다. 빙설로 가둔 것도, 그리고 사용했 을 터인데 기억에 없는 스킬 또한 지금은 아무래도 좋다. 내가 묻 고 싶은 것은 단 하나, 단 하나의 심플한 질문이다──."

카논이 진지한 표정으로 내 눈 안을 들여다봤다. 마치 거기에 답이 있는 것처럼.

아마 그건 실수다. 내 눈 안에는 틀림없이 아무것도 없다. 찾아 봐야 소용없다.

"오라버님은…… 나, 카논에게 거역할 작정인가?"

그 말에, 기억의 깊숙한 밑바닥에서 선명하고 강렬한 플래시 백이 일어났다.

파멸의 카논.

과거 나에게 상처를 입힌, 유례가 드문 공격력을 지닌 분노의 마왕.

적 아군 가리지 않고 그 분노에 닿은 자를 모조리 재로 바꿔 왔 던 파멸의 왕.

그것도 상당히 이전의 이야기다. 지금의 힘은 당시보다도 훨 씬 강해졌겠지.

어쩌면 내 나태를 관통할 정도로.

정말…… 귀찮다.

우울하다…….

"무슨…… 오라버님?!"

카논이 당황해서 들여다보고 있던 얼굴을 들었다.

아름다웠던 윤기 나는 머리카락도, 루비 같은 눈동자도 모든 것에 자잘한 서리가 앉아 있다.

"설마…… 정말로 나에게 거역할 작정인가?!"

불꽃이 날아 카논의 몸을 덮는다. 일렁이는 홍련의 불꽃 파도에서 엿보이는 경악한 표정.

자잘한 얼음이 순식간에 녹아 사라진다. 얼음에는 불꽃을. 즉 지금 이 땅의 얼음이 녹아 있는 것은, 이 땅의 시간이 움직이고 있는 것은 그런 이유일 것이다.

카논의 눈썹이 순간 치켜 올라갔다가, 금방 조금 내려왔다. 그리고는 자기 자신에게 들려주는 것처럼 중얼거렸다.

"아니…… 아니다. 나태의 왕이 그런 귀찮은 짓을 할 리가……. 그래, 게다가 오라버님이 그런 능동적인 행동을 일으킬 리가 없다."

그 사고가 이상하다. 모든 자들이, 나태가 움직이는 것은 이상하다고 말한다.

그것은 틀렸다. 변명처럼 들리겠지만, 내가 움직이지 않는 것은 움직이는 메리트와 움직이지 않는 메리트를 비교해서 후자가 이득이었기 때문이다.

그러니까 적이 나타나면 싸우고, 결과적으로 움직이는 편이 귀찮은 일이 사라진다면 움직인다. 도쿄에서는 일하지 않으면 죽고 마니까 어쩔 수 없이 일했었다.

즉, 모든 것은──상황에 달렸다.

들은 이야기로는, 나태의 악마는 가만히 토멸당하는 녀석들이 많다고 한다.

바보가 아닐까. 저항하라고. 너희가 조개냐.

아니, 조개조차 저항할 것이다.

특히, 우울의 스킬은 나태에 부족한 공격적인 스킬이 많다. 마치 그 우울을, 울적한 절망을 타인에게 던지는 것처럼. 나태의 스킬이 가진 디메리트를 능숙하게 커버해 주고 있다.

손을 뻗어 카논의 손가락 끝에 닿았다.

그 행위에, 카논의 움직임이 순간 멈췄다.

우울.

그래——. 이런 식으로, 말이지.

"얼음의 허물."

"어……?"

카논이 한순간 얼빠진 목소리를 내고, 그 자세 그대로 얼음 관에 갇혀 버렸다.

그 표정은 어딘가 어리고 귀여운 느낌이라, 대마왕으로서 두려움을 한 몸에 받는 몸으로는 보이지 않는다.

……결국 대마왕이라고 해도 이 정도밖에 되지 않는다.

나는 그저 그것이 슬프다. 한숨이 나온다.

이 세계는 대체 어떻게 되어 있단 말인가.

"하아……. 우울해……."

"잠깐……. 무슨, 터무니없는 짓을! 카, 카논 님?!"

문 너머에서 이쪽을 살피고 있던 리제가 황급히 얼음 관으로 뛰어왔다.

완전히 정지한 카논을 지극히 투명도가 높은 얼음 너머로 만졌다. 경직된 표정으로 나를 내려다봤다.

"나태의…… 레이지. 말도 안 돼…… 사기다. 아무리 그래도 파멸과 불꽃을 담당하는 카논 님이…… 기습이라고는 해도, 일격?! 나태의 왕, 어째서 당신은 아직 제3위의 지위에 만족하고 있는 것이냐!!"

"…………."

귀찮은 일이다.

지위 따윈 필요 없다. 대마왕이 될 마음도 없고, 세계 따윈 필요 없다. 살아갈 수 있다면 힘도 필요 없다.

──그저, 무엇보다도 깊은 안식을 나에게 내려 다오.

기분이 깊숙이 가라앉는다. 모든 것이 아무래도 좋다.

그것은 나태이자 동시에 우울. 무위란 진리이자, 절망.

그것이야말로 내가 담당하는 갈망.

타락과 포기, 도피와 열화, 정지와 쇠퇴, 타성과 우울.

어느샌가 성장했던 우울의 혼핵이, 소름 끼칠 정도로 차가운 힘을 전신에 돌린다.

이런 일, 지금까지 없었다. 전투에 의해 나태의 힘이 약해진 탓일까, 밸런스가 잡혀 있지 않다. 뭐, 그런 것 또한 아무래도 좋다.

우울의 힘을 능동적으로 행사한다.

이미 엎질러진 물이다. 한 번 넘친 힘은 둑이 터진 것처럼 모든 사람을 삼켜 절망의 나락으로 가라앉힌다.

감정에 호응하듯이 순식간에 얼음이 퍼지고, 카논이 녹였을 성채를 순식간에 뒤덮는다. 수분이 응고하고, 공기가 차갑게 가라앉는다.

리제가 황급히 쏜 분노의 불꽃이 내 몸을 감쌌지만 나태의 내성을 뚫지 못하고 상처 하나 입히지 못하고 사라졌다.

이 성가신 세계에, 그나마 안식을. 한때의 안식을.

손바닥에 주먹 크기의 하얀 빛구슬이 나타난다.

처음으로 사용한 스킬이지만, 분명하게 알았다. 거기에서 전해져 오는 힘은 지금까지와 비교할 수 없다. 우울의 스킬은 자신조차도 대상에서 벗어나지 않는다.

나조차도 영원히 녹지 않는 얼음에 가둘 것이다. 하지만 죽는 것도 아니다. 그것 또한 안식의 또 다른 형태.

세계여, 타락으로 정지하라.

빛구슬이 강한 은백색의 빛을 내뿜고, 전개한다.

자, 잠들도록 해라.

" '깊은 절망의 하얀 세계'."

"잠깐…… 꺅——!"

불꽃을 전개하려 했던 리제가 그 자세 그대로 힘에 삼켜져 정지한다.

높이 솟아오른 빛구슬에서 쏟아지는 은색 화살이 마치 유성처럼 하늘 전체에 퍼진다.

화살은 내 지각범위를 아득히 넘어 날아가 흩어지고, 화살이 꽂힌 장소를 중심으로 발생한 냉기가 그 주변 일대를 소리도 없이 제압해, 그곳을 하얀 세계로 바꿨다.

움직이는 것이 아무것도 남지 않는 데 시간은 걸리지 않았다.

아무리 그래도 존 바깥까지는 감지할 수 없지만, 영향은 내 영역만이 아닐 것이다.

유일하게 예상을 벗어난 것은——.

"……나태의 내성 쪽이 웃돌았나……."

——만물이 평등하게 잠들었음에도 불구하고, 중요한 나에게만은 효과가 없다는 것뿐.

뭐, 좋다.

그러면 그것대로, 그저 자면 그만이다.

홀로, 고독하게, 조용히 자면 그만이다.

눈을 감으려다가, 그때 다시금 알아챘다. 지각 범위 안에서 움직이는 단 하나의 그림자.

세계는 그리 간단히 나를 잠들게 해 주지 않을 모양이었다.

"……알, 았, 다……. 알았다, 알아냈다, 오라버님. 오라버님의 목적을——."

"…………."

카논을 가두고 있던 얼음이 조용히 녹고 있었다. 발밑에서 피어올라 전신을 감싼 강한 열기. 내 우울마저도 뛰어넘는 열량.

전신이 흠뻑 젖었음에도, 그 시선에 노여움은 없다. 카논의 분노는 적에게만 향한다.

아직 나를 적으로 보지 않는 것인가. 뭐, 그건 사실이다. 나에게 적은 없다. 같은 편도 없지만.

현실에서 도피하듯 고개를 돌렸다.

하지만 귀찮은데.

깨트렸나. 얼음의 봉인을.

스스로 깨트릴 수 있나. 내 힘을.

역시 분노야말로 우울과 나태에 상반되는 힘. 나 자신은 누군가와 적대할 생각이 없지만, 분노는 내가 담당하는 갈망에 있어일종의 천적이라고 부를 수 있을 것이다.

"오라버님은…… 그저, 자고 싶은 것이로구나."

문득 목소리가 던져졌다. 동정이 담긴 눈동자. 투명한 목소리.

모든 것이 아무래도 좋다.

게다가 아까부터 오라버님 오라버님 시끄럽네. 아까까지는 부정했던 주제에, 이제는 정정할 생각이 없잖아.

"……오라버님……."

"지, 지금 그런 건 아무래도 좋지 않으냐! 아~ 정말. 어째서 이렇게까지 해 놓고 실의도 적의도 보이지 않는 것이냐! 오라버님은 항상…… 나의 분노를 둔하게 만든다."

"……그러냐."

만약 정말로 그렇게 느끼고 있다면, 그것은 틀림없이 나에게살의도 적의도 없기 때문이다.

나는 지금까지 명확한 자신의 의지로 타인을 죽인 적이 없다.아마 틀림없이 그럴 것이다.

그도 그럴 것이, 나태하게 지내는 데 타인을 죽일 필요는 없으니까.

완전히 다시 일어난 카논이 지팡이를 크게 바닥에 찔렀다. 그 몸에는 상처 하나 없고, 젖어 있던 의상도 이미 물기가 날아갔다.

그리고 순간 말을 머뭇거리지만, 금방 분명한 목소리로 통고했다.

강한 의지가 담긴 목소리였다. 자신이 담당하는 분노의 불꽃처럼 밝은 에너지로 가득 차, 그녀가 대마왕의 지위에 있는 것을 납득하게 만들 정도의 힘.

그것은 기묘하게도, 과거 세르주가 지니고 있던 것과 닮아 있었다.

"……레이지 슬로터돌즈……. 대마왕으로서 선언한다. 네 녀석은 마왕 실격이다. 아무리 악마라고 해도, 자신의 영토를 빙설로 가둔다는 것은 언어도단의 소행, 용서할 수 없다."

"……그러냐."

"그 벌로…… 오라버님의 서열을 최하위로 강등한다."

"……그러냐."

"영토도 몰수하겠다. 오라버님에게 주어지는 것은 이 영침전뿐이다."

"……그러냐."

원래부터 나에게는 필요 없는 것이다. 딱히 아무런 감회도 없다.

서열도 장소도, 의지를 갖춘 자격이 있는 자에게 주도록 해라.

카논이 찌른 지팡이에서 소리도 없이 금색 불꽃이 분출해, 바람이 되어 탑 상부로 넘쳐 휩쓴다.

뜨겁지는 않다. 하지만 성채의 얼음을 녹이고, 끝없이 땅을 핥으며 퍼져 나간다. 실로 대마왕에 어울리는 힘의 크기. 그것은 얼마 전에 싸웠던 마왕 이상의 힘을 느끼게 한다.

약간 피로가 번진 목소리로, 하지만 표정에는 그것을 드러내지 않고 카논이 말을 이어 갔다.

"몰수한 토지는 새롭게 마왕이 된 하드 로더에게 부여한다. ……오만독존……. 언제 마왕에 이르더라도 이상하지 않다고는 생각했지만, 상당히 오래 걸렸구나. 그만큼 녀석의 '오만'은 다루기 어렵다는 것인가……."

"……그래……."

그 말대로다. 정말로 그 말대로일 것이다. 나는 잘 모르지만.

뭐, 원하는 대로 하도록 해라. 나는 그 전부를 그저…… 허용하겠다.

"그저 조용히 잠들도록 해라, 나태의 왕."

"그래."

그렇게 하자.

그 자리에서 조용히 눈을 감는다. 순식간에 가라앉는 의식 속에서, 위대한 대마왕의 목소리가 들린 것 같은 느낌이 들었다.

──틀림없이 내일은 좋은 일이 있을 것이다, 라고.

제4화 짐은

그리고 다시 일상이 시작된다.

"레이지 님, 식사 시간이에요."

"그래……."

로나가 만든 요리를 먹고, 방 청소를 해 달라고 하자.

방 청소가 끝나면 침대의 메이킹을 받고, 그 사이에는 안락의자 위에서 천천히 조는 것이다.

정신은 평온하고, 스트레스도 거의 없다.

일할 필요는 없고, 지금까지 정기적으로 습격해 왔던 적도 오지 않게 되었다. 편해서 좋다.

이것이 이상적인 생활이냐고 물으면 좀 더 편해질 부분이 있지 않을까 의문이 생기지만, 이건 이것대로 괜찮다고 생각한다.

"어? 꺅……? 레, 레이지 님……. 이것은……."

하지만 오늘은 드물게 로나가 비명을 질렀다.

덮는 이불을 걷어낸 자세 그대로 표정이 경직되고 몸이 굳어 있었다.

내 우울이 원인은 아닐 것이다.

침대 위에는 몸집이 작은 소녀가 있었다. 실오라기 하나 걸치지 않은 모습으로.

베개를 껴안은 채로 편안한 표정으로 잠들어 있다.

이름은 모른다.

"어, 어째서 미디아가…… 레이지 님의 침대 안에……."

"……몰라."

아니, 들어온 것은 간신히 기억하고 있지만 흥미가 없었던지라 내버려 두었다.

딱히 나를 해하려는 것도 아니고, 뭔가 하는 것도 아니고, 그리고 침대도 충분히 넓다. 나에게 거부할 이유가 없었다. 아니, 그보다 귀찮았다.

이유는 모르겠지만, 있는 것도 가는 것도 원하는 대로 하도록 해라. 나 자신에게 영향을 미치지 않는 일이라면 어차피 사소한 일에 지나지 않다.

"미디아? 미디아?! 잠깐…… 일어나요!!"

"으응……."

로나가 지금까지 본 적 없는 무서운 얼굴로 몸을 흔들자, 미디아라고 불린 여자 악마가 귀찮은 기색으로 눈을 떴다.

새빨간 눈. 하지만 눈빛은 지독하게 침체되고 탁해져 있었다.

로나를 보고도 딱히 반응하는 기색도 없이, 졸린 듯이 눈을 비볐다.

"……응……. 뭐야?"

"뭐…… 뭐야, 가 아니에요! 어, 어, 어째서 당신이 레이지 님의 방에……."

"나는 베개. 이상. 졸려. 잘자."

"예? 잠깐…… 일어나세요~!"

이렇게 말하면 그렇지만 다시금 베개를 껴안고 잠들려 하는 그 모습에는 악마의 존엄이 눈곱만큼도 남아 있지 않았다.

덜컥덜컥 다시금 흔들지만, 이번에는 일어날 기색이 없다.

멍하니 바라봤다. 그 몸에서 느껴지는 깊으면서도 그저 조용한 기척.

그것은 나도 잘 아는 기척이다.

그것은 즉, '나태'의 힘이다.

그리고 그것이 진실인 이상 미디아인가 하는 녀석이 일어나는 일은 없으리라.

나태는 수면을 보조하는 효과를 걸어주니까 말이다. 아니, 내성이 아니라…….

"로나, 내버려 둬."

"예? 지, 진심이신가요?"

"……그래."

나태의 악마의 마음은 잘 알고 있다.

억지로 깨울 필요도 없을 것이다. 민폐도 끼치지 않고 있고.

로나는 한동안 나와 미디아를 교대로 보고 있었지만, 이윽고 깊은 한숨을 쉬었다.

그리고 왠지 촉촉해진 눈으로 나를 봤다. 매우 드문 표정.

"알겠어요. 레이지 님. ……하지만, 역시 남녀 사이도 아닌 사람이 같은 침대에서 자는 것은 별로 좋지 않다고 봐요."

"그러냐."

상당히 논리적인 말을 내뱉는 악마다.

뭐, 그 말에 딱히 반론은 없다. 찬동도 하지 않지만, 나에게는 꽤나 아무래도 좋은 일이다.

알몸의 소녀……. 그러고 보니까 성욕도 잃은 지 오래됐다. 원래부터 그다지 강한 편은 아니었지만…….

"미디아는 다른 방의 침대로 옮기도록 하겠어요. 괜찮겠지요?"

거부를 용납하지 않는 선언을 하는 로나. 확인이라는 형식을 취하고 있지만, 확인이 아니다.

화를 품은 건 결코 아니겠지만, 드물게 의지가 담긴 그 말에 어쩔 수 없이 고개를 끄덕였다.

"……그래."

그러자 로나는 큰 물건이라도 드는 것처럼 조금도 움직이지 않는 미디아를 안아 들고, 인사를 한 뒤 방에서 떠나갔다.

메이드는 힘든 일이구나.

그런 것을 멍하니 생각하며, 의자 위에서 몸을 웅크렸다.

카논이 보내준 새로운 의자다. 바로 전까지 사용했던 것은 얼어붙어서 못 쓰게 되고 말았지만, 이것도 상당히 사용감이 좋다. 명필은 붓을 가리지 않는다. 나태의 왕은 타락의 수단을 가리지 않는다.

그때, 문이 열리고 다시 새로운 악마가 들어왔다. 그것도 또한 일상의 범주 중 하나이기도 하다.

들어온 것은 분노를 담당하는 악마이자, 나를 관찰하고 있다는 악마이기도 한 리제 블러드크로스였다.

나를 관찰하는 것이 뭐가 재미있는지는 모르겠지만, 최근에는 상당히 조용한지라 딱히 불만은 없다.

조용히 관찰하는 것뿐이라면 언제든지 관찰해도 좋다.

의자에 깊숙이 걸터앉은 나를 알아채고는, 가볍게 인사를 했다.

"레이지 님, 깨어 있으셨군요……."

"그래."

평소에는 꽤 쌩쌩하게 돌아다녔으면서, 그 얼굴에는 드물게 깊은 피로가 엿보였다.

그대로 쓰러지는 것처럼 테이블에 딸린 의자에 걸터앉고는, 아무 말도 하지 않고 축 늘어졌다.

"……지친 모양이로구나."

"……예. 아무리 그래도 하드 로더와 레이지 님 두 사람을 감시하는 것은 힘이 듭니다……."

그렇군. 담당 안건이 둘 있는 것 같은 느낌인가.

그것은 고생이 많다.

"……푸념해도 되겠습니까?"

원하는 대로 하도록 해라. 나 같은 것에게 푸념을 해 봐야 의미가 있는지는 모르겠지만, 말없이 듣는 정도의 일은 해 주겠다.

한쪽으로 듣고 한쪽으로 흘리는 것뿐이라, 듣는다기보다는 귀에 들어온다는 느낌이지만.

"하드 로더는 괴물이네요. 어쩌면 레이지 님 이상일지도……. 덤으로 엄청나게 일을 해요. 마왕이 되고 나서 아직 시간이 별로 지나지도 않았는데, 한 걸음이라도 영토에 발을 들이민 마왕을 하나도 용서하지 않고 모조리 토멸……. 살짝 찔러 봤을 뿐인데 스스로 적 본진까지 쳐들어가서 완전히 죽이고 있으니까요."

"…………."

"덤으로 항상 호시탐탐 카논 님의 목을 노리고 있는 모양이고…… 전혀 긴장을 풀 틈이 없어요. 그쪽으로 몇 명의 감시관이 파견되었는지 알고 계십니까? 열 명이에요, 열 명! 오만은 그 특성상 가장 위험하다고는 하지만…… 비정상이죠. 카논 님이 얼마나 우려하고 있는지가 보이는 것 같아서……."

"…………."

"레이지 님의 서열을 높이라고 시끄럽고."

"…………."

"순식간에 서열이 위쪽의 마왕을 우월해서, 벌써 제1위이니까 말이죠."

"…………."

"전혀 움직이지 않는 레이지 님의 담당은 보람이 거의 없었지만, 보람이 너무 지나친 것도 곤란합니다……."

"…………."

하드 로더. 체스 말 킹의 남자 이름을 그렇게 부르는 모양이다. 나중에 확인하니까 리제가 신기한 것이라도 보는 듯한 눈빛으로 가르쳐 주었다.

언제 만들었는지. 어째서 만들었는지도 기억하지 못하는, 왕의 자격이 있는 남자. 나를 최강의 나태라고 칭했던 그 남자가 부추겨서 만들었던 것인지……. 아니, 그런 이유일 리가 없다.

기억은 못 하지만 신기하게도 확신할 수 있다. 무엇보다, 우연이었든 기적이었든 어쩌다 보니였든, 적어도 자신의 의지로 만들어내지 않으면 저 경지까지는 도달할 수 없다.

어찌 되었든 강력한 악마다. 그렇게까지 몰렸던 적은 기억에 없다. 어쩌면 잊고 있을 뿐인지도 모르지만, 잊기 전까지는 기억하고 있고자 한다.

그리고 그런 악마를 제어해야만 하는 리제의 고생, 미루어 짐작이 간다.

그런데 리제는 어쩌면 중간 관리직……? 그 위치가 힘든 것은 어느 세계라도 마찬가지인가. 이상한 웃음이 나왔다.

그렇게는 말해도, 내가 할 수 있는 것은 의미가 없는 동정뿐이다.

뭐, 힘들다면 딱히 이쪽을 관찰하지 않아도 괜찮은데.

어차피 적 따위는 없고, 나는 그저 자고 있을 뿐이다. 움직이는 일도 없다.

말로는 꺼내지 않는 내 의지를 느낀 것인지, 리제가 지친 듯 가볍게 경직된 웃음을 내게 보였다.

그 몸에 느껴지는 힘은, 내 기억에 있는 가장 오래된 리제의 그것과는 비교도 되지 않을 정도로 증대되어 있다.

"……아니, 이곳에는 그저 쉬러 와 있을 뿐이니……."

"……그러냐."

그럼 원하는 대로 하도록 해라.

내 잠을 방해하지 않는다면, 딱히 무엇을 하든 상관없다.

아니, 방해할 수 있다면 해 보도록 해라.

"……일단 묻겠는데, 그쪽에서 뭔가 문제는 발생하지 않았습니까?"

"……딱히 없는데."

"그렇습니까……. 그야 그렇겠지요."

안심한 듯이 리제가 고개를 떨궜다.

거짓말이다. 딱 하나, 문제가 되지 않을 만한 사소한 것이지만, 딱 한 가지 나에게 변화가 찾아왔다.

알아챈 것은 극히 최근이다. 언제 벌어졌는지는 모르겠지만, 아마 영토를 박탈당하고 조용한 생활이 돌아오고 나서였을 것이다.

실은, 지금의 나는 더는 마왕이 아니다.

클래스 '사신(邪神)'.
Evil God

마왕의 클래스가 변화한, 그것이 나의 새로운 클래스.

설마 왕 다음이 있을 줄은 생각 못 했고, 사신은 이미 직업이 아니지 않나 싶다. 불평을 해도 소용없지만, 이 세계의 섭리는 딴죽을 걸 구석이 너무 많다.

뭐, 클래스가 바뀌어도 하는 일은 바뀌지 않는다.

나는 그저 그곳에 있는 그대로 존재할 뿐이다. 이제까지도, 그리고 아마 앞으로도.

언젠가 토멸되는 그날까지.

말없이 그때의 일을 생각하는 나에게, 리제가 화제를 바꾸듯이 말했다.

"……그러고 보니까 최근에 마계를 집적거리는 천계의 자객 중에 상당히 강한 자가 있다는 모양입니다."

"……?"

그것이 어쨌다는 거지?

내 사고의 변화를 알아챘는지, 리제가 고개를 가로저었다.

더는 말을 꺼낼 필요조차 없다. 모든 것을 눈치채는 통찰력. 리제는 나에게 있어 얻기 어려운 존재가 되어 가고 있다.

"아니……. 그자는 마왕 클래스를 토멸할 정도의 무시무시한 힘을 보유하고 있다고 해서……. 덤으로 날개로 하늘을 날아다니니까요. 기동력이 높아서 아무리 하드라고 해도 놓치는 일이 있을지도 모릅니다. 지금 카논 님이 대책을 짜고 있습니다만, 일단 알려는 드려야겠다 싶어서……."

"마왕을 죽일 수 있을 정도의 천사인가……."

그건 확실히 무시무시한 존재……일지도 모른다.

애초에 천사의 힘은 악마에게 천적으로 여겨지고 있다.

마계에 가득 찬 마력은 악마에게 높은 능력의 보정을 부여해 주지만, 그렇다 하더라도 때때로 악마를 토멸할 정도로 녀석들은 귀찮다.

천사가 마계로 쳐들어오는 일은 있어도, 악마가 천계에 쳐들어가는 일은 거의 없는 이유이기도 했다.

하지만 내 말에, 리제가 테이블에 몸을 엎드린 채로 고개를 옆으로 흔들었다.

"아니, 천사가 아닙니다……. 아니, 일단 분류상으론 천사이지만…… '발키리'를 아십니까?"

모르겠는데. 들어 본 기억이 없다.

아니, 전생에 슬쩍 들었던 적 정도는 있을지도 모르지만……
분명 판타지 용어였을 것이다.

리제가 내 태도에 한숨을 쉬었다.

"'발키리'란 천사의 일종으로, 승천한 '영웅의 영혼(에인 헤라르)'이 변이
해서 만들어지는 특수한 천병(天兵)입니다. 긴 세월을 거쳐 힘
을 축적하는 저희나 일반 천사와 비교하면, 태어났을 적부터 막
대한 전투 경험을 지니고 있어서 상당히 골치 아프죠……. 뭐,
마왕을 타도할 정도의 영령은 그리 없을 텐데……."

헤~. 그런 것이 있구나.

잘됐구나.

대화에 질려서 의욕이 일절 없는 나에게, 리제가 어깨를 으쓱
거리며 말했다.

"은벽의 검, 세르주 세레나데. 현 단계에서 확인된 최강의 '발
키리'입니다. 일단 기억에 담아 두는 편이 좋을 것입니다."

"……그래."

그건 예상 못 한 이름이었다. 순간 일어나려다가 몸이 움직이
지 않아서 포기했다.

하지만 머릿속에는 단숨에 과거의 정경이 되살아났다.

──분명, 그것은 내가 아는 가장 오래된 기억이다.

반쯤 망연해하며 허공에 시선을 맴돈다. 무언가를 쫓는 것처럼.

믿을 수 없어. 어째서 살아 있는 거야.

더는 싫어. 지구에선 죽은 사람이 되살아나거나 하지 않는데, 이 세계에서는 그런 일이 일어나는가.

죽음조차 뒤집을 수 있다. 아니, 이번의 경우는 뒤집은 것과는 다를지도 모르지만, 어느 쪽이든 이 무슨 판타지.

나는 다시 한번, 자신의 클래스를 바라보았다.

'사신'.

아마도 악마가 가질 수 있는 최고위 클래스.

무의식 중에 입술에서 말이 흘러나왔다.

"용사, 인가."

"뭔가 기뻐 보이시는군요?"

"……아니."

용사. 용사, 세르주 세레나데.

마를 베는 빛의 검. 과거의 패배자.

너는 다시금 나에게 도전할까? 눈동자에 새겨진 그 절망마저 뛰어넘고.

아니, 틀림없이 도전하러 오겠지. 네가 아니라면 누가 새삼 나에게 도전할까.

처음의 조우가 우연이었다 하더라도, 다음 조우는 틀림없이 운명이었으리라.

그래, 좋다.

언제까지라도 그저 기다려 주겠다. 그것은 내 특기 분야이자, 분명 한 마왕으로서의, 최종 보스의 의무이기도 하다.

너는 사신을 쓰러트릴 수 있나?

그 용감한 모습을 나에게 보이거라.

짐은.

만족하고, 눈을 감았다. 금방 졸음이 몰려왔다.

그렇다. 나야말로 타락의 왕.

그저 그곳에 있을 뿐인 무위의 왕.

그리고 타인을 타락시키고, 만물 전부를 절망의 나락으로 떨구는 악의의 화신.

깨닫고 보니 이세계에 환생해 있었다.

잠을 자다 보니 어느샌가 바라지도 않았던 마왕이 되어 있었다.

일하지 않아도 된다니, 이 세계는 최고다. 틀림없이 평소의 행실이 좋았기 때문이겠지.

나태의 맛은 꿀맛. 영광, 근면, 정숙, 명예 따윈 흥미도 없다.

무엇을 감추랴———. 타락의 왕이란 다름 아닌 나를 말한다.

END

히이로 리벤지

벼락을 맞은 듯한 충격이 온몸을 타고 흘렀다.

장소는 레이지 님의 방. 리제 씨가 침실을 불태워 새롭게 옮겨진 침실은 새것이나 마찬가지였지만, 이미 그 침실의 주인과 마찬가지로 나태의 공기로 뒤덮여 있다.

있는 것만으로 졸음이 몰려올 것만 같은 독특한 분위기를 맛보게 하는 곳은, 마계가 넓다 하더라도 영침전뿐이겠지.

나태의 왕, 레이지 슬로터돌즈. 대마왕군에 소속된 유일한 나태의 왕. 그 인물이 침대의 빈틈에서 눈만을 보이고 있었다.

반쯤 감기고 반쯤 열린 듯한, 의욕이란 눈곱만큼도 없는 눈매. 완만한 동작과 얼빠진 표정. 그리고 거기에 어울리지 않는, 감지 계열의 스킬 같은 것을 지니지 않아도 명확하게 이해할 수 있는 초월적인 마력을 느낄 때마다, 나는 마치 대형동물을 관찰하고 있는 듯한 착각에 빠진다.

하지만 지금의 나에게 그런 일을 신경 쓰고 있을 여유는 없었다.

레이지 님의 눈에 확실하게 시선을 맞추고, 전율하는 목소리로 추궁했다.

"무슨…… 잠깐, 다시 한번! 지, 지금 거 다시 한번——."

"……너, 누구였더라?"

잘못 들은 것이…… 아니었다.

놀리고 있는 것도 무시하고 있는 것도 아닌, 순수한 의문에 저도 모르게 한 걸음 뒷걸음질 쳤다.

그런…… 믿을 수 없어!

누구였더라?! 지지지, 지금 '누구였더라?' 라고 말씀하셨나요?!

안 되겠다. 이해할 수 없다. 아무것도 생각할 수 없다.

다행스러운 것은 이 자리에 나와 레이지 님밖에 없었다는 일일 것이다. 이런 장면을 누군가에게 보였다가는 나는―― 부끄러움을 설욕하기 위해 처분해야만 할 뻔했다. 나보다 약한 자였다면 괜찮지만, 레이지 님의 침실에 들어올 만한 악마는 모두 나보다 격이 높다.

물론 재능에서 진다고 생각하진 않지만, 그 이상으로 군인으로서의 훈련을 빈는 리제 씨나 하드 씨에게 이길 수 있을 리기 없다. 미디아 씨라면 어떻게든 아슬아슬하게 우월할 수 있을지도 모르지만 그래도 귀찮은 일은 피하고 싶다.

아니, 그게 문제가 아니야!

딱히 악의가 없는 대형동물(아마 초식)을 앞에 두고, 나는 다시금 자기 이름을 밝혔다. 목소리가 떨리는 것은 도저히 막을 수가 없었지만.

"저, 저는…… 히이로예요! 로나의 동생인 히이로예요!"

레이지 님과 내가 처음 제대로 얼굴을 보고 자기소개를 했던 것은 바로 얼마 전의 일이다.

우리 일족은 이미 아주 오래전부터 레이지 님의 신변과 그 외여러 가지 시중을 들고 있고, 그중에서도 가장 힘이 강한 자가 레이지 님을 전담해서 돌본다는 규칙이 있었다.

이번 대의 시종은 언니이고, 두 번째가 나. 말하자면 나는 언니의 백업으로, 레이지 님에 대해서는 필요 최소한의 접촉밖에 용납되지 않았다.

언니가 보기 좋게 웰던으로 구워져서, 규정대로 후계자로서레이지 님의 방을 찾은 것이 잊을 수도 없는 최초의 해후다.

결국 언니가 부활한 탓에 나는 다시 서브가 되고 말았지만…….

그 뒤는 지금까지 예가 없는 일이기는 하지만, 다시 언니가 죽거나 했을 때를 위해 언니와 함께 레이지 님의 시중 수행을 하고있다. 언니는 레이지 님을 위해서라면 아무렇지 않게 규칙 위반을 하는 악마였다.

그런데 방에 들어오는 사람이 한 명 늘었음에도 불구하고, 레이지 님은 그것을 지적할 기색도 없다.

이러저러해서 다행스럽게, 레이지 님과 접촉할 시간은 최근에와서 굉장히 늘었다.

그럼에도 레이지 님이 나에게 보내는 시선은 처음에 만났을 때와 아무것도 변하지 않았다. 변하지 않는다. 변화 없어!

그것에 대해 질문을 해 본 결과가 '누구?'였다. 좋고 나쁘고이전에, 나는 아무래도 레이지 님에게 있어 이름이 있는 존재가아니었던 모양이다. 정말 말도 안 돼.

확실하게 바로 지금 두 번째 자기소개를 했었는데, 레이지 님은 빤히 내 눈을 보고 고개를 갸우뚱했다.

아~ 정말!

"……누구지?"

"……."

이 분노와 절망은 어디로 보내야 하지…….

악의가 없다고 다 괜찮은 건 아니다. 레이지 님의 뇌는 정말 스펀지 같은 것으로 되어 있는 걸까?

도끼눈으로 노려보는 나를 바라보는 레이지 님의 칠흑색 눈동자에는 감정이 떠올라 있지 않았다.

나는 다른 무슨 일이 있으면 폭력으로 해결을 시도하려는, 뇌가 근육으로 된 악마들과는 다르다. 생김새는 말할 것도 없이 귀엽지만, 능력도 나이에 비해서는 높다고 자부하고 있다. 그리고 그 이상으로, 다른 악마처럼 일이 자기 생각대로 되지 않았다고 해서 아무 네나 마구 화풀이하는 꼴불견 짓을 할 생각은 없다.

하지만 처음 인사했을 때에도 알아채고 있었지만…… 레이지 님의 태도는 오만의 악마에겐 너무나도 가혹하다.

내가 평범한 오만의 악마였다면 너무나 큰 절망에 자살했을지도 모른다.

나는 일류 악마인지라 그런 일은 하지 않지만요!

마음속으로 자신을 타이르듯이 해서 분노와 절망을 녹였다.

새삼 불평하려는 건 아니지만, 애초에 언니도 후계자인 나에게 조금 더 레이지 님에 대한 사전 정보를 줬어야 했다. 식사 시중이나 베드 메이킹, 요리 방법 등이 아니라, 레이지 님과 접촉하는 요령을.

'짐은'의 의미라든지!

자신이 죽은 뒤의 일도 제대로 생각하는 것이 레이지 님의 측근으로서의 책무가 아닐까?

자신이 불에 타고, 내가 레이지 님에게 '교체'를 선고받아 궁지에 몰릴 때까지 그런 기본적인 일도 가르쳐 주지 않았던 것은 틀림없이 언니의 악의였을 것이다. 완전히 심술이다. 그렇게 말할 수밖에 없다.

새삼 불평하려는 건 아니지만!

그건 그렇고, 이 가슴의 크기를 제외하면 언니에게도 뒤지지 않는 미모를 지닌 나를 앞에 두고 교체를 말하다니, 레이지 님은 정말로 무례한 분이다. 만약 레이지 님이 주인님이 아니었다면 나는 이혼장을 내밀었을 것이다.

머릿속에서 언니를 매도하며 필사적으로 어떻게 움직여야 할지 생각하고 있는 나에게 레이지 님이 말했다.

"로나는 어디 갔지?"

……어째서 언니의 이름은 기억하는데 내 이름은 기억하지 못하는가.

나는 입술을 깨물고 한 걸음 앞으로 나가, 레이지 님의 눈앞에 서서 졸린 듯한 얼굴을 내려다봤다.

최근에 어렴풋이 알게 된 시선이 귀찮다고 말하고 있다. 너무 무례하다.

"······레, 레이지 님, 어떡하면 제 이름을 기억해 주실 건가요?"

"······흥미 없어."

정말로 레이지 님은 흥미가 없어 보였다. 몇천 년이나 시중을 들고 있을 텐데 바로 얼마 전까지 언니의 이름도 기억해 주지 않았다는 모양이니, 정말로 흥미가 없을 것이다.

하지만 과거형이다. '마침내 이름을 기억해 주셨어!' 라며 만면에 웃음을 지으며 보고하러 온 언니의 표정을 나는 절대로 잊을 수 없을 것이다.

언니를 기억해 주었는데, 나를 기억해 주지 않다니······. 자존심이 자극받는다. 내가 뒤지고 있는 것은 가슴뿐! 가슴뿐이야!

그것 이외의 분야에서 내가── 물러날 수 있을 리가 없는 것이다.

레이지 님의 시선 한가운데로 얼굴을 가까이 가져가며 다시 한번 분명하게 말해 주었다.

"레이지 님, 히이로예요! 히 · 이 · 로!"

"······좋아."

좋아 라니, 뭐가 좋다는 것인가.

당혹스러워하는 나를 보고, 레이지 님이 전신의 힘이 빠져나갈 정도로 대단히 긴 한숨을 쉬었다.

"너, 명찰을 붙여."

* * * * *

"아니, 이게 아니야~앗!!!"

제정신을 차린 나는, 지금 막 작성한 이름이 새겨진 금속판을 바닥에 내던졌다.

레이지 님이 제안했을 때는 한순간 좋은 방법이라고 생각했지만, 냉정하게 생각해 보면 그런 짓을 했다고 해서 내 자존심이 충족될 리가 없다.

악마의 힘으로 바닥에 내동댕이쳤는데도 검은 금속으로 만들어진 인식표^{도그 태그}에는 상처 하나 나지 않았다. 그저 허무하게 빛을 빨아들이고 있다.

레이지 군 휘하의 사람이 신분 증명을 위해 몸에 다는 물건으로, 비품 창고에 보관되어 있는 것을 몰래 꺼내왔다. 이름을 새기는 데 익숙하지 않은 나는 한 시간이나 걸렸다.

내동댕이친 것만으로는 짜증이 가라앉지 않아, 태그를 두 번세 번 짓밟았다.

그런 의미가 아니야! 그런 의미가 아니에요!

나는 이름을 불리고 싶은 것이 아니라…… 언니처럼 외워 주길 바라는 것이다. 기억해 주길 바라는 것이다.

발끝으로 자근자근 밟아 주며, 거친 숨을 내쉬었다.

안 되겠다. 아무리 분풀이를 해도 울분은 조금도 가실 기색이 없고, 지금 거울을 보면 틀림없이 얼굴이 새빨개져 있을 것이다.

깨달은 그 사실이 흥분 상태에 찬물을 끼얹어, 조금은 머릿속이 냉정해진다. 이런 보기 흉한 모습을 누군가에게 보였다가는 내가 나를 용서할 수 없다.

그 자리에서 가슴에 손을 대고, 몇 번인가 심호흡을 반복했다. 방에는 아무도 없고 기본적으로 방음이긴 해도, 내 방은 언니와 공용이다. 언니는 바쁘니까 자기 방으로 돌아오는 것은 대체로 밤늦은 시간이 되지만, 지금 돌아올 가능성도 없지는 않다.

분노를 확실하게 컨트롤 가능할 정도로 진정시키고 한숨을 쉰 다음, 조금 전 짓밟았던 태그를 주웠다. 목줄을 낄 수 있도록 구멍이 뚫린 인식표. 눈에 띄도록 이름을 새겼으니, 목에 걸면 아무리 레이지 님이라도 내 이름을 알아챌 것이다.

하지만 그런 것을 쓰고 말았다가는, 틀림없이 이름을 영원히 기억해 주지 않을 것 같다. 내 감은 잘 맞고, 체인지를 당한 그날 이후 레이지 님의 성격은 언니에게 들어서 나름 이해하고 있었다.

"⋯⋯하지만 언니도 상당히 시간이 걸렸으니까⋯⋯."

입에서 나오는 혼잣말도 평소보다 어딘가 지친 목소리였다.

나는 노력이 정말 싫다. 옛날부터 정말 싫었다. 최대한 편하게 성과를 내는 것이 신소. 그런 점은 보답 받지 못할 깃을 알면서도 음침하고 꾸준하게 레이지 님을 모셔 왔던 언니와는 달라서, 그것이 담당하는 갈망의 차이까지 되었던 것이지만⋯⋯.

자랑이지만, 나에게는 재능이 있다. 자랑할 만한 재능. 노력하지 않더라도 뭐든지 잘할 수 있는 그런 재능. 나에게 딱 맞는 재능이.

지금까지는 뭐든지 할 수 있었다. 요리 세탁 청소 같은 가사는 물론 전투도 그럭저럭. 처음에는 할 수 없어도 조금 보고 들으면 습득했고, 그것으로 충분했다. 언니가 나에게 제대로 인수인계를 했었다면 교체당하는 일도 없었을 것이다.

하지만…… 이번만큼은 조금 불리할지도 모른다.

매일 누구보다도 빨리 일어나 부하에게 지시를 내리며 자신도 레이지 님의 시중을 들고 있는 언니. 그 헌신을, 아마 나는 누구보다도 알고 있다. 그렇게까지 자신을 죽일 수 있는 것은 언니가 담당하는 색욕의 갈망 탓, 나로서는 설령 언니를 뛰어넘겠다는 의도를 지니고 있다고 해도 도저히 흉내 낼 수 없다.

하지만 그것은 반대로 말하자면, 나에게는 나밖에 할 수 없는 일이 있다는 것이기도 하다.

살짝 목을 울리고, 손가락 끝으로 만지작거리고 있던 도그 태그를 주머니에 넣었다. 기합을 다시 넣고, 양 손바닥으로 자신의 뺨을 때렸다.

압도적인 내구력을 상대할 때 필요한 것은 불굴의 의지다.

내 입장에서 말하자면 언니의 헌신은 장점인 것과 동시에 단점이기도 했다. 언니에게는 유일하게 부족한 것이 있었다.

그것은── 자기주장.

그 넘쳐나는 애정을 헌신으로 바꿔서 묵묵하게 시중을 드는 언니에게는 자기주장이라고 부를 만한 것이 한 조각도 존재하지 않았다. 레이지 님이 오랜 세월 언니의 이름을 기억해 주지 않았던 가장 큰 이유도 그것이리라.

기본적으로 아무것도 부탁하지 않아도 모든 시중을 들어 주는 언니는 이름을 부를 이유가 없다. 물론 평범한 감성을 가졌다면 오랜 시간 신변을 돌봐 주는 사람의 이름이 신경 쓰이기도 했겠지. 하지만 레이지 님의 감성은 평범하지 않고, 레이지 님의 기억력도 또한 평범하지 않다.

주인이 될 사람을 바보 취급할 수는 없지만, 주변에 있는 야생 드래곤 같은 것들의 기억력이 더 좋다고 생각한다. 야생 드래곤이란 그 이름대로 악마에게 길러지고 있지 않은 야생 드래곤이다. 힘은 일반 악마보다도 약한 경우가 많지만, 그래도 드래곤인 만큼 지성이라고 부를 만한 것을 지니고 있다. 적어도 이름을 기억하는 것이 가능할 정도의 지성은 있다.

나태의 악마는 통각이 둔하다고 흔히 이야기되고 있지만, 둔한 것은 절대로 통각만이 아니다.

그래, 필요한 것은…… 임팩트다. 전혀 나를 기억할 마음이 없는 레이지 님의 뇌에 강제적으로 나의 존재를 새겨 줄 만한, 그런 임팩트가 필요하다.

결과론으로 말하자면 레이지 님은 언니의 이름을 기억할 수 있었나. 내 이름을 기억힐 수 없다고 말하게 둘 수는 없다.

고군분투. 팔을 들어 결의를 새롭게 다지고 정신을 차린 나는 ── 고개를 갸우뚱했다.

……어떻게 해야 하는 거지?

* * * * *

무관심과 생명체로서의 강도는 어쩌면 비례하는 것일까?

악마에게는 생물적인 수명이 없다. 외적 요인을 제외하면 악마는 언제까지고 계속 살아가고, 계속 강해진다.

그렇다고는 해도 항상 전장인 마계에서 그건 쉬운 일이 아니다. 그러니까 힘이 약한 악마들은 자신의 갈망을 억눌러서라도 상위자의 비호를 받으려 한다. 힘이 있는 자의 밑에 더욱 많은 힘이 모여드는 건 그래서이다.

마계에서 지배자 계급인 마왕이란 악마의 정점으로, 즉 모두 오랫동안 살아 있었다는 이야기가 된다. 레이지 님도 그 규칙이 적용되어, 우리 집안에 남아 있는 가장 오래된 기록에서 보면 5만 년 전에는 이미 존재해 있었다고 되어 있다. 엄밀하게 언제 발생했는지는 확실하지 않지만, 그것을 아는 사람은 레이지 님 본인이나 동세대의 다른 마왕 정도일 것이다.

5만 년.

상상도 되지 않을 정도의 세월이다. 수천 년밖에 살지 않은 나도 옛날 일을 기억하지 못하니까, 그 열 배는 살아 있는 레이지 님의 욕심이 흐릿해지고, 만물에 관심을 품지 않게 되고 만 것은 어쩌면 어쩔 수 없는 일일지도 모른다.

등받이를 앞으로 해서 의자에 앉아, 덜컥덜컥 흔들며 레이지 님에게 물어봤다.

임팩트를 주는 방법은 떠오르지 않았지만, 방법을 누군가에게 상담한다거나, 하물며 언니에게 묻거나 하는 것은 내 자존심이 용납하지 못한다. 혼자서 해내야만 의미가 있다.

"어떻게 생각하나요? 레이지 님."

"짐은."

레이지 님이 매정하게 대답했다.

최근에 깨달았지만, 레이지 님은 대답이 귀찮을 때 전후의 문맥에 상관없이 '짐은'이라고 대답하는 경향이 있는 모양이다. 더욱 귀찮아지면 완전히 무시하고 잠들기 시작한다. 그러니까 나는 그 부분의 미묘한 차이를 간파하며 대화를 시도해야만 한다.

여전히 어딘가 얼빠진 표정으로 레이지 님이 뒹굴뒹굴 자세를 바꾼다. 간신히 대답은 해 주고 있지만, 무엇 하나 상황이 나아지는 기색이 없다.

레이지 님 이외에 내가 알고 있는 마왕은 대마왕인 카논 씨 정도지만, 카논 씨는 이렇게까지 무관심하지 않았으니까 딱히 마왕 특유의 성질도 아니리라. 어쩌면 연령 차이 때문일 가능성도 있지만.

어찌 되었든 커뮤니케이션을 취하지 않으면 시작할 것도 시작하지 못한다.

내 대응은 주인에 대해 해서는 안 되는 것이니까 고치라고 언니에게 잔뜩 혼이 났지만, 레이지 님에 대한 대응은 조금 정도 무례한 편이 딱 좋았다. ……딱딱한 말투로 말을 걸면 자 버리니까.

"레이지 님, 잠만 자면 지루하지 않나요?"

"……좋아서 하는 거야. 내버려 둬."

레이지 님이 잠긴 목소리로 대답했다.

내버려 두라는 말을 들었다고 내버려 둘 수는 없다. 적어도 내 존재를 명확하게 인식해 줄 때까지는 방치할 수 없다. 한 번 잠이 들면 이 마왕님은 이렇게 나와 대화했다는 사실도 잊을 것이다.

조금이라도 인상을 남겨야 한다…….

사이드 테이블 위에 놓여 있던 작은 종이봉투를 들어, 레이지 님 앞에서 흔들흔들 흔들어 보았다.

"실은 오늘, 쿠키를 구워 왔어요."

"……."

수제 쿠키로 호감도 업 작전. 아마 그냥 대화하는 것보다는 좋겠지.

레이지 님은 그런 나를 말없이 되돌아봤다. 그런 레이지 님에게 나는 자신만만하게 말을 이어 갔다.

"제가, 이 히이로가, 자신의 손으로, 일부러, 레이지 님을 위해서!!"

"……."

"저는 사실 요리 실력에 자신이 있어요. 언니에게도 뒤지지 않아요."

"……."

"……드시고 싶으신가요?"

"아니."

……실패다. 티끌만 한 흥미도 보이지 않는다. 내가 바보 같다.

나는 대체 무엇을 하고 있는 것일까. 가슴속에 샘솟기 시작한 그런 감정에 순간 입술을 깨물고, 금방 웃는 얼굴을 만들었다.

이 정도로 꺾여서는 해 나갈 수 없어.

종이봉투에서 방금 만든 쿠키의 달콤한 냄새가 풍겨 나온다. 일부러 언니에게 비밀로 주방에 들어가 만든 자신작. 제대로 맛도 봤으니까, 먹을 수 없거나 하는 일은 없을 것이다.

"혹시 단것은 싫어하셨나요?"

"……아니?"

울적한 표정으로 고개를 갸우뚱하는 레이지 님.

그렇다면 대체 뭐가 불만인 것인가. 내가 일부러 손수 만들었는데.

"……그러면 드셔 주세요. 아, 제가 먹여드릴게요! 자, 앙~ 해 주세요! 앙~!"

"……."

무언, 무표정, 그래도 살짝 열린 입속으로, 하트형으로 만든 쿠키를 집어서 넣는다.

쑥스러움도 없고 감사도 없다. 주변에서 보면 이것처럼 보람이 없는 시중도 없을 것이다.

하지만 나는 살짝 감동하고 있었다. 싫으면 이불 속으로 틀어박힐 가능성도 있었는데, 굳이 먹어 주었다는 그 사실에.

그리고 금방 그런 하찮은 일에 달성감을 느끼고 있던 자신을 깨닫고 깜짝 놀랐다.

……정말로 나는 대체 무엇을 하고 있는 걸까. 하지만 그래도 일보 전진한 건 사실이다.

먹어 주기만 하면 맛있을 자신은 있다.

조금 두근거리며 레이지 님에게 물었다.

"맛있나요?"

"그래."

"······좋았어."

확실한 반응. 무의식중에 주먹에 힘을 꽉 주었다.

레이지 님은 지금 분명히, 분명히 맛있다고 말했어!

무시당할 가능성도 있었던 만큼 기쁨은 한층 더 크다. 살짝 자존심이 충족되어 뺨이 풀어진다.

레이지 님의 약점은 단것. 마음속의 메모에 그 새로운 사실을 확실하게 써 두고, 춤추고 싶어지는 몸을 간신히 억누르고 레이지 님에게 다시 한번 물었다. 물론, 이름의 주장도 잊지 않고.

"히이로가 만든 쿠키, 하나 더 드시겠어요?"

"······아니, 됐어."

예상 밖의 대답에 사고가 순간 얼어붙는다.

뭐어어어어?! 어, 어째서어?! 맛있다고, 맛있다고 했으면서!

떨리는 입술로 다시 한번, 제대로 감상을 물었다.

"마······맛이 없으셨나요?"

"아니?"

······말에 행동이 동반되지 않는다.

거기서 나는 말없이 쿠키를 들고, 슬쩍 레이지 님의 입가로 가져가 보았다. 눈썹을 찌푸렸지만 살짝 열려 있는 입속으로 쿠키를 넣는다.

쿠키를 씹으려고 조금 움직이는 뺨을 반쯤 어이없어하면서 내려다봤다.

문득 생각이 떠오른 것을 질문해 봤다.

"······설마, 먹는 것이 귀찮으신가요?"

"……그래."

삼킨 것인지 목이 살짝 움직이고, 레이지 님이 고개를 끄덕이지도 않고 간결하게 대답했다.

사고방식이…… 너무 다르다.

레이지 님에게는 맛있는 것을 먹는 메리트보다도 먹는 수고라는 디메리트 쪽이 큰가. 일부러 입가까지 가져다주었는데, 먹는 것이 귀찮다니…….

언니, 정말로 용케 오랜 시간 시중을 들고 있네.

레이지 님이 어이없기 전에, 언니가 지닌 갈망의 깊이에 대한 감탄이 더 커졌다.

* * * * *

어쩌면 나태란 애초에 오만과 상성이 나쁜 것이 아닐까…….
아니, 나쁜 정도가 아니다. 최악이다.

나는 마침내 마음속 어딘가에서 계속 생각하면서도 외면해 왔던 견디기 어려운 사실과 마주했다.

상성 정도로 포기할 마음은 전혀 없지만, 레이지 님을 보고 있으면 아무래도 그 생각에 눈길이 쏠린다. 좀 더 격렬하게 감정을 드러내 준다면 나로서도 여러모로 보람이 있지만, 레이지 님의 반응은 약간의 거동과 두세 마디의 말뿐. 솔직히 재미가 없다. 아침부터 밤까지 레이지 님에게 붙어 있는데 보람이 없다고 생각하고 마는 것도 무리는 아니겠지.

그렇다고 해도, 다음으로 상성이 나쁠 분노의 갈망을 지닌 리제 씨가 어찌어찌 자포자기하지 않고 해 나가고 있는 이상(말은 그래도 상당히 수상쩍기는 하지만) 뒤지고 있을 수는 없다. 리제 씨에게 패배하게 되면 정말이지 내 악마로서의 체면에 문제가 생긴다.

며칠 시간을 두고, 나는 다시금 레이지 님과 마주했다. 침실에는 나와 레이지 님밖에 없다. 언니가 레이지 님의 침실에 들어오는 것은 기본적으로 아침 점심 저녁의 세 번뿐이다. 그 시간대를 제외하면 대체로 레이지 님은 혼자가 된다.

반쯤 포기했지만 레이지 님에게 선언했다.

"레이지 님, 저는 히이로예요."

"······그러냐."

돌아오는 말은 평소와 같은 것이다.

과연 내 말을 이해하고 있는가조차 확실하지 않다. 야생 드래곤에게 곡예를 가르치고 있는 듯한 기분이지만, 난이도가 전혀 다르다. 틀림없이 야생 드래곤에게 곡예를 가르치는 편이 간단할 것이다. 왜냐면 야생 드래곤은 제대로 나를 봐 주니까.

사이드 테이블에 걸터앉고, 다리를 달랑달랑 흔들거리며 물어 봤다.

"······레이지 님이 원하는 것은 무엇인가요?"

"안식."

······나보고 어쩌라고.

즉답해 준 것은 좋지만, 레이지 님이 바라는 것은 나에게는 허들이 너무 높다. 물욕도 명예욕도 없고, 색욕도 없어 보이는데 레이지 님은 대체 뭐가 즐거워서 살아 있는 것일까.

입술에 손가락을 대고 한동안 생각해 봤지만, 내가 왕의 마음을 이해할 수 있을 리도 없다.

평소와 다르지 않은 자세, 평소와 다르지 않은 눈, 평소와 다르지 않은 표정, 평소와 다르지 않은 목소리, 침대 속에서 참으로 당연한 것처럼 자고 있는 레이지 님을 빤히 바라봤다.

임팩트를 줄 방법이 그리 간단히 떠오를 리도 없어, 문득 품고 있던 의문을 던져 보았다.

"……레이지 님, 살아 있는 게 즐거우신가요?"

"굉장히."

예상 밖의 즉답. 저도 모르게 눈을 크게 떴다.

레이지 님의 표정을 다시 한번 빤히 관찰했다. 창백한 피부에 다크 서클이 내려앉은 눈. 감정이 떠오르지 않는 용모는 허무라는 말이 딱 들어맞는다. 전신에 두른 퇴폐적인 분위기가 어떤 의미로는 어느 악마보다도 악마답다.

전혀 즐거워 보이는 듯한 표정을 짓고 있지 않은데도, 즐거우신가요…….

"……뭐가 즐거우신가요?"

"전부."

또다시 즉답. 즉답은 좋지만, 대답이 답이 되지 못했다.

분명 물어봐도 만족스러운 대답은 돌아오지 않겠지. 이해하는 것은 꺼림칙하지만, 자신의 입장에 대입해서 시험 삼아 생각해 보았다.

아무것도 하지 않아도 나오는 밥. 아무 말도 하지 않아도 언니가 신변의 시중을 들어 주고, 싸우지 않아도 높아지는 지위에 아무 말도 하지 않고 일하는 부하들. 게다가 나처럼 미소녀 악마가 의견을 구하는 나날.

……그렇구나, 그렇게 생각해 보니…… 천상의 생활이라고 말할 수 있을지도 모른다.

하지만 그래서는 곤란하다. 내 입장도 조금은 생각해 줘야 한다.

생각에 잠기고 몇 분, 하늘의 계시를 받았다. 레이지 님의 바람과 내 갈망, 쌍방이 충족될 좋은 아이디어가.

"……그렇지, 레이지 님. 무릎베개를 해드릴까요?"

안식. 나 같은 미소녀가 해 주는 무릎베개 이상의 안식은 틀림없이 없겠지.

보통 악마라면 평생 맛볼 수 없는 최고의 행복이다. 그리고 레이지 님이 원해 준다고 하면 내 갈망도 그럭저럭 충족된다.

하지만 레이지 님의 표정은, 나의 더할 나위 없는 아이디어에도 변함이 없다. 평소와 같은 표정으로 중얼거렸다.

"……귀찮아."

"그렇게 말씀하지 말고요! 레이지 님은 자고 있기만 하면 되니까……."

오만의 악마에게 이렇게까지 타협을 이끌어 내는 것은 틀림없이 레이지 님밖에 없을 것이다.

대답을 기다리지 않고 구두를 벗은 후 침대 위로 올라갔다. 침대에 올린 무릎이 무게 때문에 크게 가라앉는다. 레이지 님의 방은 엄청나게 검소하지만, 예외적으로 침대와 곁에 두는 안락의자만은 고급품이다.

킹사이즈 침대는 두세 명이서 자더라도 충분히 여유가 있는 넓이였다. 몸집이 작은 나라면 무릎베개도 여유롭게 할 수 있다.

머리가 올라가 있는 큰 베개를 억지로 빼내고, 방해가 되지 않도록 옆에 뒀다.

레이지 님은 무저항이다.

다른 갈망을 담당하는 마왕님이었다면 나는 숙청당했겠지. 하지만 평소라면 '위엄이 없다' 고밖에 말할 수가 없는 그 성질도 지금에 와서는 도움이 되었다.

레이지 님의 머리를 공손하게 들어 올려, 무릎을 꿇고 앉은 자신의 무릎 위에 올렸다. 마왕으로서의 힘은 강해도, 레이지 님의 체중은 그다지 무겁지 않다.

어딘가 기분 좋은 무게감이 무릎에 실리고, 약간이지만 두근거렸다.

정기적으로 언니가 잘라 주고 있는 검은 머리카락 아래에서, 칠흑의 홍채가 무감동하게 이쪽을 올려다보고 있었다.

"……어떠신가요?"

"……평범해."

대단히 무례한 대답.

아무리 그래도 여자아이가 무릎베개를 해 주는데 할 말인가.

"……레이지 님은 섬세함이 없으시네요."

"……."

기분이 상한 기색도 없이, 레이지 님이 고개를 옆으로 돌렸다.

무릎 위를 꼼지락거리며 꿈틀대는 뭐라 말할 수 없는 감촉에 저도 모르게 비명 같은 소리를 낼 뻔했지만 간신히 지르지 않고 참았다.

무료한 손을 레이지 님의 머리에 올렸다. 무슨 짓을 해도, 레이지 님은 소리 하나 내지 않는다.

그대로 머리카락을 쓰다듬어도 레이지 님은 아무 말도 하지 않았다. 레이지 님에게 들려주듯이 계속 말했다.

"레이지 님, 저는 히이로예요. 히이로예요."

"……."

"무릎베개든 뭐든 해드릴 테니까 기억해 주셔야 해요. 저는 히이로, 히이로예요~."

다음 순간, 예상 밖의 말이 돌아왔다.

"……그 히이로가, 뭘 하고 있는 걸까?"

……?!

문득 등 뒤에서 던져진, 이 자리에는 없는 사람의 목소리에 사고가 멈췄다.

억눌린 듯한 음색에 식은땀이 흘렀다.

들려서는 안 될 목소리. 아니, 잘못 들었어……. 틀림없이 잘못 들은 거야.

"……히~이~로~? 레이지 님에게 무슨 짓을 하고 있는 걸까?"

"……."

필사적으로 설득하는 자신을 현실로 끌고 오는 목소리.

레이지 님의 머리를 무릎 위에 올린 채로 머뭇머뭇 뒤를 돌아봤다.

그곳에는 수라가 있었다.

나와 같은 금발에 푸른 눈이고, 똑같은 메이드 복의 가슴팍을 밀어 올리는 가슴은 나보다 배 이상 크다. 살짝 쳐진 눈꼬리와 붉은 입술은 웃음을 짓고 있지만, 태어난 직후부터 계속 함께 있었던 나는 알고 있다. 언니는 화를 내고 있을 때라도 웃는다. 그리고 오랜 세월 함께 지내 왔던 나에게는 미소 짓고 있을 때라도 화내고 있으면 분명히 알 수 있다.

보살 같은 웃음을 짓는 로나 언니에게, 나도 경직된 웃음을 지어 보였다.

"……아하."

"……레이지 님, 죄송해요. 동생이 폐를 끼쳐드렸네요."

내 웃음을 무시하고 깊숙이 머리를 숙이는 언니에게, 레이지 님은 평소대로 한마디로 대답했다.

내가 살짝 품고 있던, 옹호해 줄지도 모른다는 기대를 간단히 배반하고.

"짐은."

"……레이지 님, 제가 생각해 봤는데, '짐은'을 너무 적당히 쓰는 거 아닌가요?"

언니의 설명에 따르면 '짐은 개의치 말고 뜻대로 하여라'라거나 혹은 '짐은 만족한다'의 축약인 모양이지만, 어느 쪽의 의미에도 해당하지 않는 패턴이 너무 많다.

현실을 외면하며 불평하는 내 어깨로 언니의 손이 뻗어와, 살짝 얹어졌다.

다섯 손가락의 끝이 어깨에 파고든다.

섬섬옥수라는 표현이 딱 들어맞는 가녀린 손끝에서 나온다고는 믿을 수 없는, 어깨의 뼈가 삐걱거릴 정도의 엄청난 힘. 오만이 격이 낮은 자를 상대했을 때 높은 능력을 발휘하는 것과 마찬가지로, 색욕은 사랑하는 자와 관계가 있을 때 가장 높은 능력을 발휘한다.

어깨를 쥐어 으스러트리려는 듯한 그 손바닥에서는 분명한 분노가 느껴졌다.

서서히 강해지는 아픔에 비명을 질렀다. 이 여자, 진심이다. 동생의 어깨를 진심으로 박살 내려 하고 있다.

곧바로 백기를 들었다. 이렇게 된 언니에게 이긴 적이 없다.

"아파……! 잠깐…… 언니?! 자, 잘못했어! 내가! 잘못했으니까!"

반드시 이렇게 될 것이라고 생각했으니까 언니가 없을 때를 노리고 왔는데 어째서——.

아무래도 이번만큼은 정상 참작의 여지가 없는 모양인지, 언니의 눈은 이런 마당에도 나를 보고 있지 않았다. 그저 레이지 님 쪽만을 보고 있다.

"긴급히 재교육을 할 테니 부디 용서해 주세요."

"짐은,"

"아, 아니, 나, 나는 레이지 님을 생각해서── 꺄악?!"

무기질적인 음색에 변명을 시작했을 때, 등줄기에 정체를 알 수 없는 충격이 흘렀다.

언니가 어깨를 잡고 있는 손과는 반대 손으로, 엉덩이에서 뻗은 꼬리를 붙잡은 것이다. 꼬리뼈에서 등줄기를 타고 오르는 충격에 몸이 떨렸다.

전에 잡혔을 때도 생각했지만, 꼬리를 붙잡다니 아무리 동성이라고는 해도 믿을 수가 없다! 그것은 일종의 불문율이다. 설령 전쟁이라도 악마의 꼬리를 노리거나 하는 잔혹한 사람은 없다.

"잠깐…… 언니── 꼬리?!"

"히이로, 레이지 님께 사죄드려."

언니가 꼬리를 가볍게 잡아당겨, 항의를 강제로 중단시켰다.

뼛골까지 시린 음색과 꼬리가 단속적으로 전해 오는 충격에 뇌가 바싹 탄다. 아무것도 생각할 수가 없다.

필사적으로 몸을 비트는 나에게, 언니가 그저 조용히 되풀이한다.

"레이지 님께 사죄드려."

"아, 아랏! 알았어! 알았으니까 꼬리──!"

"사죄드려."

꼬리를 문질문질 손끝으로 눌러, 나는 충동적으로 언니의 말에 따랐다.

그런 잔혹한 짓은 절대로 하지 않을 것으로 생각하고 싶지만, 혹시 따르지 않았다가는 꼬리를 잡아 뽑히는 게──.

악마의 재생력은 높다. 혼핵만 부서지지 않는다면 죽지는 않겠지만, 뽑힌 꼬리가 다시 자라나는지 어떤지는 대가가 너무 커 시도할 생각조차 들지 않는다.

반항 따윈 생각할 수 없다. 레이지 님 쪽을 돌아보고, 언니가 만족할 수 있도록 가능한 큰 목소리를 냈다.

"죄, 죄송해요! 레이지 님, 죄송해요! 제가 잘못했어요!"

조금도 풀릴 기색이 없는 배후의 기척을 느끼며 입술을 깨물었다.

······나, 레이지 님에게 나쁜 짓 하지 않았는데.

너무해. 너무 지독하다. 틀림없이 언니는 곱게 죽지 못할 것이다.

필사적으로 사죄하는 나──. 레이지 님은 그런 나와 언니를 보고도 눈썹 하나 움직이지 않았다. 이거, 레이지 님은 절대로 신경 쓰지 않는다니까!

언니는 마지막으로 마치 비룡의 고삐라도 잡아당기듯이 꼬리를 세게 당겼다. 그리고 아직 무릎 위에 올라가 있던 레이지 님의 머리를 공손하게 들어 올려, 옆에 치워 뒀던 커다란 베개 위에 조심스럽게 놓았다.

베개에 가라앉는 레이지 님의 머리, 멍하니 천장을 올려다보는 눈길에 시선을 맞추고 다시금 제대로 머리를 숙였다.

"제 동생이 폐를 끼치고 말았어요."

"짐은."

절대로! 절대로 사용법이 잘못되었어!

외치고 싶었지만 다시금 꼬리를 강하게 잡혀 말을 막혔다. 너무 지독해. 상처가 나면 어떻게 책임을 지려는 거야!

언니는 말을 꺼내지 않았지만, 무엇을 해야 할지는 알고 있었다. 마치 인질이라도 잡힌 것처럼 꼬리를 잡힌 채로, 천천히 구두를 신고 침대에서 내려왔다. 긴장과 공포로 심장이 경종처럼 울리고 있었다. 무릎이 꺾일 것만 같다.

언니는 레이지 님을 위해서라면 주저 없이 귀여운 동생의 꼬리를 잡아 뽑을 것이다. 동기를 주어서는 안 된다.

언제나 온화한 사람일수록 그럴 마음을 먹으면 인정사정이라는 것을 모르는 법이다. 힘 조절이라는 것을 모른다. 리미터가 부서져 있다. 수십 년밖에 살지 않은 어린 악마도 알고 있는 것인데, 야생 드래곤도 알고 있는 일인데, 해도 될 일과 안 될 일의 구별이 되지 않는 것이다. 이 사이코패스!

"……히이로? 반성하지 않는 모양이네."

"어?! 아, 아니, 반성……하고 있어요."

목소리를 내지 않고 온갖 욕설을 퍼붓던 나를 내려다보는 언니의 눈. 거기에는 자비가 전혀 없었다.

나와 같은 색의 눈인데 어째서 그런 잔혹한 색을 낼 수 있는 것일까. 세상에는 절대로 거역해서는 안 될 존재가 있다. 힘이 강하고 약하다 같은 문제가 아니라 상성이 나쁜 존재라는 것이다.

나는 틀림없이 절대로 언니에게 이길 수 없을 것이다. 이건 틀림없이 트라우마다. 악몽을 꿀 것 같다.

떨리는 어깨를 껴안고, 조금이라도 동정을 살 수 있도록 연약한 시선으로 언니를 올려다봤다.

침묵하기를 몇 초, 언니가 살짝 시선을 피했다. 다행이다. 이번에는 세이프인 모양이야.

내 공포가 어찌어찌 통한 것인지, 꼬리가 해방된다. 곧바로 나는 꼬리를 없앴다. 붙잡혀 있을 때는 할 수 없지만, 이것으로 간신히 안심. 여자 악마에게 꼬리는 자존심의 증거다. 일상 생활에서 없애다니 있을 수 없는 일이지만, 상황이 어쩔 수가 없다.

언니가 입맛을 다시는 것처럼, 여봐란듯이 날름 입술을 핥았다. 안심하고 한숨 돌린 내 마음속을 꿰뚫어 보고 있는 것처럼.

명확한 위협 행위. 약점을 잡힌 것도 아닌데, 어째선지 떨림이 멈추질 않는다.

"······다음에 같은 짓을 했다가는──."

"해······했다가는······?"

꿀꺽 침을 삼켰다.

그런 나에게 빙긋 냉혹한 웃음을 보내고, 언니는 거기서 말을 끊었다.

나는 다음을 들을 수 없었다. 거기에는 악마가 있었다. 레이지 님보다도 훨씬 무시무시한 악마가.

하지만 정말이지 영문을 알 수가 없다. 항상 규칙적인 업무 패턴에 따라 침실을 방문하는 언니가 왜 이 타이밍에 이곳에 있는 것인가. 문은 확실하게 닫아 두었고, 소리가 밖으로 샐 일도 없었을 텐데.

아니, 애초에 무릎베개 정도로 어째서 이렇게나 혼이 나야──.

이쪽의 수라장을 전혀 개의치 않고 눈을 감아 버린 레이지 님이 이제는 미워 죽겠다. 레이지 님도 꼬리가 뽑히면 좋을 텐데……. 아아, 레이지 님에게는 꼬리가 없었다.

공포에서 벗어나기 위해 필사적으로 쓸데없는 것으로 생각을 돌리는 나를, 언니의 영리한 시선이 또다시 꿰뚫었다.

"……."

말없는 시선에, 나는 쓸데없는 생각을 하는 것을 그만두었다.

안 된다. 지금의 언니에게는 머릿속에서 생각하는 것만으로도 간파당할 것 같다. 그런 스킬은 없을 텐데도, 그 행동에는 무슨 짓을 저질러도 신기하지 않은 위압감이 있다.

"자, 히이로. 가자."

"……예."

기분은 죄인. 연행되는 듯한 기분이었다.

언니의 뒤를 따라 레이지 님의 방을 뒤로했다.

느낌은 있었다. 앞으로 조금, 앞으로 조금만 더 들려줄 수 있었다면 레이지 님이 내 이름을 기억해 줬을지도 모르는데.

언니가 최악의 타이밍에 방에 들어오고 말았던 것이 그저 원망스럽다.

입을 다물고 담담하게 계속 걷는 언니. 그 목적지가 과연 어디인지. 내가 알 수 있는 건, 그곳이 어디더라도 나를 기다리는 건 지옥이라는 사실뿐이다. 아무것도 바라지 않는다. 아무것도 바라지 않으니까 꼬리만은 용서해 주세요, 언니.

한동안 말없이 뒤를 따라갔지만, 침묵을 견디지 못하고 입을 열었다. 가녀린 등이 너무 무섭다.

"······저기······."

"······뭐야?"

단 한 마디에 담긴 감정이, 언니의 화가 조금도 가라앉지 않았다는 사실을 보여 주고 있다.

조금이라도 무거운 분위기를 완화하고 싶었지만, 아무것도 생각하지 않았던지라 순간적으로 좋은 말이 나오지 않았다.

그 대신에 나온 것은 좀 전부터 계속 생각했던 의문이었다.

"어, 어째서 언니가 그 시간에 레이지 님의 방에———."

이상하다. 있을 수 없다.

내 사전 조사는 완벽했을 것이고, 언니의 움직임도 시계처럼 규칙적이다.

언니의 업무 패턴이 바뀌는 것은 큰 사고가 있었을 때 정도다. 예를 들면 리제 씨에게 숯덩어리가 된다거나.

쓸데없는 짓을 하다가 들키면 혼이 나리라는 건 말할 것도 없이 이해하고 있었다. 나는 로나 언니의 동생이다. 태어났을 때부터 계속 함께였으니 나보다 그 성격을 숙지하고 있는 사람은 없을 것이다. 애초에 시중 담당도 아닌 내가 적극적으로 레이지 님에게 관여하는 것은 규칙 위반이고.

내 말에 언니가 걸음을 멈춘다. 나도 멈췄다.

등을 돌린 채로 나온 언니의 목소리는 떨리고 있었다. 아니, 떨리는 건 목소리만이 아니다. 몸 전체가 마치 무언가를 견디고 있는 것처럼 잘게 떨리고 있다.

쥐어 짜내는 듯한 목소리.

"……레, 레이지 님이……."

"레……레이지 님이?"

설마…… 드래곤의 꼬리를 밟았나?

전전긍긍하며 말을 기다리는 나에게, 언니가 믿을 수 없는 소리를 했다.

"……네, 네 동생인 히이로가 최근에 시끄러우니까 데리고 가라고……."

"어?!"

시끄러우니까 데리고 가라니, 너무하── 아니 잠깐, 그게 아니야!

거기가 아니야! 그것도 너무하지만, 거기가 아니야!

"……네 동생인 히이로가 최근에 시끄럽다고……?"

"……그, 그래."

신기하게도 화를 참고 있는 듯한 낮은 음색도 무섭지 않았다.

그저 언니의 말을 머릿속에서 몇 번이고 반추하며 확인한다.

……어라?

나, 이름을 기억해 달라며 계속 붙어 있던 건데…… 어라아?

설마, 제대로 기억해 주고 있어?

언니가 천천히 돌아봤다. 그 용모는 이제까지 봤던 적이 없을 정도로 노기를 띠고 있었다.

화가 나 떨리는 눈썹. 그 입에서 흘러나오는 노성. 신기하게 무섭지 않다.

"정말로 믿을 수가 없어! 레이지 님이 뭐라고 말씀하셨는지 알아?! 아침부터 밤까지 히이로가 '히이로예요 히이로예요'라며 시끄러워서 견딜 수가 없대! 나에게 그렇게 말씀하셨어! 그 녀석은 나를 뭐라고 생각하는 거냐고, 그렇게 말씀하셨어! 나는 정말로 심장이 멎는 줄만——."

입에서 흘러나오는 잔소리도, 그 시선에 담긴 살의에 한없이 가까운 무언가도 전혀 신경 쓰이지 않는다.

작게 승리 포즈를 만들고,

"……해냈어."

언니가 몇천 년에 거듭해 간신히 이른 경지에 1년도 걸리지 않고 도달했다. 이것은 언니를 뛰어넘었다고 해도 과언이 아니지 않을까.

흐흥. 나에게 걸리면, 이 히이로에게 걸리면 이쯤이야.

지금 거울을 보면 나는 심하게 싱글거리고 있을 것이다. 겨우 나의 염원이 이루어진 것이다. 싱글거리는 표정을 보이다니 자존심이 허락하지 않지만, 어쩔 수 없다. 이것은 어쩔 수가 없다.

그러니까 나는 깨닫지 못했다. 자신이 지나치게 들떠서 무엇을 무시하고 있었는지를.

들뜬 머리를 갑자기 덥석 붙잡혔다. 거기서 간신히 깨달았다.

기쁨으로 흘러넘치고 있던 사고가 고드름이라도 꽂힌 것처럼 단숨에 빙점 아래에서 차갑게 식었다.

"히~이~로~?"

"히익?!"

지옥의 밑바닥에서 기어 올라온 망자 같은 목소리. 듣는 것만으로 심장이 얼어붙을 것 같은 살의를 품은 목소리. 귀여운 새끼를 살해당한 야생 드래곤이라도 그런 목소리는 내지 않을 것이다.

악마가 있었다. 아니, 이미 거기에는 마왕의 품격이 보이고 있었다.

평소에는 잔잔한 수면처럼 투명한 푸른 눈동자가 마계의 태양처럼 진홍색으로 빛나며 나를 내려다보고 있다.

쓰레기라도 내려다보는 듯한 냉철한 눈동자와, 그것과 상반되는 분노의 감정이 뒤섞인 시선을 표현할 말을 나는 지니고 있지 않다.

마비된 것처럼 만족스럽게 움직이지 않는 목을 전력으로 움직였다. 자신의 것이라고는 생각되지 않는 잠긴 목소리가 나왔다.

"아, 어, 언……니?!"

"……."

이것은…… 안 좋다.

"미안해요 미안해요 미안해요. 그, 그렇게 화내면, 분노에 눈 뜨고 마니까, 그, 그만두는 편이——."

"……."

말없이 서서히 강해지는 힘.

거기서 나는 뒤늦게나마 마침내 진심으로 이해했다. 나는 오늘 이곳에서 죽는 것이다.

아아, 어차피 죽는다면, 마지막으로 레이지 님의 입에서 내 이름이 나오는 것을 직접 듣고 싶었는데…….

죽음을 앞두고 떠오른 것은, 그런 사소한 바람뿐.

어쩔 수 없어. 아아, 이것은 어쩔 수가 없어.

* * * * *

"레~이~지~님?"

"……뭐야?"

"제 이름, 알고 계시나요?! 알고 계시죠?!"

레이지 님은 언니의 체벌을 간신히 근성으로 견뎌내고 의기양양하게 자신의 가치를 확인하러 온 나를 귀찮다는 듯한 눈으로 올려다보고 고개를 갸우뚱했다. 그리고 믿을 수 없는 소리를 했다.

"……누구였더라?"

"……어?"

레이지 님은 농담을 할 만한 악마가 아니다. 그런 귀찮은 짓을 할 만한 악마가 아니다.

설마…… 벌써 잊은 거야?! 아직 하루밖에 안 지났는데…….

절망에서 기쁨. 그리고 다시 절망으로.

너무 심한 낙차에 정신을 차리지 못하는 나에게, 레이지 님이 친절하게도 최후의 일격을 날렸다.

평소에는 제대로 움직이지 않는 주제에, 이럴 때만 야무지다니…….

"……누구야?"

……누구……야?!

세상이 무너진다. 뇌리에 최근에 했던 레이지 님에 대한 어필과 언니에게 받은 고문 같았던 체벌이 주마등처럼 흘렀다.

　화내는 언니를 앞에 두고도 느끼지 않았던 절망을 뛰어넘은 절망. 도착하는 곳은…… 무(無)다.

　그 순간, 나는 처음으로 타락과 포기, 도피와 열화, 정지와 쇠퇴, 타성을 담당하는 타락의 왕의 진정한 무서움을 실감한 것이었다.

　아무리 그래도 너무 가혹하다.

후기

　이번에 '타락의 왕 Ⅱ'를 구매해 주셔서 감사합니다. 작가인 츠키카게입니다.

　본 작품은 소설 투고 사이트에서 연재했던 '타락의 왕' 제1부 후반을 대폭 가필 수정한 것입니다.

　인터넷 연재판부터 보신 분들은 이미 아시겠지만, 구체적인 숫자로 말하자면 4할 정도가 가필 분량입니다. 줄거리 자체는 연재판과 차이가 없습니다만, 이야기를 깊게 파고 들어갔습니다. 연재판부터 보신 분도, 서적판으로 처음 읽어 주신 분도 조금이라도 즐겨 주셨다면 다행입니다.

　내용은 1권에 이어, 부조리한 특수 능력을 지닌 악마들이 각각의 갈망에 따라 날뜁니다. 1권이 코미디 성분이 많았다면, 2권은 약간 시리어스 성분이 많은 내용으로 되어 있습니다. 읽으면서 자신이 악마로 환생한다면 어떻게 되었을까 하는 생각을 해 주시면 재미있을지도 모르겠습니다.

　자, 이번 작가 후기의 페이지도 잔뜩 받았으니까 쓸데없는 것이라도 써 볼까 싶습니다.

서두에서도 썼습니다만, 본 작품은 원래 인터넷에서 연재하던 것이 패미통 문고님의 눈에 들어 출판하게 되었습니다. 원래는 10년 가까이 투고하고 있었는데, 그때까지 저 본인에게 작가가 되자는 대담한 마음은 없었습니다. 이 작품도 취미로, 쓰고 싶은 것을 제멋대로 쓴 것입니다.

　본 작품을 쓴 것은 잊히지도 않는 2014년의 12월 말, 인터넷 연재 중이던 첫 번째 작품이 일단락된 후였습니다. 새 작품이라도 뭔가 써 볼까 생각하고 키보드를 두드리기 시작할 때 튀어나온 것이 본 작품의 주인공. 바로 월급쟁이 직장인 환생자, 좋아하는 것은 수면이고 싫어하는 것은 귀찮은 일 전반, 타락을 담당하는 대악마인 레이지 슬로터돌즈였습니다.

　테마는 사상 최강의 나태 주인공(얼마나 나태하냐면, 주인공인데 거의 등장하지 않을 정도로 나태)이 영원에 가까운 생을 갖게 되면 뭐가 어떻게 될 것인가. 모티브는 7대 죄악으로 각 장의 구성은 7대 죄악＋1. 캐릭터의 시점을 일시적이 아니라 자주 바꾸는 수법은, 인터넷 연재 중에 찬반양론이 있어서 두근거리며 투고했던 것을 기억하고 있습니다.

　연재판에서는 현재 제2부까지 연재하고 있는데, 당초 생각했던 것은 제1부(즉, 이번 권)까지였습니다. 중편으로 쓰기 시작했는데 어째선지 조회수가 늘어나고, 어째선지 많은 평가를 받았습니다. 그리고 어째선지 출판사에서 연락이 와, 이렇게 1년 조금 넘어 서적이 되었습니다. 뭔가 신기한 느낌이 듭니다.

자, 아직도 페이지가 남아 있는 모양이니 계속해서 설정이라도 보면서 캐릭터 소개를(스포일러가 들어갈 가능성이 있으니까 주의 바랍니다).

레이지 슬로터돌즈 …… 주인공. 전생에는 월급쟁이 직장인이었다가 어느샌가 환생해 버린 남자. 이세계에서는 세상에 보기 드문 나태의 마왕이 된다. 인간 시절부터 나태하고 휴일에는 계속 잠만 자던 남자였지만, 악마가 되고 나서 식사, 수면, 배설도 필요 없게 되어 한층 더 발전했다. 나태하기는 하지만 아무것도 하지 않는 것은 절대로 아니고, 편해지기 위해서라면 수단을 가리지 않는다. 검은 머리 검은 눈. 일본인이었던 시절의 이름은 '레이지(礼二)'. 연재 시에는 담당 챕터의 문자 수가 적어서 곤란했다.

리제 블러드크로스 …… 대마왕 직할부대, 검은 사도의 멤버이자 주인공의 감시를 담당하는 여자 악마. 보유한 갈망은 분노로, 레이지 밑으로 배속된 당시에는 자주 화를 냈었지만, 후반부터는 익숙해져서 화낼 기회가 적어졌다(그렇다기보다 참을 수 있게 되었다). Web 연재 시, 로나를 재로 만들었을 때는 Web의 감상란에 아비규환을 일으켰다. 고생하는 타입.

데지 블라인다크 …… 레이지 군에서 군 하나를 총괄하는 남자 악마. 작중에서 유일하게 괴물 같은 생김새를 지녔다. 탐욕을 담당하는 악마로 실력도 나쁘지 않고 성격도 그럭저럭 정상이지만, 그런 만큼 욕심이 약해 그것이 마왕에 이르지 못하는 이유가 되었다. 하지만 욕심이 약해서 아직 어떻게든 살아 있는 것이니까…… 뭐. 상당히 마음에 들었지만 출연이 적었던 것이 살짝 아쉬움이 남기도.

미디아 룩스리아하트 …… 레이지 군에서 군 하나를 총괄하는 여자 악마. 주워진 아이로 질투 깊은 언더독. 몸집이 작고 가슴도 작은데 색욕이라고 주장한다. 실력은 절대로 낮지 않지만, 격이 높은 상대하고만 싸워서 멋진 모습이 전혀 없는 반면, 1권에서는 촉수에 희롱당하고 2권에서는 역으로 덮치는 등 색기 방면을 전부 가져갔다. 작중에서 1, 2위를 다툴 정도로 불행. 참고로 1권의 촉수 능욕(?)신은 출간하면서 추가로 쓴 내용.

하드 로더 …… 레이지 군의 총사령관이자, 가장 오래전부터 레이지를 섬긴 남자. 왕의 자격을 지녔고, 장군급 악마이면서 마왕을 토멸할 실력을 지녔다. 레이지가 잠든 채로 거대한 군을 지닌 마왕이 된 것은 틀림없이 그의 공적. 주인공보다도 주인공답고, 비주얼도 상당히 그런 느낌. 레이지와 정반대의 성질을 지닌 것과 동시에, 어딘가 닮은 면도 있다. 그 탄생의 사정 때문에 레이지를 제외하면 엄청 강하다.

로나 …… 금발에 푸른 눈에 가슴이 크고 색욕을 담당하는 메이드. 레이지를 모시고 있다. 불타거나 로리가 되거나 이름조차 기억되지 못하거나 여러모로 있었지만 그다지 신경 쓰지 않는다. 그녀의 사랑은 깊고 무거우며, 무엇보다도 주군에게 헌신하는 그 자세는 메이드의 거울이라고 부를 수 있겠지. 레이지를 오랫동안 모신 고참 악마지만, 지금도 레이지에게 살짝 닿은 것만으로 두근거린다. 야릇한 장면은 없음.

히이로 …… 로나의 동생으로 메이드 중 가슴이 작은 쪽. 오만을 담당하지만 동시에 강자에게 알랑거리는 것에 주저가 없다. 구입 특전이나 가필 같은 것으로 출연이 가장 늘어난 아이. 재능은 있지만, 성격 탓에 쉽게 개화하지 못한다. 지금의 목표는 로나 대신에 레이지의 시중 담당이 되는 것. 어째서냐면 레이지의 얼굴이 엄청나게 취향이니까.

세르주 세레나데 …… 은벽이라는 이명을 지닌 인간 소녀. 용사. 천애고아로 겁이 많았지만 친구를 위해서 계속 싸웠던 여자아이. 레이지의 유구한 생에서 유일하게 남은 미련. 마지막 장에서만 나오고, 덤으로 과거 회상으로만 나오지 않는다. 은발 은안. 외로움을 잘 타는 성격.

이상, 캐릭터를 소개해드렸습니다. 어떠셨나요? 뒷설정이라든지 여러모로 즐겨 주셨다면 좋겠습니다.

그럼 길어졌습니다만, 마지막으로 신세를 졌던 분들에 대한 감사 인사를 드리도록 하겠습니다.

인터넷에서 졸작을 주워 주시고, 또한 서적화 작업에서도 대단히 힘써 주신, 전 담당 편집자인 토츠카 님, 현 담당 편집자인 나가시마 님. 이번에도 또 멋진 일러스트를 그려 주신 에렉트 사와루 님. 스킬을 생각할 때 도움을 요청하면, 하찮아서 쓸모가 없는 스킬을 생각해 준 친구 A와 일하는 중임에도 시간을 쪼개서 생각해 준 친구 N. 한 권 넘겨줬을 뿐인데, 직접 잔뜩 사서 주위에 퍼트려 준 직장의 N선배. 그리고 무엇보다 인터넷 연재판부터 오랜 시간에 걸쳐 어울려 주셨던 독자 여러분과 새롭게 서적판부터 읽어 주셨던 독자 여러분께 깊은 감사를 올립니다.

정말로 감사했습니다. 다시 어딘가에서 잘 부탁드리겠습니다!

츠키카게(소유 스킬은 스타 나폴리탄)

타락의 왕 2

2023년 11월 25일 제1판 인쇄
2023년 12월 01일 제1판 발행

지음 츠키카게
일러스트 에렉트 사와루

발행 영상출판미디어(주)
등록번호 제 2002-000003호
주소 07551 서울특별시 강서구 양천로 570 NH서울타워 19층
대표전화 02-2013-5665

ISBN 979-11-380-4137-9
ISBN 979-11-380-4136-2 (세트)

DARAKU NO OU Volume2
ⓒTsukikage 2016
First published in Japan in 2016 by KADOKAWA CORPORATION ENTERBRAIN
Korean translation rights arranged with KADOKAWA CORPORATION ENTERBRAIN

노블엔진(NOVEL ENGINE)은 영상출판미디어(주)의 라이트노벨 및 관련서적 브랜드입니다.